GABRIELLA SANTOS DE LIMA

THAT GIRL

ROMAN

HarperCollins

4. Auflage 2024
Originalausgabe
© 2024 by HarperCollins in der
Verlagsgruppe HarperCollins Deutschland GmbH, Hamburg
Gesetzt aus der Minion und Acre
von GGP Media GmbH, Pößneck
Druck und Bindung von GGP Media GmbH, Pößneck
Printed in Germany
ISBN 978-3-365-00567-5
harpercollins.de

*Jegliche nicht autorisierte Verwendung dieser Publikation
zum Training generativer Technologien der
künstlichen Intelligenz (KI) ist ausdrücklich verboten.
Die Rechte der Autorin und des Verlags bleiben davon unberührt.*

*Für alle, die ihrer besten Freundin versichert haben,
dieser Typ auf Tinder könne diesmal wirklich der Eine sein*

*Für alle beste Freundinnen, die zwei Wochen später
ihrer besten Freundin versichern, dass er es sowieso nie wert war*

Sie wusste nie, wer sie war.
Das war ihr Geheimnis.

PROLOG

Die Tage, an denen ich traurig war, waren vorbei.
Die, an denen ich wütend war, hatten gerade erst begonnen.

EINS

An ihrem Geburtstag. Ausgerechnet an Dahlias verfluchtem Geburtstag trennte er sich von mir.

»Du bist toll«, sagte er. »Ernsthaft. Bei mir ist einfach zu viel los mit der Diss und allem.«

Meine Finger krampften sich um die Tasse Tee, die er mir angeboten hatte. Kurkuma, biozertifiziert, mit einer Prise Zimt von ihm verfeinert. Der Duft stieg mir in die Nase, während ich lächelte. *Mit der Diss und allem.* Was für eine beschissene Ausrede. Während wir in den letzten Monaten fast täglich gevögelt hatten, war ihm seine Dissertation nie in den Sinn gekommen. Vielleicht war sie ihm genauso plötzlich eingefallen, wie ihm die Erkenntnis gekommen war, dass er kein Interesse mehr an mir hatte.

Dabei waren wir natürlich nie wirklich in einer Beziehung gewesen. Wir hatten immer nur *geschaut*. Wir hatten uns getroffen und Sex gehabt, uns geschrieben und zwischen all den Smileys und Herzchen unendlich viel verschwiegen. Ich hatte ihn nie wirklich geliebt, er hatte mich nie wirklich gewollt. Im Grunde beherrschten wir beide die Regeln des allgegenwärtigen Spiels um die Liebe von Anfang an perfekt.

Ich nannte es: *Mir ist das zwischen uns nicht egal, aber es ist mir immer egaler als dir.*

ZWEI

Das Lustigste? Bekannte betitelten mein Singleleben als aufregend. Auf Dinnerpartys war ich ungewollt das Zentrum der Aufmerksamkeit, weil die flüchtigen Bekanntschaften mir an den Lippen hingen, wenn sie an ihren Rosés nippten. Als wäre ich Kino. Nur echter. Sie stellten sich mein Leben voller hitziger Begegnungen vor, mit verbotenen und vergebenen Männern, voller Affären mit heißen Dozenten und hypnotisierenden Fremden. Meine Freundinnen steckten in jahrelangen Beziehungen, begnügten sich mit nicht zusammenpassender Bettwäsche und Mundgeruch am Morgen. Sie malten sich meine Wochenenden glamourös aus, inklusive Glitzerröcken von Zara, die ich nachhaltig auf Vinted ergatterte, und schweineteurem Moscato, den ich nie selbst bezahlte. Sie hatten keinen Schimmer davon, dass das Leben eines fünfundzwanzigjährigen Singles daraus bestand, Tinder frustriert zu löschen und in schwachen Momenten wieder zu installieren. Dass die meisten Bekanntschaften so endeten wie meine mit Juli. Dass Letztere sich irgendwo zwischen Sex und ernsthaftem Kennenlernen verrannten, um sich dann in ein diffuses Etwas zu verwandeln.

»Ich kriege es gerade einfach nicht«, sagte Juli mir jetzt gespielt zerknirscht und zählte mir Pseudogründe für seinen Stresspegel auf: das Schreiben, der Nebenjob, das angespannte Verhältnis zu seinem Vater. Im Grunde erklärte er mir, dass er seine Wohnung zwar nach Marie Kondo ausgemistet hatte, der Platz in seinem Leben allerdings weiterhin fehlte. Natürlich beteuerte er gleich darauf, was für ein toller Mensch ich sei, dass wir in Kontakt bleiben müssten und ich ihm immer schreiben könne. Kurz: Er fuhr das volle Programm auf, damit sein Verhalten hinterher bloß nicht als toxisch deklariert werden konnte. Am meisten erschreckte mich, in welch einer Ruhe die nächsten Minuten verstrichen. Juli redete so entspannt, als läse er das Skript einer Rolle vor. Ich saß da und nickte, als gingen mich seine Worte rein gar nichts an.

Vielleicht war es uns beiden doch immer gleich egal gewesen.

»Die Zeit mit dir war wirklich schön«, vollendete er. »Danke dafür. Und auch für deine offene Kommunikation. Das hat mich echt beeindruckt. Behalte das auf jeden Fall bei.«

Ich unterdrückte ein Schnauben. Fast hätte ich ihn gefragt, ob ich ihn damit auf meinem Datingprofil zitieren dürfe. *Für Fragen und Erfahrungsberichte wenden Sie sich bitte an Julian C. Reuter.* Doch auch das verkniff ich mir. Ich wollte einen klaren Schnitt. Keine Narben, nichts, das blieb.

Ich wollte einfach nur gehen.

Wie schön, dass Julian mich ausgerechnet dann endlich zu seiner Tür begleitete. Natürlich nonchalant, bevor er sie für mich aufzog. Juli, der moderne Gentleman mit dem Dreitagebart und den aufgepumpten Muskeln.

»Lass uns bald noch mal schreiben, ja?«

Ich stimmte freundlich zu, ehe ich die Treppen nach unten flog. Dabei drehte ich mich nicht um. Kein einziges Mal, obwohl ich mich draußen fragte, ob Juli mir vielleicht doch hinterhersah. In seinem Adidas-Trainingsanzug könnte er sich gerade aus dem Fenster lehnen, die selbst gedrehte Kippe zwischen die Finger geklemmt. Er würde an ihr ziehen, seine ausgeprägten Wangenknochen dabei betonen und zwei Wochen später einer anderen Frau weismachen, er wisse gar nicht, dass er derart schön sei. »Was juckt mich mein Aussehen, ich bin nicht oberflächlich«, hatte er ständig beharrt. Vielleicht würde er diese Aussage in seinem Datingprofil in der Kategorie *Über mich* ergänzen. Allerdings wäre ihm das bestimmt zu simpel, mindestens drei Metaebenen unter seinem Niveau. Juli war Kulturwissenschaftler, rezitierte Gedichte von Plath und hatte eine Schwäche für Diskussionen jeglicher Art. Hauptsache anecken, Hauptsache für etwas stehen. Auf unserem ersten Date hatte er mir verraten, dass er die Männerpille nehmen würde, wenn er könnte. Kurz bevor er sich in Rage geredet und aufgezählt hatte, was ihn am allgegenwärtigen Sexismus aufrege. Ohne mich eine einzige Sekunde zu Wort kommen zu lassen.

Jetzt wartete ich an einer roten Ampel, steckte mir Kopfhörer in die Ohren und durchschaute plötzlich alles.

Ich würde sie nehmen, wenn ich könnte.

Das war der klassische Konjunktiv. Nicht mehr als eine trügerische Tagträumerei. Juli sahnte männliche Pluspunkte mit Behauptungen ab, die er nie beweisen müsste. Vielleicht reflektierte er das ja, wenn er das nächste Mal neunzig Kilo Brustdrücken packte und hinterher achtunddreißig identische Selfies mit angespanntem Bizeps knipste.

Die Ampel sprang auf Grün, während mir der Wind die heiße Augustluft ins Gesicht blies. Cora schickte mir ein Bild von ihrem Kleid, das sie sich für unseren Clubbesuch heute Abend ausgesucht hatte. Im Café gegenüber nippten Gäste an hippen hausgemachten Eiskaffees in Einmachgläsern. Weiter vorn leuchtete der VW-Turm, blau und weiß.

Alles schien grenzenlos.

Wenn das stimmte, könnte es dann möglich sein, einen Mann auf dem Nachhauseweg zu vergessen?

Instinktiv beschwor ich die Bilder unseres ersten Dates in meinem Kopf herauf. Wir vor zwei Schüsseln Penne Pomodoro, wie wir uns noch am Tisch zum ersten Mal geküsst hatten und meine Haarsträhnen dabei in der Soße ertranken. *Löschen*, wies ich mein Hirn an. »Ich glaube, das könnte dieses Mal echt was werden« fünf Stunden später vor meiner Haustür. *Löschen*. Zum ersten Mal leidenschaftlich von ihm gegen seine Wohnungstür gedrückt werden, weil »Gott, was machst du nur mit mir«. *Löschen.* Das Gedicht, das er mir schrieb, als wir uns genau vier Wochen kannten: »Ich tu mich so schwer mit diesem Gedicht / für dich / wenn ich doch eigentlich nur / weiß, wie ich dich / richtig gut ficke.« *Löschen.* Diese Nacht in seinem Bett, wir beide bekleidet, ich auf den Knien, er über mir, sein Griff in die Jeanstasche, während …

Florence Welch sang, dass ihr eigentlich noch nie etwas Schlechtes passiert sei, als meine Beine mitten auf der Straße zu zittern begannen.

Löschen, dachte ich, weil das Bild gestochen scharf vor meinem inneren Auge aufleuchtete. *LÖSCHEN. LÖSCHEN. LÖSCHEN. LÖSCHEN. LÖSCHEN. LÖSCHEN. LÖSCHEN. LÖSCHEN.*

Aber mein Gehirn löschte es nicht.

DREI

Drei Fragezeichen hatte er geschickt und »Ich weiß nicht, was du meinst« als Sprachnachricht hinterlassen.

Bebend verharrte mein Finger über der Memo, während ich die Lippen aufeinanderpresste. Draußen wummerte der Bass irgendeines Remix von 2015, bei dem alle abgingen. Der Boden vibrierte, doch es berührte mich nicht. Ich ließ die Nachricht erneut abspielen.

»Ich weiß nicht, was du meinst.«

Zwei Sekunden, sechs Wörter. Heiße Wut schoss mir in den Brustkorb, sie infiltrierte mich und mein Herz. Ich hatte mich in einer Clubtoilette verbarrikadiert, um mir Julis Nachricht anzuhören. Über sieben Stunden hatte er mich auf eine Antwort warten lassen. Und dann war es ein jämmerliches *Ich weiß nicht, was du meinst*. Kopfschüttelnd betätigte ich den Playbutton erneut.

»Ich weiß nicht, was du meinst.«

Noch mal.

»Ich weiß nicht, was du meinst.«

Noch mal. Nochmalnochmalnochmal.

»Ich weiß nicht, was du meinst.«

»Ich weiß nicht, was du meinst.«

»Ich weiß nicht, was du meinst.«

Er log. Kackdreist tischte Juli mir eine Ausrede auf. Ich schluckte sie nicht. Nein, das konnte er vergessen, das machte ich nicht mehr, denn als er mir an diesem Abend seinen Schwanz zwischen die Lippen gerammt und ungefragt ein Foto davon geschossen hatte, hatte ich genau das getan: geschluckt und dann geschwiegen. Weil ich nett sein wollte. Cool. Unkompliziert. Nicht dramatisch. Ihn auf gar keinen Fall darauf hinweisen, dass ich das eigentlich gar nicht gewollt hatte, um nicht prüde zu wirken. Aber so verarschten sie uns wohl am besten. Nicht sie hielten uns klein, wir taten es selbst, um zu gefallen.

Dabei hatte ich Juli mit ruhiger und gefasster Stimme darum gebeten, die Aufnahmen zu löschen. Gleich nachdem ich heute Nachmittag nach Hause gekommen war. Gott, ich ärgerte mich so. Wie hatte ich die Fotos vergessen können? Juli, ich. Sein Schwanz, mein Pullover. Sein Daumen an meiner Kehle, meine Lippen um seine Eichel.

Ein letztes Mal ließ ich seine Nachricht laufen.

»Ich weiß nicht, was du meinst.«

Was, wenn er sich einfach nur einen darauf wichste, ganz ohne böse Absichten? Wenn er das Foto lediglich verleugnete, weil er sich schämte? Er als Möchtegernfeminist, der mir Sexismus erklärte und dieses Bild ohne meine Zustimmung geschossen hatte? Allerdings ... Was, wenn die Fotos trotzdem im Internet landeten?

Juli wusste, womit ich mein Geld verdiente. Wenn er die Aufnahmen veröffentlichte, zerstörte er damit meine Karriere. Sie würde nicht mit einem *PENG!* zerbersten, sondern mit einem lautlosen *Klick*. Wirklich wunderschön, dieses Leben in unserer Noise-Cancelling-Kopfhörerwelt.

Von draußen ertönten klackernde Absätze, während ich den Kopf frustriert in den Nacken warf. Am schlimmsten war, wie ich die Kommentare jetzt schon wie eine Leuchtreklame vor mir sehen konnte. Denn auf Social Media war alles berechenbar. Reaktionen, Likes und Hass.

Wieso hat sie auch nichts gesagt?
Damit muss man als Frau rechnen.
Selbst schuld ist sie.

Wie dumm.
Schlampe.
Sie würden über mich urteilen, meine Lippen, meine Dummheit und Fickbarkeit innerlich benoten. Julis Schwanz würde niemanden interessieren. Ein Penis halt, die malten Fünftklässler in Biobüchern, weil es lustig war.
Nur ich wäre am Arsch.
»Wie?«, rief plötzlich eine Frauenstimme hinter der Tür. »Bitte sag mir, wie ich über Manu hinwegkommen soll, wenn OkCupid mir versichert hat, dass wir zu siebenundneunzig Prozent zusammenpassen?«
Die Stimme erhielt eine Antwort, doch ich hörte nicht mehr hin. Entschlossen rappelte ich mich auf und tippte. Kein Komma, kein Smiley, kein Punkt am Ende. So nonchalant wie möglich wollte ich wirken. Ich hatte die trendige Gleichgültigkeitstaktik nämlich immer noch voll drauf. »Ja, ja, ja, ja«, pflichtete ich mir innerlich bei, während ich die Nachricht mit knirschenden Zähnen abschickte.

VIER

Das Problem: Ich presste meine Zähne so fest zusammen, dass ich mir bloß selbst wehtat. Mein Kiefer krampfte nämlich, als ich um kurz vor Mitternacht aus der Damentoilette des Clubs stolperte und dabei diese Stimme von weiter weg hörte:
»Hey, Mädchen!«
Ich ignorierte sie, wollte nur zurück zu meiner Freundin Cora, die sich garantiert weiterhin mit ihrer schmierigen Auswahl des Abends auf der Tanzfläche tummelte. Sie ließ sich nämlich ständig von den Typen blenden, auch im Dunkeln. Manchmal diskutierten wir darüber, dass sie mehr aufpassen müsse, auf ihr Herz und Handy, das sie betrunken immer fallen ließ. Aber freundschaftliche Gutmütigkeit kam nicht gegen männliche Bestätigung an.
Das wusste ich.
Doch der Kerl, der mir hinterherrief, war hartnäckig.
»Hallo, wieso hast du es denn so eilig? Warte doch mal!«
Instinktiv spannte ich meine Schultern an. Ein Teil von mir hoffte darauf, dass er gar nicht mich meinte. Allerdings spürte ich genau da eine Hand an meinem Ellbogen.
»Na endlich.«
Der Fremde lachte, während ich mich umdrehte. Ich schätzte ihn jünger als mich. Er hatte blondes Haar und breite Schultern. Vom nahe gelegenen Dancefloor schallte ein weltbekannter Remix, als ich ungeduldig darauf wartete, dass er weiterredete. Die Typen, die mich aus dem Nichts heraus ansprachen und dann innehielten, wollten nämlich immer weiterreden. Dieses Pausieren

diente meistens bloß einer Beurteilung meiner Äußerlichkeiten. Ob ich heiß, dünn, begehrenswert genug für sie wäre.

»Sorry, wenn ich dir zu nahe trete«, sagte er, wobei sein Lächeln schiefer wurde. »Aber ist alles okay? Du siehst irgendwie so traurig aus.«

Traurig.

Keine Ahnung, ob ich schnauben oder schallend lachen wollte. Alles in mir brannte, seit ich mich bei Cora entschuldigt hatte, um mir auf der Toilette Julis Sprachnachricht anzuhören. Aber auf Außenstehende wirkte es bloß so, als sähe ich nicht in Ordnung aus.

Nur zu traurig.

Erzählen die Gurus im Internet jetzt, dass man mit einem Nichtkompliment beginnen muss, um das Interesse einer Frau zu wecken?

Ich hätte das wirklich gesagt. Selbst wenn diese direkte Unverschämtheit eigentlich nicht meine Art war, was die Sache mit Juli bloß bewies. Ich war nicht gut darin, meine Stimme zu benutzen, weil ich zwar eine Frau war, aber mich immer noch wie das Mädchen von früher fühlte. Das, das lieber sterben wollte, als für sich einzustehen. Ich wollte ja nett sein, um jeden Preis. Es jedem recht machen (bloß nicht mir), damit sich auch ja alle wohl in meiner Nähe fühlten (bloß nicht ich). Das Patriachart ließ grüßen, während Männer unsere Selbstlosigkeit ausnutzten.

Diesmal allerdings wollte ich tatsächlich sagen, was ich dachte. Ich war so wütend, mein Kiefer tat immer noch weh. Ich *musste* einfach etwas sagen.

Trotzdem brachte ich kein Wort hervor, weil ich dieses Kopfschütteln links vernahm. Es wirkte belustigt und doch bestimmt, wobei die Person lässig eine Braue zucken ließ. Meine Augen folgten diesem hochgewachsenen Mann, während er umgeben von anderen in Richtung Ausgang an uns vorbeiging. Seine Freunde waren sogar schon so weit, dass sie durch die Tür Richtung Garderobe schlüpften. Er jedoch ließ sich zurückfallen, drehte sich zu mir und meinem Gesprächspartner um.

»Ich wollte eigentlich nichts sagen, aber, Alter. Weißt du nicht, dass man Frauen nicht sagt, sie würden traurig aussehen, bloß weil sie nicht jede Minute ihres Lebens lächelnd durch die Gegend hopsen? Männern unterstellen wir das ja auch nicht, oder?«

Die Worte richtete er an meinen Gesprächspartner, doch sein Blick ruhte nur auf mir. Und ich weiß, es klingt kitschig, aber seine Augen funkelten herausfordernd, dabei waren seine Worte so ernst. Einen Moment rechnete ich damit, dass er nähertreten, meinen Gesprächspartner mit nur einem Blick einschüchtern und in die Flucht jagen würde.

Doch dieser Mann bewegte sich kein Stück in unsere Richtung. Sein Grinsen wurde bloß schief, bevor er uns zum Abschied zunickte und dann verschwand. Seine Worte waren keine tatsächliche Herausforderung gewesen. Kein Mittel zum Zweck und auch kein zwielichtiger Versuch, einer fremden Frau näherzukommen. Seine Aussage war lediglich eine Feststellung, die er nicht hatte für sich behalten können. Als wäre es ihm egal, fremde Leute mit diesem lässigen Lächeln zu belehren.

Ich sah ihm nach, während Julis Stimme weiterhin in mir nachhallte.

Ich weiß nicht, was du meinst.

FÜNF

Cora war nicht mehr zu finden. Das erklärte mir ihre Ausbeute keine vier Minuten später, nachdem ich den Hey-Mädchen-Typen stehen gelassen und die Tanzfläche endlich wieder erreicht hatte.

»Sie ist nicht mehr da«, meinte Coras Kerl. »Sie hat eine Nachricht bekommen, und dann war sie plötzlich weg. Hat sie einen Freund oder so? Ich hatte nämlich das Gefühl, dass …«

Ich hörte nicht mehr hin.

Cora hatte keinen Freund.

Cora war noch nie in einer Beziehung gewesen.

Sie hatte bloß Carsten. Und das war schlimmer.

Denn sie dateten sich schon bahnbrechende drei Monate lang, was ihn in ihren Augen zu dem *Einen* machte.

»Ich schau mich noch mal um, bestimmt finde ich sie an der Bar«, sagte ich dem Typen. »Trotzdem danke.«

Es war gelogen. Ich würde Cora nicht finden. Bis zum nächsten Morgen hatte ich sie verloren, bis sie mir unter Schluchzen eine Sprachnachricht schicken würde.

»Carsten hat mir unterschwellig mitgeteilt, dass er unseren Altersunterschied nicht attraktiv findet. Glaubst du, es liegt vielleicht an dem roten Herzemoji, das ich ihm aus Versehen gestern geschickt habe, weil mein Daumen so tollpatschig ist? Das habe ich doch gleich wieder zurückgezogen!«

So wie immer würde sie sich mit gedämpfter Stimme in Rage reden, bis das Geräusch der Toilettenspülung sie abbrechen ließ.

»Er ist auf dem Klo fertig«, würde sie dann flüstern. »Ich meld mich, wenn ich zu Hause bin.«

Aber es war immer so schwierig, sie zu erwischen. Denn nach den Besuchen bei Carsten ging sie lieber mit ihrer Apple Watch und motivierenden Podcasts spazieren, um sich selbst einreden zu können, sie habe ihr Leben auf verkorkste Weise doch im Griff.

Das war schon bei unserer ersten Begegnung so gewesen.

Ich war damals frisch eingezogen. Cora hingegen hatte gerade einen Laufpass per WhatsApp erhalten. »Es liegt an diesem fünften Date, ich komme nie über dieses verflixte fünfte Date«, hatte sie geschluchzt. Kurze Zeit später waren wir in ihrer Küche gelandet, wo sie sich rosafarbene Quarze aus dem BH gefummelt und mir nebenbei erklärt hatte, dass das grundlegende Problem darin bestehe, dass die Zahl Fünf sie nicht ausstehen könne.

»Meine Pechzahl«, beharrte sie, deshalb gebe es auch nie ein sechstes Date. Schon bot sie mir einen Lavendeltee an (»zur Selbstberuhigung, wirkt Wunder, du musst mir glauben«), und wir stießen mit den Teetassen an (auf ihre Selbstberuhigung). Danach lernte ich schnell, dass Cora wie ein Bilderbuch mit fett gedruckten Worten war, offen und lesbar, nichts stand zwischen den Zeilen. Sie trug ihre Haare schulterlang und blond, war anders als ich und sicher in ihrer Unsicherheit. Cora hasste ihren fülligen Körper, aber quetschte ihn täglich in die eng anliegenden Kleider von SKIMS. Andere bezeichneten sie als zu anstrengend, als zu verzweifelt, tragisch und dramatisch. Die festen Freunde ihrer Freundinnen mochten sie nicht. Sie wollten sie samstagabends nicht auf den Grillpartys willkommen heißen, zu denen sie stets ihren ekelhaften Buchweizensalat mitbrachte, weil er angeblich Wunder für unseren Darm vollbringen werde. Und sie wollten sich auch ganz sicher nicht Coras Sprachnachrichten im Hintergrund anhören, bei denen sie ihr Herz auf gewohnte unverfrorene Weise ausschüttete. Sie nannten Cora »die Dicke« und machten sich mit ihren schwabbeligen Bierbäuchen über ihre neuste Datinggeschichte lustig. Aber das hielt Cora nicht auf. Klar, sie weinte. Klar, sie klopfte bei mir an, umklammerte ihre Heilsteinkette und sagte, dass sie nicht verstehe, womit sie das alles verdient habe. Doch am Ende atmete sie stets durch.

»Es ist okay«, sagte sie dann, weil es ihr ältestes Mantra war, das, womit sie ihr inneres Kind nach eigener Aussage geheilt habe.

Im Grunde war das eine Lüge. Alles war nur so lange okay, bis es eben nicht mehr okay war. Selbst wenn man in seiner trendy Sportleggins und mit einer reichhaltigen Gesichtsmaske drei Stunden lang meditierte in der Hoffnung, seine Chakren vom Gegenteil zu überzeugen.

Ich weiß nicht, was du meinst. Ich weiß nicht, was du meinst. Ich weiß nicht, was du meinst.

Hinter meinen Augen brannte es. Genau deshalb hätte ich Cora finden müssen. Diesmal hätte ich das Foto auch erwähnt und es nicht wie vorhin verschwiegen, als ich ihr von der trennungsartigen Verabschiedung zwischen Juli und mir erzählt hatte. Eigentlich hatte ich ihr von allem berichtet, von seiner Gleichgültigkeit, den angeblich guten Absichten und sogar von der Art, wie er an seiner Zigarette gezogen hatte. Doch jetzt hätte ich ihr von den Fotos erzählt, und natürlich hätte sie keine Lösung gefunden. Trotzdem hätte sie mir versichert, dass alles gut werde, und ich hätte ihr geglaubt, weil sie sich seit Jahren am Manifestieren versuchte.

Aber sie war nicht da.

Alles, was mir übrig blieb, war, mich mit pochendem Schädel an die Bar zu stellen und einen Longdrink zu ordern, wohlwissend, dass ich es aus verschiedenen Gründen nicht tun sollte. Immerhin war Alkohol gefährlich. Die richtige Menge machte mich ausgelassen und glücklich, wenn ich auf der Tanzfläche umherwirbelte und alle mich mochten. Ein Schluck zu viel – und mein Herz ließ mit Panik grüßen. Doch es war nun mal ein schlechter Tag. Es war wie in meinen früheren Diätphasen, damals, als ich morgens schon aufgab, Aufbackcroissants in mich hineinschaufelte und mittags auf Lieferando landete, weil es jetzt ja eh schon gelaufen war. Bei mir gab es keine halben Sachen. Wenn ich etwas fühlte, fühlte ich es, bis ich mich selbst nicht mehr spürte. Und wenn ich scheiterte, tat ich es eben ganz dekadent auf Königsklassenniveau.

»Hey, hallo, hörst du mir zu?«

Ich zuckte zusammen, als die Barkeeperin mir mit meiner Kreditkarte vor der Nase herumwedelte.

»Die funktioniert nicht.«

Natürlich nicht.

SECHS

»Ist schon okay.« Der Typ mit dem Schnauzer seufzte genervt. »Nimm die Flasche einfach mit.«

»Nein, nein, nein.« Ich schüttelte den Kopf, während ich in meiner Handtasche nach dem Kleingeld suchte. Es klirrte und klimperte, meine Finger streiften meinen Schlüssel und den kalten Deckel meines Luxuslipglosses, bis ich die Münze endlich ergriff.

»Hier!« Feierlich hielt ich ihm die zehn Cent entgegen, doch der Spätikassierer lächelte nicht mal zurück.

»Nächster!«, rief er bloß, bevor zwei Studenten mit Jutebeutel sich an meine Stelle drängelten und ihr Astra bezahlten.

Beim Rausgehen zitterten meine Beine lediglich ein bisschen. Keine Ahnung, ob es an den Shots lag und die gekaufte Wasserflasche somit mehr als gerechtfertigt war.

Nachdem meine Karte nicht funktioniert hatte, hatte ich den Club verlassen und mit meinem letzten Kleingeld in der Hand einen Kiosk angesteuert. Schließlich wollte ich gute Entscheidungen treffen, weniger denken, mehr reflektieren. Und es klappte. Ich kaufte Wasser. Ich lief im Fußgängerinnentempo nach Hause und nicht weg. Ich passte sozusagen auf mich auf. Das war gut. Ein Fortschritt. Der nächtliche Beweis dafür, dass ich wirklich etwas geändert hatte.

Ich weiß nicht, was du meinst. Ich weiß nicht, was du meinst. Ich weiß nicht, was du meinst.

Mit einem Kloß im Hals entsperrte ich das Handy, während ich die Einkaufspassage hinter mir ließ. Ich passierte Shishabars mit leuchtenden Neonschildern, dann erkannte ich das *Five Guys* gegenüber der Buchhandlung und tippte einige Nachrichten an Cora.

> **Ich:** Geh nach Hause pls

> **Ich:** Ich schwöre, er hat dich nicht verdient

> **Ich:** Zeit mit ihm zu verbringen ist selbstverletzendes Verhalten und damit wollten wir doch aufhören ☹

Ich steckte mein Handy wieder weg, würde die zehn Minuten zu meiner Wohnung laufen und dann weitersehen. Doch wider Erwarten vibrierte mein Smartphone gleich darauf mit einer Antwort.

> **Cora:** Oh Gott

> **Cora:** Ich dachte ich hätte dir schon geschrieben

> **Cora:** Tut mir so leid dass ich plötzlich weg war aber Carsten stand plötzlich vorm Club um mich abzuholen als Entschuldigung für gestern ist das nicht süß??

> **Cora:** Ich schreib dir nachher

> **Cora:** 💗 💗 💗 💗

Ich stoppte instinktiv, wobei ich das Gerät so fest umklammerte, dass meine Fingerknöchel weiß hervorstachen. Zuckerwattepinke Herzen. Die schickte Cora immer, wenn ich versuchte, sie aus ihrer Traumwelt zu holen.

Großartig.
Es war Samstagnacht. Zwei Uhr morgens. Und meine beste Freundin hatte mich eiskalt in einem Club stehen gelassen.
Wegen eines Mannes. Schon wieder.
»Sometimes all I think about is youuuuu«, grölten zwei junge Frauen in hohen Hacken, die an mir vorbeitorkelten.
Ich stand bloß da. Ich spürte die Panik in mir. Das Pochen. Den Puls. Das Herz. *Mein* Herz. Ganz plötzlich.
Das hier durfte nicht ausarten, deshalb ließ ich den Blick langsam über meine Umgebung schweifen. Das sollte mich angeblich erden. Für zwei Sekunden funktionierte diese Technik sogar. Mein Blick blieb an den versifften Pflastersteinen mit festgetretenen Kaugummis hängen, und ich erinnerte mich daran, dass, rein objektiv betrachtet, alles okay war. Ich war am Leben. Ich war gesund. Ich konnte mich zusammenreißen, nach Hause gehen, zu einer Sitcom einschlafen und morgen mit von Wimperntusche zusammenklebenden Lidern feststellen, dass es für alles eine Lösung gäbe.
Selbst für die Sache mit Juli.
Genau in diesem Moment erspähte ich dieses Buch im Schaufenster neben mir. Es stand in der linken Ecke, das Cover strahlte einem neonpink mit knallgelber Schrift entgegen. Das Buch schrie mich förmlich an, wollte bemerkt, gekauft und dann gelesen werden. *DATE ME*, besagten die Lettern, und ich kannte den Titel bestens. Jeder in meiner Bubble hatte ihn gekauft und in die Kamera gehalten. Es war das Erstlingswerk einer erfolgreichen Influencerin, die über Tinder-Dates und Selbstfindung schrieb. Eine Art literarische Jahresabrechnung, die sie mit der gesamten Welt teilte. Es sei klug, scharf beobachtet, authentisch, inspirierend und so unendlich tröstlich, hieß es in diversen Rezensionen und Kommentaren. *Wie die warme Umarmung einer Freundin, die man gar nicht kennt*, wenn man dem Blurb eines renommierten Frauenmagazins glauben durfte. Auf dem Cover

war sogar ein kleiner Sticker mit dem Gesicht der Autorin abgebildet, um ihre Fans so noch mehr anzusprechen. Dunkle Augen, schwarzes Haar. Sie trug Curtain Bangs, wie sie gerade jeder auf TikTok trug. Objektiv betrachtet, war sie hübsch. Nicht atemberaubend schön, doch gerade so gut aussehend, dass Fremde ihr zweite Blicke zuwarfen und Marken sie dafür bezahlten, täglich in den Sonnengruß zu gehen. Ihre Publikumsbindung war garantiert hervorragend, eben weil sie nicht wie das typische Model aussah. Dafür wirkte sie mit ihrem vollen Gesicht und dem wenig hervortretenden Schlüsselbein nämlich zu durchschnittlich. Allerdings war gerade das ihre Stärke: Durchschnittlichkeit.

Keine Ahnung, wie lange ich dieses Cover anstarrte. Doch ich spürte, dass meine Augen plötzlich feucht wurden. In meinen Ohren knackte es, meine Beine wurden weich. Als mein Blick abermals den Autorinnennamen abscannte, konnte ich sie nicht mehr zurückhalten. Heißkalt lief mir eine Träne die Wange hinab.

TESS RAABE VON @TESSTEILT.

Wieder nur Großbuchstaben, aber ich nahm den tiefsten Atemzug meines Lebens und fühlte mich klein. Klein, mickrig, schmächtig, so gut unterzukriegen mit Kommentaren wie »@tessteilt? Die ist einfach nur weiblich, weiß und weinerlich.«

Es stimmte.

Weiblich, weiß und weinerlich – Tess Raabe.

Ich.

Das war ich.

Zitternd tastete ich nach meinem Handy, als könnte es mich retten. Als bräuchte ich mir nur genügend Katzenvideos und vermeintlich selbstlose Mitbürger, die Obdachlosen Sandwiches schenkten, auf TikTok anzuschauen, um mich wieder besser zu fühlen. Obwohl allen klar war, dass sie das nur für Klicks machten. Der Gedanke gab mir den Rest. Hastig steckte ich mein Handy wieder in meine Jackentasche. Dann drehte ich den Deckel meiner Wasserflasche auf, führte sie an meine Lippen und bereute all meine guten Entscheidungen, weil ich mir wünschte, das hier wäre Wein.

Es war derselbe Moment, in dem ich seinen Schatten neben mir bemerkte.

Im Grunde begann die ganze Scheiße in genau diesem Augenblick. Denn dieser Schatten war natürlich nicht nur ein Schatten, sondern ein Mann. Und später, dann, wenn alles längst vorbei sein würde, irgendwann in einem ereignislosen Mai, wenn ich tippen wollen würde: *DU GOTTVERDAMMTER WICHSER*, würde ich mich genau an diesen Moment erinnern. Wie einfach es gewesen wäre, so zu tun, als hätte ich ihn nicht bemerkt. Immerhin ignorierten wir uns alle ständig. Wir stellten einander auf stumm, archivierten Chats, drückten Anrufe weg und uns die In-Ear-Kopfhörer rein. *Musik an, Welt aus*, tippten wir dann in unsere pathetischen Storys, während wir gerade rechtzeitig bemerkten, dass die Ampel auf Grün gesprungen war.

Menschen verpassten einander jeden Tag. Aber wir beide? Wir nicht. Wir krachten ineinander wie zwei Sterne. Wir hoben ab und flogen, schwerelos unter schwerer Atmung, wenn wir uns splitterfasernackt aneinander rieben, sodass am Ende niemand außer uns hörte, wie einer der zwei Sterne ins Nichts explodierte.

Dieser Stern war ich.

SIEBEN

Der Typ fragte, ob es mir gut gehe.

Blinzelnd zuckte ich zusammen, wandte mich nach links und war mir sicher, dass diese Begegnung ein Scherz sei.

Er kann es nicht sein.

Helle Haare, tiefbraune Augen. Er trug ein Shirt und einen ehrlich verwunderten Ausdruck im Gesicht. Über dem Jersey war seine Jacke geöffnet. Für Mitte August wirkte Letztere viel zu dick. Dabei strahlte seine Haut golden und gebräunt, als verbrächte er seine freien Nachmittage am liebsten mit Stand-up-Paddling am Maschsee. Er wirkte so selbstbewusst. So geerdet. Stark und standhaft mit beiden Beinen auf dem Boden. So ganz allgemein, ohne aufgepumpte Fitnessstudiomuskeln. Er war wunderschön auf diese männliche Weise, die in romantischen Komödien so gut funktionierte. Der Heldentyp, jemand, der traf, wenn er zielte, versehrt mit tausend Macken, die alle so unendlich liebenswert waren.

Je näher er trat, desto stärker wurde seine Verwunderung. Er runzelte die Stirn, als sein Blick an meiner schwarzen Wimperntuscheträne hängen blieb.

»Warte mal«, begann er. »Kennen wir uns nicht?«

»Na ja, ich würde nicht behaupten, dass ich jemanden kenne, nur weil ich im Club mitbekommen habe, wie die Person von jemand anderem angemacht wurde.«

»Gott.« Er lachte fast. »Erinnere mich bitte nicht daran. Der Anmachspruch war grottig. Ich musste einfach was sagen. Tut mir leid, falls ich dir versaut habe, deine große Liebe kennenzulernen.«

»Ich denke, die Wahrscheinlichkeit dafür war sowieso eher gering.«

»Gut, dass du mir das sagst. Einen Moment lang habe ich mich nämlich schon gefragt, ob du mit einer Wasserflasche in der Hand vor dem Schaufenster weinst, weil ich dir die Chance deines Lebens versaut habe.«

»Ich habe nicht geweint.«

»Da ist schwarze Schminke auf deinen Wangen.«

»Mir ist was ins Auge geflogen.«

Der Typ hob herausfordernd eine Braue, im perfekten Winkel. »Du lügst atemberaubend gut.«

Ich verschränkte die Arme vor der Brust. »Lass mich raten, auf Tinder prahlst du in deiner Bio damit, dass du fließend Sarkastisch sprichst?«

»Ich hab kein Tinder.«

Mit einem Mal klang seine Stimme unendlich rau, dann wechselte er schnell das Thema, indem er auf das Schaufenster deutete. »Ich hab's gelesen.«

»W-was?«

»Das Buch da.« Er nickte nach vorn. »Wird ja gerade in den Medien bis zum Himmel gelobt. Ich war erst skeptisch, aber fand es im Nachhinein überraschend gut. Es war so klug beobachtet. Ist echt krass, wie wir alle denken, wir seien einzigartig, aber trotzdem dieselbe *human expierience* machen, oder?«

Überraschend gut. Ich biss mir auf die Zunge. Immerhin war ich ja jung und weiblich, hatte dem Klischee einer emotionalen Frau alle Ehre gemacht, indem ich mein Datingleben ausgeschlachtet und mit der Welt geteilt hatte. Leider war ich kein männlicher Autor, der mit einem melancholisch nachklingenden Titel glänzte und von der Presse als lebensklug bezeichnet wurde, wenn er seine Liebesbeziehungen sezierte.

»Was ist mit dir? Hast du es auch gelesen?«

Die Stimme des Typen riss mich aus meinen Gedanken. Krampfhaft umklammerte ich die Flasche stärker.

»*DATE ME*?«

Verwirrt sah er mich an. »Was ist *DATE ME*? Ich meinte *Schlaflos* von Anton Krüger.«

Mit einem Mal fühlte ich mich unglaublich naiv. Natürlich hatte er von *Schlaflos* geredet, dem Roman eines Berliner Autors, den die Medien zum neuen Star der deutschen Buchwelt auserkoren hatten, weil er garantiert an irgendeinem Literaturinstitut studiert hatte, alternativ, doch gleichzeitig so kommerziell war, um die große, breite Masse zu erreichen.

Wahrscheinlich hatte er mein Buch nicht mal bemerkt, den Sticker erst recht nicht. Immerhin lagen etwa ein Dutzend Bücher in diesem Schaufenster.

Weil ich nicht wusste, was ich sagen sollte, schwieg ich, und die Stirnfurchen des Typen vertieften sich.

Ich weiß nicht, was du meinst. Ich weiß nicht, was du meinst. Ich weiß nicht, was du meinst.

Meine Schläfen pochten im Takt zu Julis Stimme, während mein Magen sich zusammenzog. Lautstark. Schreiend. Leer. Und so, so hungrig.

»Woah.« Er trat einen Schritt zurück. »War das etwa dein Bauch?«

ACHT

Mein Bauch hasste mich.

Ich hasste meinen Bauch.

Es war eine Art Zusammenspiel. Eine Art kosmische Vereinbarung, die wir niemals mehr durchbrechen würden. Ganz egal wie oft ich dazu mit Heilsteinen auf dem Nabel meditierte oder ich mich vor meinen Spiegel stellte, die Hände auf den Unterleib gepresst, um mein neustes Selbstliebemantra zu verinnerlichen. So lang ich zurückdenken konnte, zog ich ihn ein, versteckte ihn in Bauchweghosen und hinter Sofakissen, wenn ich in einem fremden Wohnzimmer hockte. Ich dachte ständig an ihn, an schmeichelhaftere Sitzpositionen und effektivere Fitnessübungen. Im Grunde wollte ich ihn nie ansehen, aber wenn ich an einem Spiegel vorbeilief, konnte ich nicht anders. Dafür machte er mir schon immer das Leben schwer. Denn am liebsten gab er sein Hungerschreikonzert in Gegenwart von Männern. Laut und knurrend, damit mein Gegenüber mich fragen konnte, ob ich denn nicht Hunger habe.

So wie jetzt. Na ja, oder so ähnlich.

»Hast du Lust auf Pommes?«

»Bitte?«

»Dein Magen hat geknurrt. Klang ehrlich gesagt ziemlich schmerzhaft. Ich kenne da einen guten Laden für Pommes, ist gar nicht weit.«

»Dir ist bewusst, dass wir uns eigentlich gar nicht kennen, oder?«

»Na und?«

»Fremde sind eigentlich nicht so nett.«
»Ich schon.« Er zuckte die Achseln. »Außerdem ...«
»Außerdem *was*?«
Er zögerte, während ich am liebsten mit meinen Haarsträhnen gespielt oder die Finger ineinander verhakt hätte, weil ich Stille nicht aushielt. Er war nicht so. Er einen Moment betrachtete er mich einfach nur mit offener Miene. Als hätte er rein gar nichts auf dieser Welt zu verstecken.
»Du siehst so aus, als solltest du gerade nicht alleine sein.«
»Ich bin gerne alleine.«
»Aber du hast doch Hunger. Eine Pommes«, sagte er. »Komm schon.«
»Und was hast du davon?«
»Pommes.«
»Die könntest du auch ohne mich haben. Oder mit deinen Freunden. Wo sind die eigentlich?«
»Die sind bestimmt schon zu Hause. Dort wollte ich auch hin, bevor ...«
»Bevor du diese Frau mit verschmierter Wimperntusche vor einem Buchladen gefunden hast?«, unterbrach ich.
»Exakt.« Er räusperte sich. »Außerdem ja, du hast recht. Ich könnte auch alleine Pommes essen, aber wenn ich dich mitnehme, sammle ich dabei ein paar Karmapunkte.«
»Karmapunkte also, hm?«
Ich versuchte lässig zu klingen, doch dachte eigentlich nur daran, dass ich mich mit der Leere in meiner Wohnung und dem Chaos in meinem Kopf auseinandersetzen müsste, wenn ich sein Angebot ablehnte. Zu Hause würde ich schwach werden und mich an der Grenze zwischen Alleinsein und Einsamkeit zu einer Hochrisikoaktion verleiten lassen. Dahlia auf Instagram suchen zum Beispiel, weil heute immer noch ihr Geburtstag war, obwohl ich das mit dem Social-Media-Stalking seit Monaten nicht mehr tat. Oder Juli noch einmal schreiben.

Ich weiß nicht, was du meinst. Ich weiß nicht, was du meinst. Ich weiß nicht, was du meinst.

»Okay«, sagte ich schnell.

Aber es war nicht okay. Es war seltsam, wie wir zu zweit in Richtung der Kröpcke-Station gingen, vorbei an grölenden Feiernden und Bierdosen neben Mülleimern. Ich begutachtete Schaufenster geschlossener Restaurants und fremde Gesichter im Kerzenschein schummriger Bars, bis wir plötzlich an einem der wenigen noch geöffneten Lokale stehen blieben. Das Leuchtschriftschild über der Tür sagte *Hannah loves Fries* in knalligem Neongrün. Bereits beim Blick durch die Fenster erkannte ich, wie riesig und modern das Restaurant war. Die Tische und Stühle strahlten Industrial-Charakter aus, die unverputzten Ziegelsteinwände harmonierten perfekt damit. Etliche Bilderrahmen und Leuchtschriftschilder hingen an Letzteren, wobei der Gastraum mit unzähligen Pflanzen gefüllt war. Ich war noch nie hier gewesen, hatte aber das Gefühl, ich wäre es doch. Es sah aus wie alle extravaganten Lokale in Berlin mit jungen Geschäftsführenden und selbst aufgebrühtem Eistee in verrückten Geschmacksrichtungen. Neu, aufregend und unbedingt einen Besuch wert, weil selbst die Soßenbehälter fotogen waren. Ganz egal, ob man für seinen durchschnittlich leckeren Burger dreiundvierzig Minuten anstehen musste.

Die Gäste an den Tischen schienen das Essen bereits vertilgt zu haben und nippten nun an bunten Cocktails, während das Personal hinter der Theke Gläser polierte.

»Ich habe nur zwei Fragen«, sagte der Typ. »Erstens: scharf oder nicht scharf?«

Ich kräuselte die Stirn. »Lässt du mich etwa nicht in die Karte schauen?«

»Brauchst du nicht, wenn du mich hast. Ich kenne sie sowieso in- und auswendig und weiß, was am besten schmeckt.«

»Ah ja.«

»Also? Scharf oder nicht scharf?«
»Nicht scharf.«
»Und jetzt die Fragen aller Fragen: Ketchup oder Mayo?«
»Ketchup.«
»Ketchup?«, wiederholte er und sog scharf die Luft ein, während er sich an seine linke Brust fasste. »Ich muss zugeben, dass das eigentlich eine rhetorische Frage war, aber ist okay, ich verzeihe dir.«

Ich hob die Hände. »Sorry, ich wusste nicht, dass Ketchup zu mögen ein Verbrechen ist.«

»Kein Ding. Jetzt weißt du es ja.«

Ich schüttelte den Kopf, doch meine Mundwinkel zuckten, und ich wusste, dass ihm das nicht entging. Keinen Augenblick später verschwand er im Laden, während ich draußen auf ihn wartete. Ich drehte mich in Richtung Straße um, wobei aus dem Lokal Lady Gaga ertönte. Reflexartig checkte ich mein Handy. Keine Antwort von Cora, keine weitere Reaktion von Juli. Hastig verstaute ich es wieder in meiner Tasche, aus Angst, dass meine Finger (wieder mal) ein Eigenleben entwickeln, Instagram öffnen und Dahlias Namen doch in die Suchleiste eintippen würden.

Ich wollte die Bilder einfach nicht sehen.

Die Bilder voller Drinks, Ballons und fremden Menschen in ihrem mir fremden Leben. Im Grunde wäre es bloß selbstverletzendes Verhalten gewesen, und ich wollte nicht die Freundin sein, die alle retten konnte, bloß nicht sich selbst.

»Das werden die besten Pommes, die du jemals gegessen hast«, verkündete mein Begleiter schließlich, nachdem er herausgetreten war und die Eingangstür wieder hinter ihm zufiel.

Misstrauisch begutachtete ich die Pappschale, die er mir entgegenhielt. »Du weißt, dass das einfach nur Pommes mit Ketchup sind, oder?«

»Probier sie einfach. Sie verändern dein Leben, versprochen.«

Skeptisch nahm ich die Portion Pommes entgegen und kostete.

»Und?«, fragte er ganz aufgeregt.

»Ich muss zugeben, dass mir das noch nie passiert ist.«

»Dass du so gute Pommes gegessen hast?«

»Dass ein Fremder so daran interessiert ist, mir die besten Pommes meines Lebens zu enthüllen.«

»Ist bestimmt wahrscheinlicher, als die Liebe deines Lebens zu finden.«

»Ich schätze, du hast nicht ganz unrecht.«

»Das war genau das, was ich hören wollte.« Jetzt nahm auch er eine Pommes aus seiner Schale, identisch zu meiner, nur mit Mayo.

»Sie sind schon gut«, sagte ich und griff nach einer weiteren.

»Ich weiß. Sind vierfach frittiert und mit einem geheimen Gewürz bestreut.«

»Du bist also Fan von ...« Langsam trat ich einen Schritt nach hinten, um das Leuchtschild besser lesen zu können. »... *Hannah loves Fries*?«

»Sagen wir es so: Ich bin öfter hier.«

»Ah ja.« Ich nickte Richtung Fußgängerpassage und teilte ihm anschließend mit, dass ich dort entlang nach Hause müsse.

»Ich auch«, sagte er. »Ich muss noch bei einem Freund vorbeischauen.«

In jeder anderen Situation hätte ich es für einen miesen Annäherungsversuch gehalten. Wie schnell er das sagte, wie abgeklärt und selbstverständlich, als gehörte es zu seinem Plan, mich nach Hause zu begleiten, mir so näher und dann an meine Nummer zu kommen. Doch der Typ hielt sich nicht mal damit auf, nach meinem Namen zu fragen.

»Wieso hast du eigentlich geweint?«, fragte er stattdessen an der ersten roten Ampel.

»Keine Ahnung.« Instinktiv blies ich die Wangen auf. »Schätze, alles in allem war mein Tag nicht so gut.«

»Und wieso?«

»Ich bezweifle, dass wir betrunken genug für diese Art von Gespräch sind.«

»Welche Art meinst du?«

»Na ja, die, in der sich zwei Fremde, meistens Mann und Frau, ihre Herzen ausschütten, ein tiefgründiges Gespräch nach dem nächsten führen und sich am Ende irgendwie verbunden fühlen.« Ich schüttelte den Kopf. »Wenn es dir nichts ausmacht, würde ich diesen Part gerne überspringen und gleich zum Ende kommen, wo wir uns einfach friedlich anschweigen.«

Eigentlich war ich nicht derart forsch, aber es war ein langer Tag gewesen. Außerdem beschritten wir wirklich nur einen Nachhauseweg. Wir führten kein betrunkenes deepes Gespräch, in dem ich meinem Gegenüber auf den Zahn fühlte, mich an seinen Aussagen festbiss und nicht lockerließ, weil ich keinen Small Talk konnte.

Du erzählst die Wahrheit. Deine Beiträge sind so ehrlich. Bei dir fühle ich mich immer gesehen. Danke, dass du du bist, @tessteilt.

Kommentare zu meinen Social-Media-Posts blinkten vor meinem geistigen Auge auf, doch ich schob sie hastig beiseite. Ich wollte kein seelenöffnendes Gespräch führen. Ich wollte diese Situation in meinem Kopf auch nicht zu einem Ding machen, sie romantisieren und mir hinterher selbst erzählen, wie magisch sie sich angefühlt hätte. *Nicht mal auf Tinder habe ich ihn kennengelernt, im echten Leben hat er mich angesprochen, bevor er mich wie ein Gentleman nach Hause brachte*, hätte ich schreiben können, und alle wären begeistert gewesen. Doch im Grunde nervte es mich selbst, dass ich so etwas überhaupt dachte. Ich musste alles ständig romantisieren. Für meinen Social-Media-Account, für mein Buch und meine Zufriedenheit. Alle Gurus behaupteten, dass diese Romantisierung das Geheimnis eines erfüllten Lebens sei. Selbst Emma Chamberlain sagte das in ihrem Podcast.

Aber es war so ermüdend.

Als wir uns gerade begegnet waren, hatte ich dem Typen leidgetan. Deshalb hatte er mich angesprochen. Mein Bauch hatte geknurrt, er hatte Pommes essen wollen. Jetzt kam er meiner Bitte nach und verzichtete auf einen weiteren Versuch eines tiefgründigen Gesprächs. Er musste diesen Weg gehen. Und ich auch. Es war Zufall. Das war alles.

Kurz vor meinem Wohnhaus überlegte ich trotzdem, ob ich so tun sollte, als befände sich mein Zuhause woanders. Allerdings wohnte ich direkt an der Hauptstraße, fünf Schritte weiter blinkten Lichterketten in einem Kiosk. Eigentlich wirkte alles sicher.

»Dann ...« Ich hielt die Pommes in die Höhe und stoppte vor meiner Haustür. »Danke.«

Während ich nach meinem Schlüssel kramte, bemerkte ich seinen Blick auf mir. Es war nicht diese Art, wie Männer mich meistens anschauten. Interessiert, abwägend, abschätzend, *Hmmm, ist sie wirklich gut genug, heiß genug, besonders genug?* Er sah mich tatsächlich einfach nur an.

Kurz darauf trat er einen Schritt zurück, und vielleicht bildete ich es mir ein, doch einen Moment wirkte es so, als würde er lächeln. Ganz leicht, mit seinem etwas schiefen Schneidezahn. Ein mögliches Lächeln. Damit winkte er mir zu.

»Ciao«, sagte er dann.

@tessteilt, Vlog, gepostet um 12:01 Uhr

2494 Likes, 65 Kommentare

Heeeello ✺
Ich wünsche euch einen wunderschönen Sonntag. Ich war gestern lange aus, und ein Teil von mir wäre am liebsten den ganzen Tag im Bett geblieben, aber ich weiß einfach, wie gut mir meine Routinen tun. Deshalb habe ich sie kurzerhand angepasst und bin nicht ins Fitnessstudio gegangen, sondern habe stattdessen eine kurzes Dehnvideo angemacht. Anschließend gab es meine Greens und meine geliebte Porridge-Bowl mit 35 Gramm Eiweiß. Und siehe da – mir geht es schon viel besser. Später mache ich einen ausgiebigen Sonntagsspaziergang und lege mich mit einem guten Buch in meine Badewanne. Übrigens: Wen sehe ich nächste Woche auf meiner Lesung? 😊 #tessteilt #sundayvlog #healtyhabits #selfcareisbestcare

NEUN

Glasige Augen, offen stehende Münder.
Alle starrten mich an.
Rund fünfzig Gäste hatten sich vier Tage später in das Café gequetscht, um mir zuzuhören. Dabei wusste der Großteil, wie meine Geschichte ausging. Garantiert hatten viele von ihnen *DATE ME* bereits gelesen. Ich erkannte den Umriss des Buches sogar in einigen trendigen Dreißig-Euro-Jutebeuteln, damit sie es sich später von mir signieren lassen konnten.
Wie in Zeitlupe richtete ich mich auf und strich über die aktuelle Seite. Meinen Rücken streckte ich durch, den Bauch zog ich ein. Ich trug ein tief ausgeschnittenes Blumenkleid in Kombination mit meinen Doc Martens und sah damit aus wie auf meinem Profilbild. Schön und nahbar, wie fünfundzwanzig und glücklich. Jemand, der Kaffee natürlich mit Hafermilch bestellte und dann mit einem Lächeln in die Tasten haute. Erfolgreich. Inspirierend. Wenn ich jetzt grinste und sich das Licht in den Schimmerpartikeln meines Lipglosses reflektierte, war ich ihr Vorbild. Genau deshalb durfte ich meine Sitzposition um keinen Millimeter verändern, denn sie filmten mich zu jeder Zeit. Ich konnte nicht riskieren, plötzlich unvorteilhaft zu wirken.
»Und dann ...«, las ich und machte eine Pause.
Instinktiv rutschten sie an die Sitzkanten. Ganz hinten erkannte ich meine Freundinnen. Cora, die mir ermutigend zunickte. Direkt daneben machte Adri es ihr nach. Weiter rechts hockte meine Lektorin Gesa, die mir zulächelte. Jetzt kam die

Stelle, auf die sie alle gewartet hatten. Die, die ohne Gesa niemals existiert hätte.

Hoffnungsvoll, Tess. Denk daran, du willst deine Leserinnen das Buch mit einem guten Gefühl zuschlagen lassen. Das ist wirklich wichtig bei dieser Art von Büchern.

»Und dann setzen meine Finger an, und ich tippe: Noch ein Date?«

Einen Moment lang stand alles still. Dann erwachten sie aus ihrer Starre und klatschten.

»Danke fürs Zuhören«, sagte ich in das Mikro.

Meine Hände zitterten weiterhin, während ich den Blick über das Publikum schweifen ließ. Alexa – die gebuchte Moderatorin – erhob sich und erklärte euphorisch den Ablauf der Signierstunde, dass man sich jetzt anstellen könne und ich gern für Fotos bereitstehe. Dabei landete mein Blick auf dem Typen hinter der Theke. Er räumte naserümpfend Gläser zurück ins Regal. Vielleicht fand er das Ganze genauso lächerlich wie diese kleine, schreckliche Stimme in mir drin. Die, die mir ständig sagte, dass ich mit meinem seltsamen Account bloß viral gegangen war, weil ich über mein Datingleben erzählt und mich dabei darüber beschwert hatte, dass alle Männer Arschlöcher seien. Davor war ich bloß eine alltägliche Influencerin gewesen, die alles fotografiert hatte, was sie schön fand: Schattenspiele an der Wand, den Mond und Gedichte, die eigentlich gar keine Gedichte waren. Vielleicht, weil ich mir selbst nicht schön genug war und ich so nicht mein eigenes Motiv sein musste. Wenn Leute im Internet behaupteten, mein Verlagsvertrag sei mir in den Schoß gefallen, konnte ich nicht widersprechen. Hätte ich mich nie verliebt, vertan und so ganz allgemein verirrt, hätte ich dieses eine Video auf TikTok nicht hochgeladen. Ich hätte nie so viel Aufmerksamkeit erlangt. Manchmal erinnerte ich mich daran, dass ich nur erfolgreich war, weil ich wütend gewesen war. Aber Cora hatte vor zwei Monaten in einem ihrer Selbsthilfebücher aufgeschnappt, dass Wut ein

Ersatzgefühl war. Es überdeckte stets eine viel stärkere Emotion. Wenn meine Wut also nicht echt war, was war mein minimaler Erfolg dann? Nicht real? Den Männern zu verdanken, die mich verletzt hatten? Was wäre ich ohne Männer?

Dieser Gedanke schmerzte.

Aber auf Instagram und TikTok tat ich ja so, als hätte ich mich mit meinen grünen Smoothies und täglichen Meditationen längst geheilt. Also setzte ich deshalb ein Lächeln auf und winkte die erste Leserin zu mir heran.

»Bitte für Rabea«, sagte sie.

Alles, was danach passierte, geschah wie auf Autopilot. Es war nicht meine erste Lesung. Ich wusste, wie das hier ablief. Zerfledderte Ausgaben meines eigenen Buches wurden mir gereicht, versehen mit bunten Post-its und zwischen die Zeilen gequetschten Gedanken.

Auf diesen zweihundertvierzig Seiten hatte ich nicht nur über Männer geschrieben. Es ging um meine Datingerfahrungen, aber auch um alles andere drum herum. Zum Beispiel um den spontanen Islandurlaub, den ich allein verbracht hatte. Den dringlichen Wunsch, meine Wohnung alle paar Monate neu zu dekorieren. Den Bürojob, der mich eigentlich nicht erfüllt hatte. Die Leserinnen konnten sich mit allem identifizieren.

»Deine Worte haben mich durch die schwierigen Phasen begleitet«, sagten sie. »Danke, Tess. Ich weiß nicht, was ich ohne dich gemacht hätte.«

Doch sie hielten nicht nur die Kommentare bereit, die sie sonst in ihren aufwendigen Rezensionen erwähnten. Sie hatten auch die Fragen miteingepackt, die ich unter meinen Videos und Bildern fand. Nur klangen sie ohne ihre wohlwollenden Emojis viel aufgeregter. Lauter. Fordernder.

»Wann kommt dein nächstes Buch raus?«

»Wird es einen zweiten Teil von *DATE ME* geben?«

»Kannst du den Erscheinungstermin schon verraten?«

Antworten auf diese Fragen fielen mir leicht. Es waren die anderen Fragen, die mir die Kehle zuschnürten.

»Jetzt mal so ganz unter uns, ist es etwas Ernsteres mit J geworden?«

»Siehst du J noch?«

»Hast du dich in J verliebt?«

»Schreibst du dein zweites Buch über ihn?«

Da musste ich aufpassen und jedes Wort mehrmals vorher im Mund herumdrehen, um mich ja nicht zu versprechen. Denn die Wahrheit konnte ich nicht verraten.

Tut mir leid, das mit J war nicht so, wie es im letzten Kapitel gewirkt hat. Ehrlich gesagt habe ich J erfunden, weil meine Lektorin meinte, wir bräuchten ein anderes Ende. Ich dürfe alleine bleiben, aber es müsse einen hoffnungsvollen Ausblick auf die Zukunft geben, sonst würden wir Leserinnen enttäuschen. Also habe ich so getan, als wäre mein letztes Date gut gewesen, obwohl ich den Typen danach geghostet habe. Er hieß Jonas. Meinen wirklichen J, Juli, Julian C. Reuter (wofür das C steht, hat er mir nie verraten), lernte ich erst zwei Wochen nach der Veröffentlichung von DATE ME kennen. Aber eigentlich versuche ich ihn gerade zu vergessen, weil er ein Bild von seinem Schwanz in meinem Mund hat, von dem er allerdings angeblich nichts mehr weiß. Ich würde einfach lieber nicht über ihn reden. Ich hoffe, das ist okay.

Das alles zu sagen, wäre wahrscheinlich eher wenig sympathisch gewesen. Deshalb spann ich meine Geschichte weiter. Ich erwiderte, wir würden uns daten, es langsam angehen lassen, schauen, wo die Reise hinging. Und das reichte. Sie lächelten, nickten und atmeten beruhigt aus. Schließlich war mein Happy End für ihr eigenes Happy End wichtig. Wenn ich Männer zwar irgendwie hasste, so wie wir alle Männer hassten, weil sie uns verarschten, betrogen und sich seit 2015 aus Prinzip nicht mehr festlegten, aber trotzdem einen Mann datete, gab es Hoffnung. Wenn ich einen Typen der guten Sorte auf Tinder gefunden hatte, konnten sie es auch.

Ich war mehr als ein Vorbild.

Ich war sie.

Ganz egal wie sie hießen. Helin, Nadine, Ellie, Dilara –

»Amelia.«

Ich zuckte zusammen, als mir das nächste Buch entgegengestreckt wurde. Blassbeige angepinselte Nägel krallten sich nervös in mein neonfarbenes Cover, genau in den Sticker mit meinem lächelnden Gesicht.

»Sorry.« Fröhlich setzte ich mich auf. »Wie war das noch mal?«

Die Frau vor mir schob sich die Brille auf der Nase zurecht. Ihr Blick war ehrfürchtig auf mich gerichtet.

»Für Amelia«, sagte sie.

Ihre gesamte Miene erhellte sich, als ich ihren Namen euphorisch wiederholte und das Buch signierte.

Für Amelia. Tu es für dich. Tess. PS: Ich liebe dein Nasenpiercing!!

»Oh Gott.« Ihre Augen wurden ganz feucht. »Es ist so krass, dass du das schreibst, weil … also … Ich weiß, das klingt jetzt sehr dramatisch, aber als ich dein Buch gelesen habe, war ich mental an einem sehr dunklen Ort, und du hast mir einfach so geholfen, weißt du? Und als ich damit durch war, hatte ich das Gefühl, ich könnte mein Leben wieder in den Griff bekommen. Meine Wunden heilen. Ich habe mir so wie du in Kapitel zweiunddreißig gedacht: Scheiß drauf. Scheiß auf meine Narben. Genau deshalb habe ich mir am nächsten Tag das Piercing stechen lassen. Irgendwie steht es auch für eine Wunde, die nie zuwächst, aber die ich mir freiwillig habe zufügen lassen, was gleichzeitig zeigen soll, dass ich allein Macht über mein Leben habe.«

»Oh wow. Was für eine schöne Geschichte. Super poetisch.«

Ihre Augen wurden noch feuchter. »Findest du?«

»Natürlich«, erwiderte ich und wusste, wie viel ihr dieses Wort bedeutete. »Sehr poetisch.«

ZEHN

»Sag nichts mehr!«

Fünfundvierzig Minuten später klatschte Gesa in die Hände, bevor sie an ihrem Wein nippte. Ihr hauchzart schimmernder Lipgloss hinterließ einen durchsichtigen Abdruck auf dem Glas. Ich tippte auf einen Gloss von Rare Beauty. Leichte Deckkraft, frisch und neutral. Ihr schwarzer Pony war perfekt getrimmt und endete direkt über ihren Brauen, während schlichte Creolen an ihren Ohren hingen. Die langen Haarsträhnen hatte sie zu einem Knoten im Nacken zusammengebunden, wobei sie an Make-up nur das Nötigste trug. Sie war bloß einige Jahre älter als ich, allerhöchstens Anfang dreißig, und hatte mein Manuskript an einigen Stellen damit kommentiert, ob es wirklich realistisch sei, wenn das Ich sich im Alltag für Absatzschuhe entscheide. Eine Anastasia-Steele-Aura umgab sie, was nicht an ihrem Pony oder an ihrem Verlagsjob lag. Gesa wirkte unschuldig, vorbildlich. Wie eine mathematische Gleichung mit richtigem Ergebnis. Wie eine Frau, der noch nie ein Fehler unterlaufen war.

»Wir nennen es *BOYS* oder, nein, noch besser: *BOYFRIENDS*. Ich sehe das Cover schon vor mir, wieder knallig und mit Neonfarben, im selben Stil wie *DATE ME*. Ich habe so viele Ideen. Wir können das Buch sogar gleich zur Buchmesse im Oktober ankündigen. Wir könnten auch ein exklusives Event daraus in Frankfurt machen, mit ausgewählten Bloggerinnen. Hättest du Lust darauf? Ich bin mir sicher, dass ...«

Gesa sprudelte über vor Ideen, während ich lächelnd nickte.

Wir saßen vor zwei Schüsseln Ramen, wobei ihre immer noch unberührt war. Letzte Sonnenstrahlen beschienen die Gesichter der vorbeiziehenden Menschen, während in mir noch das Adrenalin der Lesung pumpte. All die Gesichter, die mir all ihre Geschichten erzählt hatten.

Meine Tasche hing am Stuhl, und ich spürte mein Handy darin vibrieren. Wie es überhitzte vor lauter Erwähnungen und Markierungen. Ich hatte mit so vielen Fremden für Fotos gelächelt, die ich garantiert schrecklich fand. So wie immer.

»Gott, entschuldige, dass ich schon bei Titeln bin. Aber sag mal, was hältst du denn generell von der Idee, anhand deiner persönlichen Erlebnisse aufzuzeigen, wieso Dating in deiner Generation so schwierig ist? Natürlich würde sich das inhaltlich an manchen Stellen mit DATE ME überschneiden, aber das darf es ruhig, wenn du auch Erfahrungen im Zeitraum davor und danach mit reinnimmst. Dann könnten wir es auch ganz anders darstellen, die Kapitel nach den Männern benennen zum Beispiel. Ich stelle mir das sehr interessant für deine Leserinnen vor.«

»Ich, ähm, ja, das klingt eigentlich ganz gut.«

Gesa hatte absichtlich angeboten, zu meiner Lesung von Berlin nach Hannover zu kommen, um mein Folgeprojekt bei einem Abendessen persönlich zu vertiefen. Zuerst hatte sie mich nach meinen Ideen gefragt. Vielleicht noch was über Dating? Oder das Leben als Influencerin? Auf meine vagen Vorschläge hin hatte Gesa mir versichert, dass ich das alles integrieren könne, bevor sie mir ihren Vorschlag präsentiert hatte.

Im Grunde fand ich ihre Idee schrecklich.

Ich hatte meinen Leserinnen schon so vieles verraten. Was könnte ich ihnen schon Neues erzählen?

Mein Liebesleben begann im Alter von fünfzehn, als ich noch ein Mädchen und A ein Junge war. Es gab keinen Sex. Und trotzdem ist er derjenige, den ich am meisten von allen geliebt habe. Danach folgte eine Reihe fragwürdiger Männer in verschiedenen Altersstu-

fen: M aus Linden stupste mich mit dem Ellbogen an, während ich an seinem Bier nippte. Seitdem fehlt mir ein kleines Stück meines Schneidezahns. Er bemerkte es nicht mal. In einem Gastbuch der Herrenhäuser Gärten steht Gewitter sind schön, hingekritzelt von mir, weil ich mit dem Jurastudenten K händchenhaltend durch den Platzregen gelaufen war. Danach hatte er mir gesagt, ich sehe hübscher aus mit nassen Haaren. Deswegen gibt es die Selbstporträts mit nassen Haaren auf meinem Instaprofil. B, der Rapper werden wollte und peinliche Texte schrieb, verabscheute meinen Musikgeschmack. Als wir uns kennenlernten, entdeckte ich gerade Edwin Rosen. Ich zeigte B mein Lieblingslied leichter//kälter, *und er sagte* »Boah, Tess, mein Kopf, das Lied macht mich verrückt.« *Am Ende machte ich ihn noch verrückter, aber nicht auf die sexy Art. Es folgten einige weitere Dates, die ich nicht nüchtern-literarisch verpacken kann, weil sie passierten, ohne dass wirklich etwas passierte. Bis ich schließlich auf meinen wahren J stieß, über den ich nicht schreiben will.*

Das war garantiert nicht das, was Gesa sich vorstellte. Zu lakonischer Ton, zu gedrückte Stimmung.

»Du musst hier und heute natürlich nichts zusagen«, fügte sie hinzu. »Lass dir das Ganze einfach durch den Kopf gehen, und dann bespreche ich mit deinem Management alles Weitere, was hältst du davon?«

Ich schwieg, doch mein Schweigen sagte alles. Gesa spürte meine Bedenken und setzte sich auf.

»Es gäbe da natürlich noch eine andere Möglichkeit ...«

Ihre Pause. Sie war so durchschaubar wie das Bestellen eines zuckerreduzierten Getränks.

Ich wusste, was jetzt kam.

Langsam rückte sie mir mit den Ellbogen auf der Tischplatte noch ein Stückchen näher. Sie zögerte. Dann holte sie tief Luft, musterte mich und fragte sich wahrscheinlich innerlich, wie weit sie gehen könne. Wochenlang hatte sie mit mir mein Liebesleben seziert, mit Rechtschreibprüfung und dem Anspruch an eine kohärente Erzählung. Sie hatte Sätze gelesen, die ich meinen Freundinnen nie gesagt hatte.

Aber sie war nicht meine Freundin.

Unsere Beziehung war kompliziert. Sie wusste intime Details über mich, zum Beispiel, dass ich nie herausgefunden hatte, ob es mir gefiel oder mich anekelte, wenn mir die schmierige Männergruppe vor dem Wettbüro hinterhersah. *Ich werde angeschaut. Ich kann nicht ganz so hässlich sein.* Das hatte sie mir rot angestrichen, mit der Anmerkung, ob die Leserinnen das wirklich wissen müssten, ob es das Ich vielleicht nicht zu negativ und unsympathisch erscheinen lasse. Ich hatte es kommentarlos gelöscht.

»Wenn du eine neue Beziehung hättest«, fuhr sie fort »könntest du über sie schreiben. Über deinen richtigen J sozusagen.«

»Hm«, machte ich und lächelte dabei so gespielt, dass nicht nur meine Lippen, sondern eigentlich alles wehtat.

DATE ME, Auszug, Manuskript

Mit P hat alles angefangen.
Lange bevor meine Morgen mit Spinning und dem anschließenden Sonnengruß begannen, bevor ich mein verschwitztes Gesicht und verschiedene Yogaposen dokumentierte, um die Sequenzen hinterher zu einem Video zusammenzuschneiden. Immerhin war er die Inspiration für mein Kurzvideo, mit dem ich auf TikTok endlich viral ging: Dreiundzwanzig Gründe, wieso Dating abgfckt ist.
P kontaktierte mich aus dem Nichts. Er war damals Lehramtsstudent, hatte Bonzeneltern, das Auslandsjahr nach dem Abi, eine Schwäche für Oasis und den Wunsch nach einem Rockstarleben. Er schrieb mich auf Instagram an, weil er über einen Eintrag auf meinem Blog gestolpert war. Seine erste Nachricht an mich bestand aus stilistischen Verbesserungsvorschlägen. Nur um dir zu helfen, textete er, und ich konnte mich nicht entscheiden, ob ich es übergriffig oder aufmerksam fand. Immerhin fühlte ich mich gesehen, nicht wie auf meinen gestellten Spiegelselfies, sondern wegen mir und meiner Gedanken. Später fand ich heraus, dass er von Anfang an nur hatte in mir sein wollen. Genauso formulierte er es, und als er mir nach einem Monat voller Textnachrichten und unserem ersten Mal Sex das Herz brach, war ich rasend vor Wut. An Sex kam man auch einfacher, aber P studierte Deutsch. Er wollte keine klare Lösung, sondern Raum zum Interpretieren mit einem schwammigen Fazit, das jeder so benennen konnte, wie er es wollte. Kurz: Er wollte nicht einfach nur Sex. Er wollte, dass ich ihn wollte, um mich dann nicht mehr zu wol-

len. Nachdem er mich sieben Tage lang geghostet hatte, gab ich das Warten auf. Ich schnappte mir meine Wut und meinen Laptop und packte all meinen Frust in ein Video. Dann passierte die TikTok-Magie, von der alle redeten: Über Nacht erhielt ich über zwei Millionen Aufrufe. Einfach so. Große Influencerinnen teilten den Beitrag, überhäuften mich mit Zustimmung, und ich schätze, dass es so begann. Jede Frau fühlte sich von mir gesehen. Ich gewann über zwanzigtausend Followerinnen in drei Tagen. Plötzlich wollten Marken mit mir zusammenarbeiten, ich unterzeichnete einen Vertrag bei einem Influencer-Management und kündigte meinen Job als Texterin in der Werbeagentur. »Das Universum liebt dich«, hatte meine beste Freundin Cora deshalb beschlossen, und wahrscheinlich hatte sie recht. Immerhin schreibe ich gerade dieses Buch, eine lange Erzählung über mein Leben und meine Datingerfahrungen. Dabei hatte ich mich schon früher in meinem Blog an autobiografischen Texten versucht und den Reiter dafür persönlich genannt, doch sie liefen schlecht. Ganz egal wie sehr ich über meinen Schatten sprang und in meinen Storys Eigenwerbung betrieb. Niemand klickte die Einträge an. Meistens bekam ich keine einzige Reaktion. Kein Kommentar, keine Nachricht. Nichts.

Bis P kam.

Jetzt besteht mein Alltag aus hellen Filtern, penibel ordentlich geschnittenem Obst in Schüsseln von Etsy und zufälligen Schattenspielen auf meinen Wänden, die ich hastig abknipse. Mein Zuhause stelle ich mit Glücksfedern und Monsteras zu. Ich kaufe immer mehr Pflanzen, Avocados und Grünkohlsalate, tauschte Haushaltszucker gegen Dattelsirup. Im Grunde filme ich immer nur dasselbe ab, grünes Gemüse in Bowls und Hafermilch in schönen Tassen, doch das Internet liebt es. Ihr schickt mir Smileys mit Herzaugen, fragt mich nach der Marke meines 6-Minuten-Tagebuches und wollt alle dasselbe wissen: Was ist dein Geheimnis, wie machst du das? Immerhin bin ich @tessteilt, eine Erfolgsstory, fünfundzwanzig und ein waschechtes That Girl. Wenn ihr mich fragt, wie ich mich täglich zum Sport motiviere, schreibe ich, dass ich es für meine mentale Gesundheit tue. Was für eine Meditationsapp ich benutze? Schau mal in meine Bio, ich habe sogar einen Rabattcode. Wie ich so viel Gemüse in meiner Ernährung integriere? Ich setze auf intuitives Essen und höre auf meinen Körper, fokussiere mich allerdings nie primär auf mein äußeres Erscheinungsbild.

Wenn ich ehrlich bin, habe ich die letzten Jahre damit verbracht, meine Persönlichkeit in eine Marke zu verwandeln. Authentisch, echt und hoffnungsvoll. Genau deshalb filme ich alle paar Wochen meine Körperstellen ab, die die Gesellschaft uns als Makel verkauft. Ich zeige meine Cellulite, die Dehnungsstreifen auf meinem Bauch, die Härchen an meinen Armen. Wenn ich Zeit habe, schreibe ich sogar einen kurzen Text und spreche ihn als Voiceover ein. Unter diesen Videos bedankt ihr euch am meisten für meine Offenheit. Meine Authentizität. Doch ich gebe acht, dass ich diese Art von Videos nur selten teile. Zu viel Echtheit ist nämlich schwierig, anstrengend und kompliziert. Nicht wirklich motivierend und auch nicht besonders ästhetisch. Ich muss meine Echtheit immer wieder in meine Ästhetik streuen, nicht umgekehrt.

Dabei meine ich alles, was ich schreibe. Dass mein Leben schön ist, ich meine Morgenroutine liebe und Yoga mein Leben verändert hat. Doch ich besitze auch andere Wahrheiten, Geschichten und geheime Rituale, die ich nicht mit euch teile. Es ist, als hätte ich zwei Seiten: meine schönen Schnittbilder und meine Gedanken, die mich innerlich zerteilen. Niemand von euch würde darauf kommen, dass ich manchmal vor meinem Spiegel stehe, nackt und noch nass von der Dusche, während ich mir bildlich vorstelle, wie mein Bauch sich verkleinert.

Dass ich in diesen Momenten nicht weiß, ob das noch Visualisieren oder schon Selbstquälerei ist. Dass es Tage gibt, an denen ich Magerquark mit Wasser cremig rühre, weil diese Hose, die nun alle haben, mir in meiner eigentlichen Größe nicht passt. Und manchmal, da stehe ich barfuß in meiner Küche, putze Spinatblätter über meiner Spüle und denke daran, dass P mir mal gesagt hat, Sätze die mit »Und« beginnen, seien unelegant.
Einfach so.*

*Anmerkung Schneider, Gesa: Ich LIEBE diese Stelle, ganz ehrlich! Ich befürchte nur, dass sie etwas zu »negativ« rüberkommen könnte, deshalb würde ich vorschlagen, wir streichen sie und vertiefen dafür das Kapitel über B. Wäre das für dich in Ordnung? 😊

ELF

Cora sah ihn zuerst wieder.

Wir lagen nach dem Abendessen mit Gesa auf meinem Bett, während sie einen Proteinriegel in der Geschmacksrichtung Hazelnut Choc aufriss und auf ihrem Handy herumwischte. Ihre Füße ruhten an meinem Kopf, mein Kopf an ihren Füßen.

»Wer auch immer behauptet, dieser Riegel würde nach Toffifee schmecken, lügt.«

»Du könntest auch einfach Toffifee essen.«

»Du weißt, dass das nicht geht.« Sie hielt mir den Riegel vor die Nase. »Damit komme ich wenigstens auf meine Proteine.«

Ich seufzte. Dieses Jahr sollte nämlich das Jahr sein, in dem Cora ihre Wunschfigur erreichte. Wie viele Versuche sie schon gestartet hatte, konnte sie selbst nicht mehr sagen. Natürlich nannte sie es auch nicht Diät, sondern eine ausbalancierte Ernährung, zu der sie Tipps aus Videos namens *How I healed my gut* aufschnappte. Frauen erzählten, wie griechischer Joghurt in Papayaschiffchen Blähbäuche verhindere, um so in der aktuellen Wellness Culture hervorzustechen. Selbst Cora erklärte ständig, dass sie nicht wegen ihres Aussehens abnehmen wolle, sondern um sich wohlzufühlen. Wegen ihrer Gesundheit. Um im Einklang mit ihrem Körper zu sein. Und ich wollte das glauben, wirklich, allerdings wusste ich es besser.

Ich kannte diese Art vom Selbstbetrug.

»Übrigens nehme ich ihn nicht zurück«, sagte Cora und legte den Riegel (halb aufgegessen) beiseite. »Siehst du? Ich schaue mich sogar nach anderen Männern um. Das *ist* darüber hinwegkommen.«

Carsten hatte ihr seit eineinhalb Tagen nicht mehr zurückgeschrieben. Sie machten also Schluss, ohne Schluss zu machen. Der Klassiker.

»Weißt du, was ich darüber denke?«

»Negative Gedanken, die du eigentlich nicht haben willst, weil du ja so eine positive Ausstrahlung in deinen Videos hast? Vor allem, weil du gerade die beste Lesung überhaupt hinter dir hast und nicht einmal Lust verspürst, ein bisschen feiern zu gehen?«

»Meine Lektorin hat mir gerade gesagt, dass ich eine alte Geschichte in einem neuen Buch verkaufen soll.« Ich seufzte tief. »Ich habe Kopfschmerzen.« Um vom Thema abzulenken, legte ich mich so neben sie, dass wir gemeinsam auf das Handydisplay starren konnten. Ich nickte zum Bildschirm. »Ich denke übrigens, dass du das nur machst, um herauszufinden, ob Carsten wieder bei Tinder ist. Deshalb swipst du eigentlich gerade.«

»Nope, das interessiert mich nicht im Geringsten. Er kann machen, was er will.«

»Aber alles, was er macht, macht etwas mit dir.«

»Ich kann gerade wirklich keine Predigt darüber vertragen, dass Carsten ein Arsch ist und ich etwas viel Besseres verdient habe, Tess.«

»Es ist die Wahrheit.«

»Aber die Wahrheit ist in den meisten Fällen einfach nur irrelevant, und das weißt du.«

»Das klingt ziemlich traurig.«

»Sagt die, die ständig traurig ist.«

»Stimmt gar nicht«, murmelte ich, bevor ich mich erhob und mir mein eigenes Handy holte, das an der Steckdose auflud. Wie viele Personen mich wohl nach meiner Lesung auf Beiträgen markiert hatten?

Gott. Bitte lass mich nicht schrecklich auf den Fotos aussehen.

Doch ich kam gar nicht dazu, diese zu kontrollieren, weil Cora mich plötzlich zurück ans Bett winkte, wo sie mir den Bildschirm unter die Nase hielt.

»Wenn er mich zurückmatcht, schreibe ich ihn an. Und ich habe noch nie den ersten Schritt gemacht. Beweist dir das nicht, dass ich ernsthaft über Carsten hinweg bin?«

Leo | 32 | 1,89 | gute Pasta & Wein 🍝🍷

Ich verstand sofort, wieso Cora ihn anschreiben wollte. Die blonden Haare, der markante Kiefer. Das Bild zeigte ihn in einem Restaurant, bekleidet in einem Hemd, das seinen Bizeps lächerlich gut betonte. Es war ein Schnappschuss, ein Foto, das er aus einem anderen herausgeschnitten hatte. Wäre ich Cora, hätte ich ihn niemals nach rechts gewischt. Alles an ihm schien so glatt, friedlich und freundlich, mit einem Leben voller Freunde und viel Wein. Er stellte eine Behauptung auf und unterlegte sie. Perfekt eigentlich, oder?

»Du kannst ihn nicht anschreiben«, sagte ich.

»Äh, wieso nicht?«

»Das ist der Typ mit den Pommes.«

»Der dich nach Hause gebracht hat?«

»Und nicht mal meinen Namen wissen wollte.« Ich hielt inne. »Aber ich schätze, dass wir ihm das nicht vorhalten können, weil ich auch nicht nach seinem gefragt habe, also sind wir wohl quitt.«

»Niemals ist er das.«

»Doch.«

»Nein.«

»Cora, das ist lächerlich.«

»Also, wenn das wirklich stimmt ...« Sie neigte den Kopf. Dann strahlte sie. »Dann solltest du dich auf Tinder anmelden und ihn anschreiben. Das wäre sogar auf moderne Weise romantisch.«

»Das mache ich nicht.«

»Wieso nicht? Er sieht gut aus und war überraschend nett zu dir. Wo ist das Problem?«

»Das ist es ja. Ich habe keine Probleme. Ich will keine Probleme.«

Das war gelogen.

Zumindest der erste Teil.

Wenn ich die Augen schloss, sah ich Juli. Seine Umrisse, seinen Körper, seine Nacktheit.

Immer seine Nacktheit.

Er hatte mir weiterhin nicht geantwortet. Ein Teil von mir ahnte, dass er es nie tun würde, und der andere wusste nicht, was er mit dieser Ahnung anstellen sollte.

»Also?«, fragte Cora ganz aufgeregt. »Was denkst du?«

»Dass ich Carsten möglicherweise doch anflehen sollte, dass er dich zurücknimmt, damit du mein Liebesleben nicht weiter kommentierst.«

»Nein, das denkst du nicht. Los.« Sie lächelte schelmisch. »Lad dir Tinder wieder runter und such ihn. Dann schreib ihn da an. Das wäre romantisch.«

»Du bist so verkorkst.«

»Mach es.«

»Ich will niemanden daten, und ich will garantiert nicht Leo daten.«

»Wenn du es nicht tust, tue ich es. Ich kenne dein Passwort.«

»Das ist Nötigung.«

»Nenne es *Deine beste Freundin verhilft dir zu deinem Glück*. Komm schon, du könntest ein wenig Ablenkung gebrauchen nach der Sache mit Juli.«

Die Sache mit Juli. Ich hatte Cora immer noch nicht von dem Bild erzählt. Dennoch reichte die Erwähnung, damit ich klein beigab und nach meinem Handy griff.

»Ich kann nicht glauben, dass ich mir die App erneut runterlade«, murmelte ich.

Innerhalb von zwei Minuten hieß Tinder mich wieder willkommen. Ich bestätigte die Datenschutzbedingungen und hielt mich nicht mal damit auf, mein Profil zu ändern. Keine Ahnung, was meine Beschreibung sagte, welches Lieblingslied ich eingestellt hatte oder zu wie viel Prozent mein Profil vervollständigt war.

Sicher wusste ich bloß, dass ich es dann nicht glauben konnte.

Leo war das mir zuerst vorgeschlagene Profil.

»Es ist fast wie Schicksal«, flüsterte Cora ehrfürchtig.

ZWÖLF

Leo: Ich brauche deine Hilfe

Leo: Wie schreibe ich eine Frau an, der ich die besten Pommes der Welt gezeigt habe? 😜

Ich: Das ist eine ziemlich spezifische Frage

Leo: Ist sie falsch?

Leo: Du musst wissen, es ist mein erstes Mal auf Tinder

Ich: Verstehe

Ich: Na dann schnell die Basics 😂

Ich: Eigentlich solltest du mich fragen, wie mein Tag so war

Ich: Oder du bist gleich ein Draufgänger und fragst mich nach meinem Lieblingstier

Leo: Wieso sollte ich?

Ich: Damit du mir anschließend meine sexuellen Vorlieben erklären kannst

Leo: Das ist ein Witz, oder?

Ich: Leider nicht 😂

Leo: Scheiße

Leo: Wo bin ich hier nur gelandet 😂😂😂

Ich: Mich würde eher das Wieso interessieren 🤭

Ich: Wusstest du, dass Selbstbestätigung einer der Top 3 Gründe ist?

Leo: Du willst mir also sagen, dass die Mehrheit der Menschen hier nur angemeldet ist, damit sie Likes bekommen? 😂

Ich: Nein, ich MUSS es dir sagen

Ich: Ich soll dir doch die Basics beibringen 😊

Ich: Du hast mir meine Frage übrigens nicht beantwortet

Ich: Wieso bist du hier?

Leo: Keine Sorge, ich bin nicht für die Likes hier 🙈

Ich: Für was dann?

Leo: Damit ich dich hier finden konnte 😌 😌 😌 😌 😌

Ich: Wir kennen uns schon 😌 😌 😌 😌 😌 😌

Leo: Man kann Fremde gar nicht kennen. Hat mir mal jemand gesagt.

Leo: Aber anderes Thema 😂

Leo: Ich wollte dich an dem Abend nach deiner Nummer fragen, aber du schienst wirklich so, als hättest du einen schlechten Tag

Ich: Also wolltest du mich nicht überstrapazieren? 😂

Leo: Ich wollte dich nicht belästigen

Ich: Zu deiner Verteidigung: Ich hätte sie dir höchstwahrscheinlich gegeben

Ich: Weil du mir so gute Pommes gezeigt hast 😌 😌 😌

Leo: Du weißt, dass das auf eine schräge Weise irgendwie versaut klingt, oder? 😂 😂 😂

Ich: Willkommen bei Tinder 😂

Leo: Was für eine Ehre, von dir nach rechts geswipt und dann hier willkommen geheißen zu werden 🙏

Ich: lol

Leo: Wieso war dein Tag eigentlich so schlecht? 🤭

Leo: Und wieso antwortest du mir darauf nicht?

Ich: Ich wollte dir Ghosting erklären

Leo: Sehr gnädig von dir 😂

Ich: Übrigens habe ich dich nicht nach rechts geswipt

Ich: Das war meine Freundin

Leo: Deine Freundinnen wissen also schon von mir? 🤭

Ich: Es ist nicht so, wie es klingt

Leo: Okay

Leo: Aber das hier ist genau so gemeint, wie es klingt:

Leo: Würdest du mir deine Nummer geben?

DREIZEHN

Leo (Hannover): Jetzt, wo ich deine Nummer habe, möchte ich eins klarstellen:

Leo (Hannover): Mir ist egal, was dein Lieblingstier ist

Leo (Hannover): Wir sollten uns treffen, Tess

Ich: Deine Aussagen werden nicht dramatischer, bloß weil du meinen Namen mit einem Komma hinten dranhängst 😂

Leo (Hannover): Und ich dachte schon, du würdest mich nie für meine korrekte Kommasetzung loben 😊

Ich: Für deine korrekte Kommasetzung loben?

Leo (Hannover): Hey, lass mich 😂

Leo (Hannover): Für irgendetwas muss sich der Deutsch-LK ja gelohnt haben 😂

Ich: Ah ja

Leo (Hannover): Wie wäre es mit morgen? 😊

VIERZEHN

Am Tag unseres Dates ließ ich keinen Punkt aus.
Natürlich hatte ich zuerst mit der Zusage gezögert. Was ich Cora gesagt hatte, war mein Ernst gewesen: Ich wollte keine weiteren Probleme. Außerdem war die Sache mit Juli gerade erst einige Tage vorbei. Er schwirrte mir immer noch wegen des Fotos im Kopf herum.
Ich weiß nicht, was du meinst.
Und sein Echo begleitete mich ebenfalls weiterhin.
Aber wahrscheinlich hatte ich genau deshalb zugesagt: weil ich Ablenkung gebrauchen konnte. Und weil Leo – das musste ich zugeben – tatsächlich charmant und witzig wirkte. Also hatte ich Ja gesagt, bevor mein Lichtwecker mich am nächsten Morgen exakt um sechs Uhr dreißig aus dem Schlaf holte. Absichtlich vermied ich einen Blick aufs Handy, rollte nach dem Zähneputzen meine Yogamatte aus und ließ mir nach zwanzig Minuten von Mady Morrison in einer angenehmen Lautstärke sagen, dass ich mir selbst für diesen Start in den Morgen danken sollte. Anschließend tappte ich in die Küche, griff nach der Dose mit dem Greens-Pulver und mixte mir meine erste Portion Gemüse des Tages zusammen. Mein Geheimtipp war, heißes Wasser zu verwenden, weil es so wie ein Kräutertee und nicht vollkommen ungenießbar schmeckte. Mit der dampfenden Tasse in der Hand setzte ich mich aufs Sofa, griff nach meinem Journal (Journal, ganz wichtig, nicht Tagebuch oder Notizheft) und kritzelte Affirmationen für den heutigen Tag nieder.

Worte, die ich besonders tief verinnerlichen wollte, wiederholte ich.

Ich bin gut.
Ich habe eine schöne Seele.
Ich kann alles schaffen, was ich mir vornehme.
Ich habe ein schönes Herz.
Ich bin erfolgreich.
Ich bin intelligent.
Ich bin eine emphatische Freundin.
Ich kann mich mit einem Mann treffen, ohne dass es zu einem Problem wird.

Meine Morgenroutine schloss ich mit einer kurzen geführten Meditation ab.

»Vergessen Sie die Welt ringsherum. Konzentrieren Sie sich nur auf sich. Nehmen Sie Ihren Körper wahr. Ihre Atmung. Ihren Herzschlag. Spüren Sie ihn in Ihrem gesamten Körper, wie er Sie wieder und wieder am Leben hält. Was für ein Geschenk das ist. Nehmen Sie die Dankbarkeit wahr.«

Vor meinen geschlossenen Lidern explodierten die wildesten Farben, während ich mich bei jedem Atemzug dazu ermahnte, ihn bewusst wahrzunehmen, bei mir zu sein, hierzubleiben. Als ich mich nach sechs Minuten und siebenunddreißig Sekunden wieder erhob, verneigte ich mich vor mich selbst.

Ich war so gut zu mir.

Das sagte ich mir auch eineinhalb Stunden später, während ich im Fitnesscenter auf dem Laufband war. Ich hatte eins in der ersten Reihe ausgesucht, dort, von wo aus man sich in der riesigen Fensterscheibe gespiegelt sehen konnte. Links in weiter Ferne stemmten Männer über hundert Kilo, während eine Frau mit geflochtenen Haaren bei jedem Zug an der Rudermaschine laut schnaufte. In meinen Ohren dudelte ein Podcast zum Thema innerer Teenager, der wahrscheinlich das neue innere Kind war. Währenddessen lief ich auf zwölf Prozent Steigung und

Geschwindigkeit Stufe vier. Das Ganze tat ich dreißig Minuten lang, weil Frauen im Internet darauf schworen. Diese Einstellung habe nämlich ihr Leben – wahrscheinlich eher die Straffheit ihrer Hinterteile – verändert. Sie hätten nun mehr Selbstbewusstsein und könnten sich endlich wieder selbst lieben. Ich griff nach meinem Handy und textete Cora.

> **Ich:** Bekommst du in letzter Zeit auch immer Videos vorgeschlagen, in denen Frauen darauf schwören, dass irgendetwas ihr Leben verändert hätte?

> **Ich:** Dabei sind es meistens nur Dinge wie Lipgloss, neue Laufschuhe oder eine Leggins

> **Ich:** Glaubst du, ich muss auch so ein Video machen, wenn es gerade im Trend ist? 😂

Mein Blick huschte zur Anzeige auf dem Laufband. Noch acht Minuten. Ich legte mein Handy gerade zurück in die Halterung, da bemerkte ich in der Scheibe, wie ein vorbeigehender Typ mir auf dem Hintern starrte. Kurz meinte ich zu erkennen, wie er mit den Brauen wackelte, doch ich sah schon weg.

Um kurz vor zehn pingte meine Apple Watch und lobte mich für diesen großartigen Start in meinen Morgen.

Das Ding war: Manchmal, dann, wenn ich für drei Sekunden keine Probleme hatte und daran glauben konnte, dass wirklich alles gut werden könnte, kaufte ich mir die ganze heuchlerische Perfektionsscheiße selbst fast ab.

Aber immer nur fast.

@tessteilt, Vlog, gepostet um 14:02 Uhr

5696 Likes, 120 Kommentare

Ich weiß, ihr habt meine Morgenroutine sicherlich schon satt, aber ich liebe sie so, so sehr ♡ Sie legt den Grundstein für meinen Tag, ohne sie wäre ich nur halb so produktiv. Mein liebster Part besteht aus meinen Affirmationen, denn damit übe ich mich in Selbstliebe. Schreibt ihr auch Affirmationen? 😊 #tessteilt #dailyvlog #journaling #selflove

FÜNFZEHN

Leo war zuerst da.

Bereits von Weitem konnte ich ihn an unserem vereinbarten Treffpunkt erkennen. Die große Statur, das blonde Haar. Er war auffallend in seiner Schlichtheit. Ein überdurchschnittlich gut aussehender Typ an einem Mittwochabend, der vielleicht bloß eine Spur zu nervös auf seinen Fußballen wippte. Man hätte diese Regung als Ungeduld verbuchen können. Ich entschied mich für Nervosität. Ein letztes Mal zog ich mein Handy hervor und checkte mein Aussehen mithilfe des Selfiemodus. Meine vorderen Haarsträhnen lagen fast so voluminös wie frisch vom Friseur. Ich war natürlich geschminkt, hatte trotzdem etliche Produkte verwendet und eine halbe Stunde vor meinem Spiegel verbracht. Doch es hatte sich gelohnt. Ich strahlte. Ich vibrierte.

Das wird richtig gut.

Ich setzte ein Lächeln auf, bevor ich die letzten Schritte auf Leo zutrat und mich fragte, ob ich jemals nicht vor einem ersten Date diese viel zu trügerische Hoffnung in mir getragen hatte, die besagte, dass nach diesem Abend alles anders sein würde. Wie in den Filmen voller Magie und Romantik, die wir alle irgendwie mochten.

Die Feministin in mir hasste mich dafür, aber ich versicherte ihr, dass ich natürlich nicht *wirklich* an diese Filmmagie glaube. Im allerschlimmsten Fall glaubte ich vielleicht zu 0,00000001 Prozent an sie, und das war ja so gut wie nichts.

»Hey«, sagte Leo keinen Moment später und grinste.

Nichts daran fühlte sich falsch an. Wir teilten nicht mal diese unangenehmen Sekunden vor einer peinlich berührten Umarmung. Kurz, aber bestimmt, drückte er mich an seine Brust. Seine Hand streifte dabei fast meinen unteren Rücken, denn ich spürte, wie sie darüber schwebte. Alles in mir kribbelte.

»Wollen wir?«, fragte er dann und nickte zum Lokal, das er ausgesucht hatte. *Little Cortile*, ein modernes Restaurant, das sich nur auf Nudelgerichte mit hausgemachter Pasta konzentrierte. Beim Reingehen hielt er mir die Tür auf, da sprach ihn schon jemand an.

»Na, hallo, Leonard.« Der Mann hinter der Theke grinste breit. »Hängen dir deine labbrigen Pommes etwa schon zum Hals raus, und du willst endlich etwas Vernünftiges essen?«

Leo schüttelte bloß belustigt den Kopf, bevor auch ich begrüßt wurde und wir anschließend zu einem Tisch im hinteren Bereich geführt wurden. Ich erkannte viele Holzbalken und schwarze Lampen, kleine Basilikumtöpfe auf den Tischen. An einigen Plätzen nippten andere Gäste bereits an ihren Spritz während der Kellner uns die Karten reichte und kurz darauf andere Gäste nach weiteren Getränkewünschen fragte.

»Welche Pommes?«

Verwirrt sah Leo auf.

»Die Pommes.« Ich räusperte mich. »Die, von denen dein Bekannter gerade gesprochen hat?«

»Ach so, ja.« Er lächelte schief, doch es sah nicht sexy wie in den Filmen aus. Er wirkte jungenhaft. So unschuldig. »Er meinte wohl meine, schätze ich.«

»Deine Pommes?«

»Genau.« Unruhig rutschte er auf seinem Stuhl herum. »Meine Pommes.«

»Ich finde es etwas komisch, dass wir ständig Pommes sagen, wenn wir zusammen sind.«

»Ich befürchte, das liegt an mir. Eigentlich besteht mein ganzes Leben aus Pommes.«

»Okay, also, langsam verstehe ich wirklich nur noch Pommes.«
»Sorry.« Leo lachte rau. »Ich hätte dich aufklären sollen. Erinnerst du dich an den Laden, wo wir Pommes bestellt haben? Das ist meiner.«

»*Hannah loves Fries*? Das ist *deins*?«

»Na ja, ich fürchte, eigentlich gehört es der Bank, aber daran versuche ich die meiste Zeit nicht zu denken.«

»Warte mal, wie alt bist du noch mal?«

Er stützte sich auf die Ellbogen, bevor er sich ein Stückchen zu weit herüberlehnte. Mein Herz setzte plötzlich aufgrund der Nähe einen Schlag aus.

»Ich bin zwar neu auf Tinder«, begann er belustigt. »Aber ich bin mir sicher, dass du dir mein Alter hättest merken sollen.«

»Regel Nummer eins.« Ich schüttelte den Kopf. »Erwähne auf einem Tinder-Date Tinder so wenig wie möglich. Killt oft die Stimmung. Meistens muss man dann nämlich daran denken, dass der andere garantiert hundert andere Matches hat und man eigentlich nur eine Option von vielen ist. Hinterher gibt man noch zu, dass man mehrmals täglich auf Tinder reinschaut, nur um herauszufinden, ob der andere dort immer noch online ist, ganz besonders nach einem guten Date.«

»Läuft das echt so?« Leo kräuselte die Stirn. »Dass man jemanden gefunden hat, mit dem man weitersehen will, aber sich trotzdem immer weiter umschaut?«

»Irgendwie schon.«

»Aber wieso?«

»Keine Ahnung.« Ich seufzte. »Womöglich weil wir denken, dass wir immer etwas Besseres finden könnten. Dass es das einfach nicht gewesen sein kann. Dass es einfach jemanden geben *muss*, der uns noch glücklicher machen könnte, weißt du?«

Leo schwieg, doch ich hielt die Stille nur einige Sekunden aus, bevor ich nervös zu lachen anfing.

»Gott, tut mir leid, falls das irgendwie zu viele Informationen waren. Ich hatte nur ziemlich … unschöne Erfahrungen auf Tinder.«

»Nein, entschuldige dich nicht«, erwiderte Leo sofort und rückte noch einige Zentimeter näher. »Das ist doch verständlich.«

Meine Mundwinkel hoben sich, seine taten es meinen gleich. Dabei berührte nichts von ihm nichts von mir, allerdings spürte ich die Wärme, die von seinem Körper ausging, trotzdem. Seine Präsenz. Leo, so ganz allgemein.

»Also«, sagte ich und nickte zur Karte, darum bemüht, das Thema hinter uns zu lassen. »Nur damit ich Bescheid weiß: Gibt es hier auch irgendetwas, für das ich verurteilt werde, wenn ich es nicht bestelle? So wie zum Beispiel Pommes ohne Mayo?«

»Heute keine kulinarische Verurteilung jeglicher Art.« Er hob beide Hände. »Versprochen.«

Eine halbe Stunde später rollten wir Spaghetti auf. Ich hatte mich für die Trüffelpasta entschieden, Leo für die Carbonara. Ich fragte ihn nach seinem Restaurant und fand heraus, dass er nach der Ausbildung als Koch in edlen Restaurants gearbeitet, aber sich vor zwei Jahren dazu entschieden hatte, etwas Eigenes und ganz anderes auf die Beine zu stellen. So entstand also *Hannah loves Fries*, das er nach seiner Schwester benannt hatte, weil sie Pommes eigentlich hasste. Hannah war die ältere Schwester, aber er der größere Bruder. Wenn sie sein Restaurant besuchte, bestellte sie nur Desserts. Sie *lebte* (angeblich ihre Wortwahl, nicht seine) für den Käsekuchen mit Karamell und Salzbrezeln. Leo erzählte sogar, dass sie Fotografin war und Porträts seiner Mitarbeitenden geschossen habe, die Teil des Ambientes seines Restaurants waren.

»Die musst du dir mal ansehen«, sagte er. »Und vielleicht – aber bitte, fühle dich jetzt nicht verurteilt – bestellst du ja etwas anderes als Pommes mit Ketchup.«

Er zwinkerte mir zu, ich lächelte, und alles war seltsam schön. Schön auf diese ruhige und gleichzeitig aufgeregte Weise, die ich in meinem Buch bloß in zwei Sätzen erzählen könnte, weil es sonst zu langweilig wäre.

Wir trafen uns in einem Nudelrestaurant. Er erzählte und lächelte viel, und wir sahen uns an und ich fühlte mich wohl.

Diese Art von Geschichte hätte niemand lesen wollen, selbst wenn sie der Realität entsprach. Also hörte ich bloß weiter zu, wie er von dem Konzept seines Restaurants erzählte. Es gab ausschließlich Pommes als Hauptspeise, und sein Motto war *Best Bad Food*.

»Es ist amerikanisch angelehnt«, erklärte Leo. »Aber ich habe das Konzept mit viel Liebe zum Detail verfeinert.«

Die Kartoffeln bezog er zum Beispiel von einem regionalen Bauern, der die Sorte sogar ebenfalls auf den Namen seiner Schwester getauft hatte.

»Hannah?«, fragte ich verwirrt.

»Ja, superlustig. Kartoffelsorten werden nach Frauennamen benannt.«

»Ich sehe schon«, sagte ich. »In dir steckt echt viel Pommes.«

»Fünfzig Prozent Pommes, fünfzig Prozent Mensch.« Er wackelte mit den Brauen, bevor er an seinem italienischen Bier nippte. »Aber genug von mir. Was ist mit dir? Was machst du beruflich?«

Die Frage aller Fragen.

Meine Schläfen pochten. Ich war mir sicher, dass bloß mein Vater diese Frage mit noch mehr Überwindung beantwortete als ich. Immerhin war es schon ein ziemlicher Akt, einer Runde Fußballfans aus dem Ruhrpott klarzumachen, dass Content Creator ein richtiger Beruf mit einem Haufen Steuerabgaben war. Mein Vater kehrte meinen größten Erfolg – mein Buch – chronisch unter den Tisch.

Tess, ich bitte dich, welcher Vater will schon gerne ein Buch über das romantische Leben seiner Tochter lesen?

»Ich …« Ich räusperte mich. »Ich bin Autorin und viel auf Social Media aktiv.«

Das war meine Standardantwort, denn Autorin war ein von der Gesellschaft ernst genommener Beruf, Influencerin eher nicht.

»Mann.« Leo schüttelte den Kopf, wobei das Kerzenlicht sich in seinem funkelnden Blick widerspiegelte. »Ich kann nicht glauben, dass du mich über langweilige Kartoffelsorten erzählen lässt, wenn du Bücher schreibst.«

»Eins«, verbesserte ich. »Ich hab erst eins geschrieben. Gerade arbeite ich am zweiten.«

»Wie heißt das erste?«

»*DATE ME.*« Ich zögerte. »Es ist kein Roman oder so. Es ist eine Art Sammlung von Datinggeschichten, die ich selbst erlebt habe.«

Pause.

Absichtlich blickte ich nicht in sein Gesicht und stattdessen zu dem Tisch links von uns. Ich erkannte zwei Seniorinnen, die ich beide auf mindestens fünfundsechzig schätzte. Eine nippte an einer Weißweinschorle, die andere zog sich gerade ihren purpurfarbenen Lippenstift nach.

»Oh«, sagte er. »Wow.«

»*Wow?*«

Ich blickte auf, bloß um zu beobachten, wie Leo verwundert auf sein Handy starrte. Dann hielt er es mir vor die Nase, während ich feststellte, dass er mein Buch auf Amazon geöffnet hatte. Ich sah die Sterne neben meinem Namen. Viereinhalb Sterne Durchschnittsbewertung bei zweihundertdreiundsechzig Rezensionen.

»Du hast einen Bestseller geschrieben.«

»Nur Platz neunzehn. Das ist keine sooo große Sache.«

»Natürlich ist es das.« Ungläubig zog Leo das Handy zurück, bevor er selbst einen weiteren Blick auf das Display warf. »Hier stehen ja total viele Pressekommentare. Tess, das ist wirklich eine große Sache. *Du* bist eine große Sache.«

Ich winkte ab, bevor ich wieder nach meiner Gabel griff. Sicherlich war unsere Pasta mittlerweile kalt.

»Ich schreibe ja wie gesagt nicht nur Bücher.«

»Ja, wie hat der Verlag es bezeichnet? Du bist das *That Girl* deiner Generation?«

»Ähm genau.«

»That Girl.« Leo legte den Kopf schief. »Ist das ein Jugendwort, das am Ende des Jahres von einem *Tagesschau*-Moderator vorgelesen wird?«

»Nein«, erwiderte ich belustigt. »Es ist eher eine Art Lifestyle. Im Grunde geht es wahrscheinlich darum, die beste Version von sich selbst zu werden.«

»Klingt nach einem Spruch aus einem Ratgeberbuch.«

»Du wirst es nicht glauben, aber ein That Girl liest tatsächlich Sachbücher.«

»*Atomic Habits*?«

»Natürlich *Atomic Habits*.« Ich lachte. »Aber eigentlich fand ich es wirklich gut. Hast du es gelesen?«

»Nein, sollte ich?«

»Es macht einem klar, dass man nicht alles ändern muss, sondern ein Prozent reicht. Das ist schon hilfreich.«

»Alles klar.« Plötzlich richtete sich Leo auf und nippte an seinem Bier, vergaß seine Pasta und schaute nur mich an. »Aber jetzt bin ich interessiert. Was gehört noch zu einem That Girl?«

SECHZEHN

Ich erklärte Leo das Leben eines That Girls und erzählte ihm dabei eigentlich von meinem Leben. Von meinen Routinen und meiner Ernährung, von den Meditationen und meinen Mantras. Von der Tatsache, dass ich das alles für mich tat, von der Struktur und dem Selbstbewusstsein, das mir meine Disziplin gab. Was so wichtig war an meiner Selbstständigkeit. Ich betonte, dass natürlich nicht immer alles so perfekt war, wie es schien, denn ich wollte nichts verschweigen. Ich packte alle Karten auf den Tisch, während ich die Hände auf der zugehörigen Platte faltete. Ich hatte nichts zu verstecken.
Ich bin genau richtig.
Die Frauen vom Tisch nebenan hatten schon längst bezahlt, wobei die Musik im Hintergrund etwas lauter gestellt worden war. Jetzt nippten wir an unserem dritten Drink, während unsere Teller schon längst verschwunden waren. Ich weiß nicht, ob es der Alkohol war, aber alles schien plötzlich weicher. Meine Sicht, die Umgebung, Leo. Vielleicht war es auch das Licht, wie es sein Gesicht weich zeichnete. Nichts schien schwierig in diesem Moment. Ich konnte reden, und er hörte mir zu, ohne dass ich mich fragte, ob ich zu viel über mich verriet, ob es mich vielleicht weniger mysteriös und eher langweilig machte.
»Das klingt alles wirklich nach sehr viel Disziplin«, merkte Leo irgendwann an.
»Ist es auch. Der Anfang war hart, aber, na ja, ich musste mein Leben einfach auf die Reihe bekommen.«

»Was hing denn damals schief?«

»Vieles.«

Ich lachte, allerdings klang es in meinen Ohren zu schrill. Wie das Lachen, das ich vor ein paar Jahren ständig lachte. Damals, als meine Freundinnen mich fragten, wie es mir gehe, ich »gut« erwiderte und dabei log. Alle wussten es, aber wiederum niemand wusste, wie man mir helfen konnte. Die einzige Person, die es getan hätte, war nämlich nicht mehr meine Person gewesen.

»Und was ist dieses Vieles?« Leo räusperte sich, schüchtern und vorbildlich wie ein Gentleman. »Nur wenn du darüber reden möchtest, natürlich.«

»Nichts besonders Gravierendes eigentlich«, log ich weiter. »Mir ging es allgemein nicht besonders gut. Ich hatte einfach eine schlechte Phase.«

»Kenn ich«, erwiderte Leo so mitfühlend, dass ich mich verstanden fühlte, selbst wenn er nichts weiter dazu sagte.

Ich nutzte die Pause, um das Thema zu wechseln. Ich fragte nach seinem Leben, und Leo erzählte mir von seinen unendlich vielen Hobbys, denen er als Ausgleich für den Alltagsstress nachging. Lesen, Wandern, Klettern, Fahrradfahren, letztens habe er sogar Malen ausprobiert.

»Aber ich bin sehr untalentiert«, erklärte er. »Ich überlege immer noch, ob ich mir einfach ein »Malen nach Zahlen«-Paket bestellen soll.«

Alles war so leicht mit ihm.

Es war leicht, als er für uns beide bezahlte und ich nicht mal protestierte, um meinen Standpunkt als unabhängige junge Frau klarzumachen. Es war leicht, als er mich wie selbstverständlich nach Hause begleitete und niemand von uns auf die Idee kam, die Straßenbahn zu nehmen. Wir spazierten einfach die Goethestraße in Richtung Innenstadt zurück, vorbei an Shishabars voller Sessel in Blau- und Lilatönen. Wir stoppten gerade an einer roten Ampel, da neigte er den Kopf.

»Kann ich dich etwas fragen?«

»Du weißt, dass das so ziemlich die schrecklichste Frage ist, die du mir stellen kannst, oder?«

»Weil du dir gleich immer das Schlimmste ausmalst?«

»Keine meiner guten Eigenschaften.« Ich hob die Hände. »Das gebe ich zu.«

Haben das deine Positivität fördernden Routinen etwa noch nicht geheilt?

Wäre Leo nicht Leo gewesen, hätte er mir diese Frage gestellt. Mit einem spielerischen Augenzwinkern, das mir bewiesen hätte, wie lächerlich er mich eigentlich fand. Doch das passierte nicht.

»Als wir uns zum ersten Mal getroffen haben«, begann er. »Wieso hattest du da einen schlechten Tag?«

Ich öffnete meinen Mund, brachte allerdings kein Wort hervor.

»Du musst natürlich nicht darüber reden«, schob er hinterher. »Ich denke einfach oft an den Tag, und dann frage ich mich, na ja, was los war. Tut mir leid, ich will keine Grenzen überschreiten.«

Keine Grenze überschreiten.

TikTok hätte ihn geliebt, mit all seinen grünen Flaggen, die unter seiner Haut durchzuschimmern schienen. Die Ampel vor uns wechselte sogar ebenfalls von Rot auf Grün, und Leo bemerkte es, ignorierte es jedoch. Er fixierte mich mit seinen Augen und hatte dabei diesen Blick, der nicht fragte, ob ich dünn, schön oder heiß genug war.

Er sah mich einfach bloß an.

Aufrichtig, wohlwollend, einladend.

Als könnte ich ihm tatsächlich alles erzählen, und er würde zuhören, immer. Als könnte es gar keine Probleme geben. Wir hatten unser erstes Date, aber die Luft zwischen uns knisterte. Es war diese Magie, die jedes erste gute Date hatte. Als könnte er diesmal *wirklich* der Eine sein.

»Es ist ein bisschen kompliziert«, erklärte ich deshalb, statt vom Thema abzulenken. »Es war generell kein guter Tag, aber es war der Geburtstag meiner besten Freundin. Dahlia. Meine beste Freundin, die nicht mehr meine beste Freundin ist.«

»Das klingt echt kompliziert. Wieso redet ihr nicht mehr miteinander?«

»Ich …« Ich schüttelte den Kopf. »Das ist vielleicht ein Thema fürs nächste Date.«

Meine Stimme klang etwas zu leise und verletzt, sodass ihm bewusst sein musste, wie sehr mich das alles traf. Doch Leo, mein perfektes erstes Date, verstand meinen Wink sofort und kam auf ein anderes Thema zu sprechen.

»Natürlich. Immerhin musst du ja noch ein paar Geheimnisse für dich behalten. Für diese mysteriöse, unbekümmerte Aura. Ist das nicht auch eine Regel auf Tinder? Wir wollen uns kennenlernen, aber dürfen uns nie wirklich kennenlernen, damit wir noch interessant genug wirken?« Leo lachte. »Mann, ist das bescheuert.«

»Ja«, bestätigte ich leise. »Total bescheuert.«

Fünfzehn Minuten später stoppten wir vor meiner Wohnungstür. Ein Teil von mir fragte sich, ob Leo von mir erwartete, ihn hereinzubitten und auf ein weiteres Glas Wein einzuladen, das ich sowieso nicht hatte, bevor wir, uns küssend, auf meiner Couch landen würden. Doch stattdessen zog Leo seine Lippen bloß zu einem Lächeln auseinander.

»Das war schön.«

»Ja. Das war es wirklich.«

Keine Ahnung, wie lange wir so voreinander verharrten, lächelnd mit funkelnden Augen, bevor wir uns schließlich verabschiedeten. Sicher war ich mir allerdings darüber, wie stark mein Herz klopfte, als ich die Treppen hinaufstieg und das Date wie einen Film in meinem Kopf abspielen ließ. Das Essen, sein Zuhören, wie ich manchmal dachte, er würde mich gleich berühren, er es dann doch nicht tat und ich nicht wusste, ob ich ihn dafür hasste oder doch bloß nur noch mehr mochte. Ich bekam gerade

meinen Schlüssel zu fassen, da schossen die Erinnerungen an jemand ganz anderen durch meinen Kopf. Ich auf den Knien, mein Bild auf seinem Handy.
Ich weiß nicht, was du meinst.
Juli und ich waren die besten in diesem Gleichgültigkeitsspiel gewesen, aber ich bezweifelte, dass er in seinem Treppenhaus an mich dachte und dann in seine Wohnung rannte, bloß um sich zu übergeben.

DATE ME, **Auszug, gedruckte Version**

Ich liebe Dates.
Ich mag alles daran, das ganze Programm. Die Aufregung, das Herzflattern, den Kick. Diese Art rosaroten Rausch, kurz bevor er dich zum allerallerersten Mal berührt, ganz schüchtern mit seiner großen Hand wie zufällig an deinem Oberschenkel, während ein überforderter Kellner hektisch an einem Freitagabend vorbeiblitzt. Diese aufregende Hitze, die in dir aufsteigt, weil du nicht weißt, ob er dich absichtlich oder bloß versehentlich gestreift hat. Aber eigentlich macht das nichts, denn dafür bist du dir plötzlich bewusst: Du willst es wirklich. Willst ihn. Zumindest in diesem winzigen Augenblick, selbst wenn du bei der umständlichen Begrüßungsumarmung angezweifelt hast, ob du ihn überhaupt attraktiv findest. Auf seinen Fotos sah er besser aus, der Bizeps definierter, das Gesicht kantiger. Natürlich ist es dieses Unbekannte, das euren Abend magisch erscheinen lässt. Denn Magie existiert nicht, Wissenslücken schon. Allerdings fühlt sich dieser Zauber kurz so real an, dass du dem Trugschein verfällst. Du siehst sein lächelndes Gesicht, erleuchtet vom billigen Teelicht, das extra für euch angezündet wurde. Und du grinst so grandios verblendet zurück. Immerhin weißt du noch nicht, wie er genervt die Augen verdrehen wird, wenn du ihn fragst, ob er heute nicht auch mal den Abwasch machen könnte. Du ahnst noch nichts davon, wie ekelhaft er sein kann, wenn er das Duschen und Zähneputzen nach einem langen Arbeitstag vergisst. Du kannst dir noch nicht vorstellen, wie unangenehm hart sein Schwanz sich an deinem Oberschenkel anfühlt, wenn er sich

an dir reibt und die Hand in deinen Slip wandern lässt, obwohl du müde und ausgelaugt bist und keine Lust hast, ihm vorzutäuschen, er wüsste, wie man eine Klit massiert. Nein, zu diesem Zeitpunkt ist dieser Typ einfach nur ein Typ, bei dem alles möglich scheint. Bei dem es diesmal wirklich, wirklich anders sein könnte.
Gott, du willst so sehr, dass es nur diese eine Mal anders ist.

SIEBZEHN

Die Erinnerung an Juli hatte mich trotz des wunderbaren Abends kurz leicht verunsichert.

Ein gutes Date, was war das schon?

Ich hatte ein verfluchtes Buch über Dating geschrieben. Ich kannte mich mit allem aus. Mit der Aufregung, den Schmetterlingen und dem ganz allgemeinen Rausch. Auch mit den Regeln war ich bestens vertraut. Zeig ihm nie, wie sehr er dich interessiert, sag ihm nie, was dich wirklich interessiert. Selbst wenn er (ziemlich ehrlich klingende) Witze darüber reißt, was für ein Zirkus dieses Gleichgültigkeitsspiel ist. Lass dich auf keinen Fall verunsichern! Männer sind Kinder mit der Aufmerksamkeitsspanne eines dreizehnjährigen Teenagers. Du musst mit ihnen spielen und sie austricksen. Du musst wie *Mastermind* von Taylor Swift sein. Sie verlieben sich nicht einfach so, auch wenn Wissenschaftler meinen, sie täten es in den ersten Sekunden. Das sind bloß Glücksfälle. Der Lottoschein unserer Generation, weil nur alte Leute Lotto spielen. Aufs Glück kannst du dich nicht verlassen. Du musst das Ganze selbst in die Hand nehmen, aber es so aussehen lassen, als würde der Typ die Führung übernehmen. Du darfst das Verhältnis eurer weiblichen und männlichen Energien nämlich nicht aus dem Gleichgewicht bringen. Trag weiße Kleider und roten Lippenstift. Das macht ihn verrückt, im guten Sinne. Aber bitte habe Ansprüche, immerhin leben wir im 21. Jahrhundert, und du kannst auch Chef sein, wenn du weiblich bist, #girlboss! Du darfst dir nichts bieten lassen, ihm allerdings alles von dir geben, Stück für Stück, doch niemals alles auf einmal, hörst du? Das ist zu viel für ihn, das kann er nicht verarbeiten. Wenn das alles nicht klappt, kannst du unter dem Hashtag #WitchTok Manifestationen finden, die du vor dem Schlafgehen auf einem Blatt niederschreibst. Anschließend faltest du es zusammen, hinterlässt mit deinem roten Lippenstift (für die weibliche Energie) einen Kussmund darauf und verstaust es unter deinem Kopfkissen. Das ist moderne Magie.

Aber ich brauchte keine Magie. Meine flüchtigen Sorgen waren umsonst.

Leo schrieb mir nach unserem Date, noch bevor ich den fahlen Geschmack in meinem Mund überhaupt losgeworden war.

Leo (Hannover): Ich fand es wirklich schön mit dir, Tess 🙈

Leo (Hannover): Und ich habe eine Frage

Leo (Hannover): Ist es zu früh, dich exakt fünfundfünfzig Minuten nach unserem ersten Date nach einem zweiten zu fragen?

Ich: Hmmm 😬

Ich: Eigentlich müsstest du mich in der Tat mehr zappeln lassen

Leo (Hannover): Gut, dass du es mir sagst

Leo (Hannover): Ich hoffe, du verzeihst mir diesen Fehler 😊 😊 😊

Leo (Hannover): So

Leo (Hannover): Ich glaube, vier Minuten länger reichen 😊

Leo (Hannover): Hättest du vielleicht Lust, dich noch einmal mit mir zu treffen? 😊

*

Cora: Wie war dein Date?????????

Cora hat ein Foto gesendet

Cora: Schau mal, Carsten hat mir nach unserer Funkstille heute Rosen nach Hause geschickt

Cora: Glaubst du, ich muss mir Sorgen machen?

Cora: Ich hatte heute nämlich eine Frau auf meiner For You Page, die meinte, ihr Mann hat ihr nur Blumen geschenkt, wenn er ein schlechtes Gewissen hatte

Cora: Und dann waren es meistens noch Rosen 🥲

Cora: Ich glaube, das ist ein schlechtes Zeichen, Tess

Cora: 🤡 🤡 🤡 🤡

*

Leo (Hannover): Good moooorning in the morning 😊

Ich: Good morning in the morning 😂 😂 😂

Ich: Willst du einen Fun Fact dazu wissen?

Leo (Hannover): Bin ganz Ohr 😊

Ich: Eine Bekannte von mir kommt aus demselben Dorf wie Laura Müller

Ich: Und sie und der Wendler haben sich wirklich auf einem seiner Konzerte kennengelernt ......

Ich: Verstehe nicht, wie man als 50-jähriger Mann auf eine 18-Jährige stehen kann

Leo (Hannover): Absolut

Leo (Hannover): Verstehe aber auch nicht, wie man den Wendler mögen kann 🫣

Leo (Hannover): Es ist einfach alles fragwürdig 😂

*

@ruth23: Hey Tess, wahrscheinlich siehst du diesen Kommentar gar nicht, aber ich wollte mal fragen, welches Proteinpulver du empfehlen kannst. Ich will unbedingt deine grünen Smoothies nachmachen 🩶

♡   78

*

Leo (Hannover): Was sagst du eigentlich zu fünf Jahren Altersunterschied?

Leo (Hannover): Eine Studie besagt nämlich, dass alles zwischen einem und fünf Jahren ideal ist 🙈

Ich: 😂 😂 😂

Ich: Das war aber sehr subtil

Leo (Hannover): Ich bin einfach ein Charmeur 😊

*

Du hast ein Foto gesendet

Ich: Bitte sag mir, dass deine Avocados auch immer schon halb vergammeln

Leo (Hannover): Muss leider passen ☹️

Leo (Hannover): Erwische irgendwie immer nur gute

Ich: Du Glüüückspilz

*

@nurmontagslustig: Gerade geht ja wieder dieser Trend rum, wo alle unter dem Hashtag Roman Empire von den Dingen erzählen, die ihnen nie aus dem Kopf gehen. Wisst ihr, an was ich ständig denke? Meine beste Freundin, mit der ich keinen Kontakt mehr habe. Was macht sie? Ist sie glücklich? Denkt sie auch manchmal an mich?

@tessteilt hat diesen Beitrag mit einem Gefällt mir markiert

*

Adri: Oh Gott, wieso hast du mich nicht gewarnt

Adri: Ich bin seit drei Minuten auf TikTok und will hundert Bücher lesen 😭 😭 😭

Adri: Kannst du mir verraten, welche von diesen spicy Büchern nicht ganz so frauenfeindlich sind lol

Ich: Definiere deine No-Gos

Adri: Er darf nicht »Wir haben uns zweimal gesehen, aber sie ist die Liebe meines Lebens und es ist völlig normal, dass ihr Bruder mir sagt, ich soll auf seine erwachsene Schwester aufpassen, während er im Ausland ist und ich deshalb Überwachungskameras vor ihrer Wohnung installiere« sein

Ich: Wird bisschen schwierig

Adri: Mein Herz weint 😭

Ich: Meins auch 😭

Adri: Die Topfrage auf der Arbeit heute war übrigens diese:

Adri: Ich glaube, meine Freundin wollte nicht mit mir schlafen, aber wir haben es trotzdem getan und jetzt ist sie irgendwie so abweisend zu mir. Was soll ich tun?

Adri: Ich will nicht sagen, dass ich alle Männer hasse, weil ich weiß, dass nicht alle so sind

Adri: Aber Mann, manchmal hasse ich trotzdem alle Männer

Adri: 😂😂😂

*

@tessteilt, What I eat in a day, gepostet um 20:08 Uhr

76585 Aufrufe, 10100 Likes, 595 Kommentare

Ich liebe es, dass ihr diese Art von Videos genauso mögt wie ich. Food ist einfach life – insbesondere dann, wenn es meinem Körper so guttut und dabei noch SO gut schmeckt. Ich meine, ich lüge nicht, wenn ich sage, ich könnte meine Feta-Eggs jeden Tag essen 😋 #tessteilt #wieiad #fetaeggs

*

Leo (Hannover): Ich freue mich auf dich

ACHTZEHN

»Ich hoffe, du bist kein Serienmörder, der mich auf irgendeine perverse Weise umbringt und meine Überbleibsel dann zwischen den ganzen Fichten hier vergräbt.«

Es war das Erste, was ich ihm sagte, als er mich an der Haltestelle abholte. Vor knapp zwei Stunden hatte ich mich in den Zug Richtung Bad Harzburg gesetzt, war in Goslar aus und dann in einen Bus Richtung Gebirge eingestiegen. Entgegen meiner anfänglichen Annahme wohnte er gar nicht in Hannover, sondern im Harz, eine gute Stunde von meiner Wohnung entfernt. Jetzt befand ich mich also in diesem kleinen Kurort, den Leo sein Zuhause nannte, und nahm mir vor, seinen Kontaktnamen in meinem Handy später zu ändern.

Die letzten Tage hatten wir uns weiterhin ständig geschrieben. Mit Smileys und minimalen Wartezeiten am Abend, weil wir uns ununterbrochen texteten.

»Ich bin übrigens nur die ganze Zeit online, damit ich mit dir schreiben kann.« Das hatte er mir geschrieben, als Cora und ich gemeinsam an meinem Esstisch mit selbst gemachten Bowls gesessen hatten.

»Nah«, lachte Leo jetzt. »Keine Sorge. Ich habe Angst vor jeglicher Art von Gewalt. Außerdem sind die ganzen Fichten hier sowieso bald nicht mehr da.«

»Wieso?«

Plötzlich stoppte er. Senkte seine Stimme. Kam mir ein kleines Stückchen näher.

»Einige Monster treiben hier ihr Unwesen.«

»Ah ja«, flüsterte ich und machte bei seinem kleinen Spielchen mit. »Und wie heißen sie?«

»Sie haben einen sehr, sehr, sehr Furcht einflößenden Namen.« Er holte tief Luft. »Ich verrate ihn dir nachher.«

»Du machst es aber spannend.«

»Muss ich doch«, sagte er mit ironischem Ton. »Ich muss dich ja beeindrucken.«

Belustigt rollte ich mit den Augen, während er mich nach links führte, ohne mir unser Ziel zu verraten. Dabei passierten wir Reihenhäuser, die so aussahen, als wohnten friedliche Großeltern dort. Mit kurz gemähtem Rasen, garantiert nachmittäglichem Apfelkuchen und warmen Grillabenden im Sommer, an denen die ganze große, glückliche Familie teilnahm.

»Glaubst du, es gibt wirklich Menschen, die an diese scheinbar perfekte Einöde glauben?« Ich nickte in Richtung der Häuser.

»Schwierig. Ich bin in einem dieser Häuser aufgewachsen, und sagen wir mal so: Perfekt ist es wahrscheinlich nur manchmal.«

»War das der indirekte Geheimcode dafür, dass wir gerade an deinem Elternhaus vorbeigelaufen sind?«

»Keine Sorge.« Seine Mundwinkel zuckten. »Das gibt es nicht mehr. Das haben meine Eltern verkauft, als sie sich getrennt haben. Also ja, natürlich ist dieses Bilderbuchleben in gewisser Weise heuchlerisch. Aber meine Kindheit war trotzdem super.«

»Wann haben deine Eltern sich denn getrennt?«

»Ich war elf, als sie sich haben scheiden lassen, denke ich. Mein Vater hat meine Mutter betrogen.«

»Und …« Ich stockte, war mir unsicher, ob ich so weit gehen konnte, doch fragte ihn trotzdem. »… und du hattest wirklich trotz allem eine gute Kindheit?«

Kurz zögerte er. Dann schüttelte er den Kopf, so, als hätte er wirklich noch nie darüber nachgedacht, weil es ihm noch nie in den Sinn gekommen war.

»Ich kann mir vorstellen, dass es für meine Eltern garantiert nie einfach war, doch sie haben meine Schwester und mich fast nichts davon spüren lassen.«

»Krass.«

»Warte ab, bis du die Aussicht siehst.« Leo lächelte. »Die ist auch krass.«

Ich hob die Brauen. »Du bist ziemlich gut darin, im richtigen Moment das Thema zu wechseln, damit es nicht zu unangenehm wird.«

»Ist mein geheimes Talent.«

»Ich dachte, du machst das *best bad food*.«

»Hab mehrere Talente«, witzelte er, bevor er mir verriet, dass unser Ziel noch ein Stückchen entfernt sei.

Allerdings hatten wir nicht nur ein Ziel. Zuerst manövrierte Leo uns auf den Bocksberg, wo wir von einer Bank aus auf all die Touristen mit ihren eiscremeverschmierten Kindern hinabblicken konnten. Familien kreischten auf der Sommerrodelbahn, während andere gezwungen für Selfies lächelten. Leo besorgte Kräuterlimo von einem Büdchen und verkündete stolz, dass sie in einem Ort produziert werde, der keine zwanzig Minuten entfernt von diesem hier sei.

»Ich biete sie sogar in meinem Restaurant an«, sagte er.

Mir schien die Sonne ins Gesicht, während ich nicht anders konnte, als ihn zu fragen, wie er das alles schaffe. Mit Selbstständigkeit kannte ich mich aus, doch ich trug keine Verantwortung für andere, so wie er. Leo konnte zwar Pause machen, aber sein Handy nie auf lautlos stellen.

»Klar ist das hart«, erwiderte er. »Aber ich könnte mir nichts anderes vorstellen. Wahrscheinlich bin ich einfach zu idealistisch.«

Fragend sah ich ihn an.

»Na ja, ich meine, ich bin gelernter Koch, und die Gastronomie ist gerade so verzweifelt auf der Suche nach geeignetem Personal, dass ich mir mein Gehalt quasi selbst aussuchen könnte, würde ich mich irgendwo einstellen lassen. Es wäre einfach, für jemand anderes zu arbeiten, auf meine freien Tage zu bestehen, Feierabend zu machen und wirklich Feierabend zu haben, aber ...«

»Aber was würden die Leute bloß ohne deine Pommes mit Ketchup und Mayo machen?«

»Richtig.«

Leo lächelte breit, ehe wir noch eine Weile schwiegen und unsere Gesichter dabei in die Sonne hielten. Mein Blick ging Richtung Tal, doch eigentlich nahm ich bloß ihn wahr. Es war wie in meinen Mediationen, dann, wenn ich mich auf meine Umgebung konzentrieren sollte.

Leo war meine Umgebung.

Sein Körper, seine Ausstrahlung. Ich spürte geradezu seinen kleinen Finger, der auf der Bank ruhte und mit dem er fast gegen meinen stieß. Ich wusste irgendwie, dass wir uns anfassen würden, dass wir uns küssen und vögeln würden, doch nichts war so aufregend wie diese Art von Berührung.

Berührungen, die nur fast stattfanden.

Eine halbe Stunde später führte er mich den Berg hinunter. Auf dem Weg hinab erkannte ich sechs Stauteiche auf verschiedenen Höhenebenen. Von unserem Aussichtspunkt konnte ich vom dritten Teich bis auf den niedrigsten, den ersten, blicken. Die rosa Pastellfarben des Himmels spiegelten sich auf der Oberfläche. Alles schien friedlich und unendlich.

»Die Aussicht ist wie auf einer Postkarte«, sagte ich.

»Fragt sich nur, wie lange. Es gibt hier nämlich wirklich kleine Monster. Das alles da ist bald kahl.« Er deutete nach vorn, auf das Tal mit den anderen Teichen und den Reihenhäusern voller großer glücklicher Familien, die es laut ihm tatsächlich manchmal gab. Ich erkannte auch die Wälder dahinter mit den meterhohen Fichten und Tannen.

»Hast du schon mal von Borkenkäfern gehört?«

»Schädlinge?«

Leo nickte. »Sie zerstören die Lebensader der Bäume, bohren sich in die Rinde und hinterlassen dabei Muster. Meine Schwester macht dazu sogar eine Fotoreihe.«

»Klingt schrecklich.«

»Ist es auch. Bald fängt die Region an, die Bäume zu fällen. Der ganze Harz ist quasi befallen. Du musst dir mal den Brocken ansehen, da ist es noch schlimmer.«

»Ich war noch nie auf dem Brocken.«

»Echt nicht?«

»Nope.«

»Dann müssen wir da mal hin.«

»Das ist auch ein Regelverstoß.« Ich hob die Hände. »Du kannst nicht von einem nächsten Date sprechen, obwohl wir noch mitten in unserem zweiten sind. Wobei eigentlich ist das eine Unterregel aller leeren Versprechen.«

»Ich bin dir so dankbar, dass du mich aufklärst. Aber ...« Seine Stimme hatte etwas Leichtes gehabt, doch als er sich jetzt zu mir umdrehte, wurde alles an ihm ganz ernst. »... meine Versprechen sind es wirklich nicht. Und jetzt kommt von dir: *Aber woher soll ich das denn wissen?* Und dann sage ich: *Tja, das musst du wohl herausfinden.* Und dann sagst du mir: *So was kannst du nicht sagen, weil das jeder zweite Typ auf Tinder sagt.*«

»Ehrlicherweise habe ich dem nichts hinzuzufügen.«

»Großartig.« Leo strahlte. »Dann können wir ja jetzt endlich da reingehen.«

Irritiert schaute ich mich um, und mein Blick blieb an den Stauseen unter uns hängen. »Ins Wasser?«

»Ja, aber mach dir keine Gedanken. Kein Zentimeter deines Körpers wird von mir ertränkt. Oder gar berührt.« Er hob die großen Hände in die Höhe. »Ich verspreche es.«

»Es sind nicht mal zwanzig Grad.«

»Neunzehn Komma fünf.«

»Ich habe keine Badesachen dabei.«

»Ich auch nicht.«

»Aber es ist deine Idee.«

»Sie ist mir spontan gekommen.«

»Du weißt schon, dass das Ganze leicht an diesen seltsamen Facebook-Spruch erinnert, der besagt, dass man Mädchen zum ersten Date ins Schwimmbad einladen soll? Damit sich herausstellt, wie sie wirklich aussehen, ohne Make-up und ihre Push-up-BHs?«

Leo verzog das Gesicht. »Ich finde, wir alle sollten diese Facebook-Zitate vergessen. Gab es nicht auch einen, wo erklärt wurde, dass Sixpacks bei dünnen Männern nicht zählen?«

»Und große Brüste bei dicken Frauen auch nicht.«

»Schrecklich.«

»Also«, sagte ich. »Ich trage viel Schminke, die nach wenig aussieht, aber dafür umso teurer ist. Und ich trage lieber Sport-BHs, die sind bequemer. Müssen wir trotzdem noch ins Wasser?«

»Danke für die Infos.« Er lachte. »Aber wir müssen trotzdem.«

Leo tat es nicht leid.

Leo tat es nicht leid, dass er mich durch Dornen führte und sie ein kleines Loch in meinen Leggins hinterließen. Ihm tat es nicht leid, sich vor mir zu entblößen, als wäre nichts dabei. Diese männliche Selbstverständlichkeit, dieses selbstbewusste Körpergefühl.

Es war zum Beneiden.

Er entledigte sich seiner Schuhe, öffnete seinen Gürtel, zog sich das Shirt und die Jeans vom Körper. Als mache es ihm gar nichts aus. Als wäre sein Körper eben nur ein Körper.

Als wäre das wirklich alles.

Ich hingegen zögerte, druckste herum und brauchte eine Ewigkeit allein für meine Socken. Ich war fünfundzwanzig und erwachsen. Dennoch fühlte ich mich immer noch so unsicher wie ein Teenager mit glitzerndem Augenlidschatten an einem Freitagabend.

Aber natürlich wollte ich nicht, dass Leo das bemerkte. Also zog ich mich hastiger aus und legte meine Sachen neben seine. Ich hatte meine Füße gerade in das kalte Wasser getunkt, da war er schon reingelaufen und untergetaucht.

»Beeil dich!«, rief er. »Du musst auch hier raus.«

»Ach ja?«

Ich hob die Brauen, und da war dieser Moment, kurz bevor ich tatsächlich eintauchte, in dem er nur mich ansah. Eigentlich war Leo wirklich höflich. Er hatte mich nicht angemacht, er hatte mich nie angeschaut. Nicht *so*. Nicht bewertend und innerlich beschließend, ob ich heiß, schön, dünn genug sei.

Jetzt war sein Blick anders.

Er taxierte mich von oben bis unten. Musterte meine Füße, meine Beine, meinen Bauch, meine Arme, meine Brüste. Dann sah er in mein Gesicht und lächelte. Gänsehaut legte sich über meine Glieder, bevor die Kälte mich überhaupt berührte. Dann folgte ich ihm.

UND SCHEISSE.

»DAS IST SO KALT!«

Ich schrie, und Leo lachte, versicherte mir, es werde gleich besser und sagte das so überzeugt, als könnte wirklich alles gut werden.

»Wie kannst du nur ganz untertauchen?«, fragte ich und deutete auf seine nassen Haare, nachdem ich zu ihm geschwommen war.

»Das musst du auch machen. Es tut gut.«

»Es ist zu kalt.«

»Es ist gesund.«

»Glaub mir, ich habe früher eine Liste geführt, in der ich meine täglichen Gemüse- und Obstportionen abgestrichen habe. Ich brauch das nicht.«

Einen Moment lang sagte Leo nichts. Durch seine nassen Haare wirkte sein Blick noch stechender. Es schien fast, als würde sein

Gesicht nur noch aus seinen blonden Haaren und diesen großen, starrenden Augen bestehen.

Die, die nur mich ansahen, mitten in einem Kurort, in dem Menschen tausend Fotos mit ihren iPhones schossen, weil die Landschaft mit den Teichen und Bergen so lächerlich schön war. Aber Leo hatte keine Kamera, und ich war keine Landschaft. Wir waren bloß zwei Menschen in einem Teich, mit Gänsehaut und meinem klopfenden Herzen, weil er wieder die schlimmste Frage stellte.

»Ich weiß, du magst die Frage nicht, aber ... Kann ich trotzdem eine Frage stellen?«

»Du klingst so ernst. Musst du mir etwa offenbaren, dass du *irgendwie* verheiratet bist, einen Sohn im Kindergartenalter hast, und willst mich dann fragen, ob ich mir trotzdem eine Art Sexbeziehung mit dir vorstellen könnte?«

Als ich verstummte, blinzelte Leo mich nur an. Eine Röte erschien auf seinen Wangen. Doch die Verfärbung blieb nicht nur in seinem Gesicht, sondern breitete sich auch auf seinen gesamten Oberkörper aus.

Mein Atem stockte.

Oh. Mein. Gott.

Ich hatte ins Schwarze getroffen, konnte nicht glauben, dass ...

Leo brach in schallendes Gelächter aus.

»Ja«, sagte er. »Klar, sorry, ganz vergessen zu erwähnen. Morgen ist mein zweiter Hochzeitstag, deshalb kann ich heute auch nicht so lange.«

»Hey.« Spielerisch spritzte ich Wasser in seine Richtung. »Ich habe einen Moment lang wirklich geglaubt, ich hätte recht.«

»Hast du aber nicht.«

Leo schwamm näher an mich heran. Seine Bewegungen schlugen Wellen im See, die auf meine Arme schwappten.

»Ich meine das ernst. Ich lerne nur dich kennen.«

Ich lerne nur dich kennen.

Seine Worte klangen so bestimmt, dass sie sich in meinem Gehirn einnisteten. Sie machten es sich zwischen all meinen Sorgen und Mantras bequem, als würden sie bleiben, so wie Leo bleiben könnte.

»Was wolltest du mich eigentlich fragen?«

»Nah«, wiegelte er ab. »Das passt jetzt nicht mehr.«

»Jetzt musst du es leider fragen. Außer du willst, dass ich nachher nicht einschlafen kann, weil ich nur daran denke, was du von mir wissen wolltest.«

»Ich würde dir niemals deinen Schlaf rauben wollen.«

»Ein Gentleman.«

»Natürlich«, sagte er, doch fuhr sich dabei leicht verlegen durchs Haar. Dann räusperte er sich. Der Laut war tief und schlug Wellen, aber seltsamerweise nur in mir. »Ich habe die ersten Kapitel deines Buchs gelesen.«

»Oh«, murmelte ich.

»Nein, nicht oh. Es war großartig. Ehrlich. Ich habe mich nur gefragt, ob dir das alles wirklich passiert ist oder manches auch eher Autofiktion ist.«

Ich schüttelte den Kopf. »Eigentlich ist alles wahr. Klar ist es oft ausgeschmückt und ein bisschen übertrieben. Aber der Kern stimmt.«

»Klingt interessant.«

Eine Weile schwiegen wir und trieben nur schwerelos mit schweren Gedanken im Wasser. Irgendwann erzählte mir Leo von seinem ersten Mal Schwimmen in diesem See. Wie er aus Furcht mit Schwimmflügeln an den schmalen Ärmchen an diesem Felsen links von uns geweint hatte und seine Schwester durch den See geschwommen war, weil sie sich vor nichts fürchtete, worum er sie beneidet hatte. Leo erzählte mir weiter von seiner Kindheit, und tatsächlich klang nichts daran besonders traumatisch, doch vielleicht ließ er die schwierigen Passagen auch einfach aus. Während er weitererzählte, hörte ich ihm irgendwann nicht mehr zu, sondern sah ihn nur an, und als er dann stoppte, hätte ich nicht mal für eine Million Euro sagen können, von was er eben noch geredet hatte. Dafür wusste ich ganz sicher, dass wir uns immer nähergekommen waren. Wie er mich anschaute und wie ich mich in seinen Augen spiegelte, mit all dem Kurortwasser ringsum.

»Nur damit du es weißt«, flüsterte er, und ich verstand nicht, wieso seine Stimme plötzlich so rau klang. »Wenn ich dir nicht versprochen hätte, dich nicht anzufassen, würde ich dich jetzt küssen.«

Dass er das sagte, anstatt es zu tun, anstatt mich zu küssen und sein Becken gegen meins zu drücken, anstatt mich aus dem See hinauszutragen und auf sein Bett zu werfen, sich mit seinem Schwanz in mich hineinzugraben und mich dann hinterher aus seinem Haus zu beten, war so viel besser.

NEUNZEHN

Weil es Ende des Sommers war, ging die Sonne schon um acht unter. Kein Wunder, dass wir bald froren und aus dem See stiegen. Am Ufer angekommen, war es so, wie ich es prophezeit hatte. Wir hatten nichts zum Abtrocknen, keine Handtücher und auch keine Wechselsachen. Uns war kalt, und wir waren so gut wie nackt. Da war kein Wasser mehr, in dem ich mich verstecken konnte. Meine Unterwäsche klebte an mir (ich war noch nie froher darum gewesen, dass ich nur schwarze besaß), während Leo mir sein Shirt anbot.

»Hier«, sagte er. »Zum Abtrocknen.«

»Und was ziehst du dann an?«

»Nichts. Bis zu meinem Haus sind es nur acht Minuten. Die müssen wir aushalten. Dann können wir duschen. Und was essen. Gott, ich würde für eine gute Pasta gerade sterben.«

Duschen. Wir. Pasta.

Die Worte echoten in mir nach, während ich mich abtrocknete und so elegant wie möglich in meine Kleidung stieg. Sie klebte an mir, klamm und ekelhaft. Aber das vergaß ich, als wir den Rundweg erreichten und Leo mir plötzlich die Hand hinhielt.

»Eigentlich läuft das anders«, sagte ich.

»Wie meinst du?«

»Na ja, setzt ihr Typen nicht eigentlich auf zufälliges Handstreifen, von dem wir Frauen dann denken, wir hätten es uns nur eingebildet? Das Ganze passiert dann drei-, viermal, bevor ihr dann wirklich unsere Hand nehmt.« Ich nickte auf seine Finger. Groß, grob, rissig. Männerhände. »Das ist ein bisschen zu offensichtlich, meinst du nicht?«

»Interessante Theorie, aber ich will nicht deine Hand halten.«

»Was willst du dann?«

»Rennen.«

»Jetzt?«, fragte ich verwirrt.

»Dann sind wir schneller da.«

»Ich dachte, es geht um den Weg.«

»Nicht wenn du nass bist und deine Jeans bei jedem Schritt scheuert.«

Ruckartig blieb er stehen. Oberkörperfrei, nur bekleidet mit besagter Hose, aus der der nasse Bund seiner eng anliegenden Boxershorts lässig hervorschaute.

Alles an Leo war lässig, selbst wenn er von Scheuern sprach.

»Darf ich um diesen Lauf bitten, Tess?«

Ich wollte einschlagen, doch er nahm meine Hände in seine und hielt sie. Ganz zärtlich mit seinen groben Fingern.

»Los«, sagte er, und dann rannten wir, aber wir lachten dabei, weil es so absurd war.

Seine Schritte wirbelten Schuttstaub auf, während wir an neu gepflanzten Bäumen vorbeiliefen. Sie standen in einer Art Allee, links rauschte leise ein kleiner Bach. Eigentlich rauschte und raschelte es von allen Seiten, wobei das Licht über den Fichten und Tannen sich dunkel verfärbte.

»Das ist fast wie Fliegen!«, rief Leo, und war mir immer einige Zentimeter voraus. Aber er ließ mich nicht los.

»Das ist also dein Zuhause?«, fragte ich fünf Minuten später und deutete auf den Zwerg im Garten. »Und das ist dein Hauszwerg?«

Mein Blick ruhte auf einem zweistöckigen Einfamilienhaus mit heller Fassade und dunklen Fensterrahmen. Der Garten wirkte gepflegt, der Rasen gemäht, die Büsche getrimmt. Mittig stand ein Zwerg mit quietschblauer Mütze, zu dem Leo jetzt nickte.

»Darf ich vorstellen? Das ist Thorin.«

»Klingt nach *Herr der Ringe*.«

»War die Idee meiner Schwester. Thorin hat meiner Oma gehört, aber eigentlich haben wir ihn zusammen getauft, mit meiner Schwester.« Er schloss auf. »Es war Omas Haus. Ich hab es geerbt. Das ist vier Jahre her.«

Beim letzten Teil wurde seine Stimme so belegt, dass ich mich nicht traute nachzufragen.

»Also«, sagte er, nachdem er im Eingangsbereich aus seinen Schuhen gestiegen war. »Wir haben drei Möglichkeiten. Entweder du duschst zuerst, ich dusche zuerst, oooooder ...« Sein Blick blieb eine Sekunde zu lange an mir hängen. »... wir duschen zusammen.«

»Das ist unser zweites Date. Option drei fällt definitiv raus.«

»Aber uns ist beiden kalt.«

»Du weißt schon, dass ich langsam das Gefühl bekomme, du wärst nicht besser als die Teenager, die mit Mädchen unbedingt beim ersten Date schwimmen gehen wollen?«

»Hey.« Er grinste schief. »Du musst nicht immer vom Schlechtesten ausgehen. Ich will wirklich nur duschen. Ich lege sogar ein Versprechen auf mein letztes drauf. Wir fassen uns nicht an. Und wir schauen uns nicht an. Wir duschen mit geschlossenen Augen.«

Ich schüttelte den Kopf.

»Du klingst nicht überzeugt.«

»Ich habe noch gar nichts gesagt.«

»Aber ich erahne deine Antwort.«

Leo wackelte mit den Brauen, und ich wusste, dass er mich bloß neckte. Das mit dem *nur* gemeinsam Duschen meinte er irgendwie ernst, aber nicht ganz. Weil er wusste, dass er damit eine Grenze überschritt.

»Diesen Vorschlag hätte niemals eine Frau machen können«, flüsterte ich.

»Wieso nicht?«

»Egal.« Ich nickte nach vorn zum Gang. »Dein Badezimmer ist in die Richtung?«

»Ist das etwa ein Ja zum gemeinsamen Duschen?«

»Ja«, sagte ich eine Spur zu laut, weil ich eine Spur zu sehr versuchte, wie immer nett, unkompliziert und cool zu wirken.

Bislang hatte ich nicht viel von seiner Einrichtung gesehen, doch der Eingangsbereich war modern ausgestattet und schien damit wie eine Verlängerung seines Restaurants. Dunkles Holz, schwarzes Metall. In Leos Badezimmer ergab das, was er mir gesagt hatte, Sinn: Es *war* das Haus seiner Oma. Grauweiße Fliesen wechselten sich mit welchen in einem schmutzigen Grünton ab. Hier wirkten das schwarze Duschzeug und die teuren Shampooflaschen fehl am Platz, doch Leo kommentierte es nicht. Stattdessen zog er den Reißverschluss seiner Jeans erneut auf und schloss dabei die Augen.

»Ich schaue ab jetzt nicht mehr«, sagte er. »Damit du weißt, wie ernst es mir ist.«

Es war ihm anscheinend unglaublich ernst. Mit geschlossenen Lidern zog er sich aus, bis auf die Boxershorts. Dann kehrte er mir blind den Rücken zu und entledigte sich auch dieser.

Ich wusste, dass es gegen die Regeln war, doch natürlich starrte ich ihn an. Wie muskulös er war. Sein Rücken, seine breiten Schultern, die schmalen Hüften. Auch sein Hintern war irgendwie heiß.

Leo war der attraktivste Mann, den ich kannte.

Eigentlich war er gar nicht mein Typ. Normalerweise hatte ich ein Faible für die gequälte Sorte Mann, die interessante, niemals die schöne. Letztere langweilte mich mit ihren makellosen Muskeln und ihren unterschiedlichen, aber trotzdem ähnlichen Attraktivitätsattributen.

Das Wasser lief bereits, als auch ich mich auszog. Ich trat in die Dusche, und die Spiegel beschlugen. Wieder sah ich nur Leos Rücken. Ich holte tief Luft und atmete, doch fühlte mich trotzdem so, als täte ich es nicht. Wassertropfen regneten auf unsere Schultern, fielen auf die Fliesen und liefen dann in den Abfluss. Ich versuchte mich auf die Wärme des Wassers und den Geruch von Duschgel zu fokussieren, auf das Sauberwerden und Abstand-von-Leo-Halten.

Es gelang mir nicht.

Nichts von ihm berührte mich, nichts von mir berührte ihn.

Doch ich spürte ihn.

Wie er roch, wie er hier stand und wie sein Rücken fast meinen berührte, wenn er Luft holte.

»Du fühlst dich wirklich nicht wohl, oder?« Plötzlich durchschnitt Leos Stimme unsere Stille. »Tut mir leid, das war eine Scheißidee.«

»Was?«, sagte ich, immer noch darum bemüht, die Coolste und Unkomplizierteste zu sein. »Nein, kein Problem.«

»Tess«, flüsterte er. »Ich spüre, dass es dir unangenehm ist. Tut mir leid. Ich dachte wirklich, das wäre eine gute Idee. Lass uns einfach ...«

»Vielleicht«, unterbrach ich ihn hastig, »wäre jetzt ein guter Zeitpunkt, mich zu fragen, wieso Frauen angeblich nie auf die Idee kommen würden, beim ersten Date gemeinsam zu duschen.«

Er tat mir den Gefallen sofort. »Und wieso?«

Eine letzte Sekunde zögerte ich, wobei das Wasser weiter auf unsere Köpfe tropfte. Ich registrierte, wie es meine Haare austrocknete, die heute ohne meine teuren Shampoos und Spülungen auskommen mussten. Die, für die ich monatlich mein Geld aus dem Fenster warf. Um noch ein bisschen weicher, glänzender und schöner zu sein.

Der Gedanke gab mir den Rest.

»Es wäre doch komisch, wenn eine Frau das fragt, oder nicht? Weil sie dann zu forsch und irgendwie zu selbstbestimmt wäre. Es ist derselbe Grund, aus dem es völlig normal ist, dass Männer sich einen runterholen, aber es unvorstellbar ist, wenn Frauen sich selbst befriedigen. Dann verziehen alle angeekelt das Gesicht, als wäre weibliche Masturbation eine Schandtat. Und weißt du, wieso? Weil es um Frauenkörper geht. Frauenkörper können nie gewinnen. Frauenkörper sind nämlich so ganz allgemein nie okay.« Ich schüttelte den Kopf. »Ich will dir nicht mal erzählen, dass es anatomisch völlig unlogisch ist, dass wir große Brüste und einen flachen Bauch haben sollen, dünne Beine, aber einen wohlgeformten Po. Weil wir tagtäglich überall mit diesen Frauenbildern konfrontiert werden. Dabei ist die Erkenntnis alt und langweilig. Ich wünschte, das würde sie nicht weniger wahr machen, aber es stimmt nicht. Es ist immer noch wahr, selbst wenn ich pathetisch klinge.«

Ich schnaubte, schüttelte den Kopf und wusste, ich sollte nicht fortfahren. Doch das Duschwasser lief immer noch, und Leo stand ganz still.

»Weißt du, was meine ersten Gedanken waren, als du vorhin schwimmen vorgeschlagen hast?«, flüsterte ich. »*Hoffentlich sieht man die Cellulite an meinen Oberschenkeln nicht.* Unglaublich, nicht wahr? Vor allem weil mir bewusst ist, was für ein Bullshit das ist. Alle paar Tage sehe ich im Internet ein Video darüber, in dem erklärt wird, dass in Frauenzeitschriften früher vorgeschlagen wurde, wir sollten uns die Dellen mit einem Nudelholz glatt rollen. Wie unmenschlich ist das eigentlich? Und wie kann ich das sagen und gleichzeitig bereuen, das Wort *Cellulite* überhaupt ausgesprochen zu haben, aus Angst, es könnte dich abschrecken? Oder überhaupt bereuen, dir das alles erzählt zu haben, weil ich nicht zu kompliziert oder aufbrausend wirken will?«

»Ich wäre genauso wütend, wenn ich du wäre«, murmelte Leo.

»Aber nicht mal meine Wut ist wütend genug«, flüsterte ich zurück. »Wenn ich sage, dass ich das Gefühl habe, ich sei nie schön genug und müsse ständig versuchen, das zu ändern, mit Cremes und Spülungen und irgendwelchen Edelsteinen, die mein Gesicht weniger aufgebläht erscheinen lassen, klinge ich bloß wie ein Teenager.«

»Ich habe gelesen, dass unsere Teenagerjahre uns am meisten prägen. Unser Gehirn schaufelt am meisten Platz für die Erinnerungen in dieser Zeit frei.«

»Ach wirklich?«

»Ja.«

Ich spürte, wie Leo darauf wartete, dass ich weitersprach, doch etwas in mir wollte nicht mehr. Ich hatte schon zu viel geredet. Und das, während wir nackt nebeneinander unter der Dusche standen.

»Jetzt wäre ein guter Zeitpunkt für deine berühmten Themenwechsel«, sagte ich deshalb, darum bemüht, locker zu klingen.

»Aber ich finde das Thema wichtig.«

»Es ist schwierig.«

»Schwierige Straßen führen oft zu wunderbaren Destinationen«, sagte er in einem gespielt ironischen Ton.

»Klingt wie ein Postkartenspruch.«

»Ich sag immer: wie ein Wandtattoospruch.«

»Gott, Wandtattoos.«

Ich lachte, Leo fiel mit ein.

»Du könntest mir zum Beispiel erzählen, wie du so als Teenager warst«, begann ich anschließend. »Damit ich mich nicht ganz so schlecht wegen meiner wütenden Teenagergedanken fühle.«

»Würde ich gerne. Aber wahrscheinlich war ich einfach nur normal.«

»Das ist das Unnormalste, was ich jemals gehört habe.«

»Aber es stimmt«, protestierte er. »Ich habe freitags die letzten Stunden geschwänzt, zu früh Alkohol mit Freunden getrunken und ein Vermögen für Fahrten in die Stadt ausgegeben. Ziemlich normal eben. Und du? Wie warst du so?«

»Anders als jetzt und irgendwie doch nicht.«

»Das musst du erklären. Vielleicht sogar bei selbst gemachter Pasta?«

»Klar«, erwiderte ich, doch rechnete nicht damit, dass er plötzlich einen Schritt nach vorn machte.

Mit dem Rücken zu mir trat er aus der Dusche, bevor er aus meinem Blickfeld verschwand. Dann hörte ich seine nassen Füße auf den glatten Fliesen.

»Äh, was hast du vor?«

»Die Pasta schon mal vorbereiten.« Seine Stimme klang so unendlich hell. »Ich lass dir ein Handtuch und was zum Anziehen auf der Fensterbank, ja?«

»Danke?« Das klang mehr wie eine Frage, allerdings war er da schon verschwunden.

Zwanzig Minuten später, nachdem auch ich aus der Dusche getreten war, beobachtete ich, wie er tatsächlich Teig durch eine Nudelmaschine zog.

»Passiert das hier gerade wirklich?«, fragte ich, während seine große Kleidung an meinem Körper schlackerte. »Machst du gerade ernsthaft frische Pasta?«

»Du klingst so verwundert.«

»Findest du das hier alles nicht etwas seltsam?«

Ich deutete mit der Hand in die Luft und damit auf nichts Konkretes in der Hoffnung, er wüsste auch so, was ich meinte. Ihn und mich. Ich in einem seiner verwaschenen Shirts ohne Logo. Er mit nassen Haaren und Mehl an den Fingern. Wir waren in einem See und unter der Dusche gewesen, aber wir waren nie richtig geschwommen und hatten uns nie wirklich gewaschen.

Irgendetwas lief hier falsch.

Da war diese Stimme in meinem Hinterkopf, die mich warnte, weil Leo ein Mann war und er *so* ein Mann war. Ein erfolgreicher, gut aussehender und freundlicher Mann, den es laut meiner Erfahrungswerte gar nicht geben konnte. Nur in Filmen oder Büchern, wo alle sich liebten und noch nie jemand geghostet wurde.

Leo war schlicht zu gut, um wahr sein zu können.

Als er in genau diesem Moment aufsah, lächelte er, und mein Herz pochte. Das war so viel lauter als die Stimme in meinem Kopf.

Mein Herz war immer so viel lauter als alles andere.

»Ich finde es eigentlich nur schön«, flüsterte Leo.

Er lächelte immer noch, und ich lächelte zurück.

ZWANZIG

Leo (Harz) hat ein Foto gesendet

Leo (Harz): Schau mal, was angekommen ist 😊

Ich: Und du willst das also wirklich lesen, ja? 😄

Leo (Harz): Natürlich

Leo (Harz): Es ist dein Buch 😊

*

Leo (Harz): Was hältst du von Kino für morgen? 😊

Leo (Harz): Ah, Shit 😊

Leo (Harz): Es läuft nichts Gutes, nur irgendwelche Horrorfilme

Leo (Harz): Und die kann ich leider nicht mehr schauen 😄

Ich: Wieso nicht?

Leo (Harz): Mein Vater hat mir als Kind alle Teile von Der Exorzist gezeigt …

Leo (Harz): War eher nicht so gut 😂

Ich: Oh Gott 😂

Ich: Ich könnte alternativ einen Kinoabend bei mir anbieten

Ich: Aber ich hoffe, ich werde nicht dafür verurteilt, dass ich Nachos nur mit Käsesoße mag 😂

Leo (Har): Nachos mit Käsesoße zu essen, ist die einzig richtige Weise 😊

*

Cora: OH MEIN GOTT

Cora: Bitte hass mich nicht, aber womööööglich stand ich wie eine Stalkerin vor dem Fenster, um Leo nicht zu verpassen

Cora: Und er sieht ja wirklich so aus wie auf seinem Bild

Cora: 🔥 🔥 🔥 🔥

*

Leo (Harz): Bin zu Hause 😊

Leo (Harz): Und ich bin immer noch traurig

Leo (Harz): Gib es zu, du wusstest, dass der Film mich zerstören würde

Ich: Hey, ich hab dich vorgewarnt

Ich: Ich hab dir gesagt, dass der Film mein Herz jedes Mal bricht

Leo (Harz): Und du tust dir den Schmerz trotzdem immer wieder an, weil die Geschichte einfach zu schön ist?

Ich: Was soll ich sagen, du hast mich durchschaut

*

@tessteilt, Story-Beitrag, gepostet um 15:45 Uhr

Gesehen von 15696 Nutzern

Mein Wortziel ist für heute geschafft. Ihr könnt euch auf Lesenachschub freuen 🎉

*

Leo (Harz): Freue mich auf nachher 😊

*

Leo (Harz): Es war so schön, dich kurz zu sehen

Leo (Harz): Ich weiß, das klingt kitschig, aber immer wenn wir uns verabschieden, will ich dich sofort wiedersehen

Leo (Harz): Bitte sag mir, das ist normal

Leo (Harz): Nein, streich das

Leo (Harz): Bitte sag mir, dir geht es auch so

*

Du hast einen Screenshot gesendet

Cora: Ich bin neidisch 😭 😭 😭

Cora: Carsten schreibt mir nie so cute Sachen

Cora: Ich hoffe, du hast ihm geantwortet, dass es dir genauso geht!!!!

*

Leo (Harz): Guten Moooorgen 😊

Leo (Harz): Schau mal, ich habe heute auch auf einen Smoothie gesetzt

Leo (Harz) hat ein Foto gesendet

Leo (Harz): Er ist sogar nach deinem Rezept, das so viral gegangen ist 😂

EINUNDZWANZIG

Zu unserem dritten Date verabredeten wir uns bei mir.

Wir machten tatsächlich einen Kinoabend, bei dem Leo die Snacks mitbrachte und ich den Film aussuchte. Ich entschied mich für *Can a Song Save Your Life?*, einer meiner liebsten. Am Ende hatte Leo klebrige Hände von der Käsesoße und glasige Augen vom Film. Er fand ihn genauso großartig wie ich. Zur Verabschiedung umarmten wir uns fest und viel zu lang. Ich spürte sein Herz an meinem schlagen, während alles in mir kribbelte. Als wir uns voneinander lösten, war ich mir sicher, dass jetzt unser Moment gekommen wäre.

Leo würde mich küssen.

Doch dann strich er mir mit dem Daumen bloß über das Kinn und setzte sein bestes schiefes Lächeln auf.

»Gute Nacht, Tess«, sagte er.

Seine Worte hallten selbst beim Träumen in mir nach.

Am nächsten Tag sahen wir uns gleich in seiner Mittagspause wieder. Er holte mich mit einem Matcha Latte von zu Hause ab, bevor wir eine Stunde lang die Allee in Richtung Herrenhäuser entlangspazierten. Er erzählte mir mehr über seine Mutter und ihr Faible für Schnapsgläser aus verschiedenen Ländern.

»In ihrem Wohnzimmer gibt es einen Schrank, der voll damit ist«, sagte er. »Aber irgendwie ist es traurig, dass sie die meisten von meiner Schwester und mir geschenkt bekommen hat, anstatt sie selbst auf Reisen zu sammeln.«

Ich erfuhr, dass Leo mit neunzehn ein Auslandsjahr gemacht hatte. Ein Jahr lang war er durch Asien und Australien gereist, was für Leo nicht ganz so prägend gewesen war, wie es die Leute sonst im Internet verkauften. »Coole Zeit, aber würde ich jetzt wahrscheinlich nicht noch mal machen.« Über seinen Vater erzählte er mir nichts, dafür zeigte er mir Fotografien seiner Schwester. Manchmal ertappte ich mich dabei, wie er redete und ich ihn wieder einfach nur anschaute.

Gott, ich mochte ihn wirklich.

Ich mochte seinen Humor, dass er gerne über sich redete, aber genauso gerne Fragen an mich stellte. Er zeigte mir sich selbst kompromisslos, als wäre es ihm wirklich ernst mit mir. Ich mochte seine selbstbewusste Art, die nie arrogant wirkte. Seine Offenheit, seine Ehrlichkeit. Ich mochte, dass Leo mich verstand und wenn nicht, dass er immer versuchte, mich zu verstehen. Sei es bei meinem Job, beim Schreiben, bei meiner Denkweise. Ich mochte seine Art, sich ständig zu bemühen. Ich mochte, dass ich keine kryptischen Nachrichten überanalysieren und Screenshots an Cora schicken musste, um herauszufinden, ob er eine Anspielung auf ein weiteres Date gemacht hatte.

Als er mich an diesem Nachmittag vom Spazierengehen nach Hause brachte (er bestand darauf), begegneten wir meiner älteren Nachbarin aus dem dritten Stock.

»Das ist doch gar nicht nötig«, sagte sie, als Leo ihr wie selbstverständlich die Einkaufstüten vor ihre Wohnung trug.

Aber Leo war einfach so. Nett, ehrlich, richtig.

Vielleicht, aber wirklich nur vielleicht, ist er wirklich anders als alle anderen Männer.

ZWEIUNDZWANZIG

Mein Avocadotoast war schuld. Hätte ich ihn mir nämlich nicht mit angestrebter Perfektion zubereitet und schön mit Sprossen auf einem handgetöpferten Teller aus Portugal dekoriert, hätte ich an diesem Morgen gar nicht nach meinem Handy gegriffen. Wäre mein Toast nur langweilig mit Butter und Marmelade bestrichen gewesen, hätte ich mich gähnend an meine Küchentheke gesetzt und ihn einfach gegessen. Aber mein Avocadotoast war so ästhetisch, dass ich mir um kurz vor acht mein Handy schnappte, um ihn für meine Story zu fotografieren. Mit noch nassen Haaren lud ich das Bild mit einer Guten-Morgen-Caption hoch. Es war ein erfolgreicher Morgen. Ich hatte meine Matte ausgerollt, meditiert und Mantras niedergeschrieben. Ich hatte geduscht und dabei vielleicht nur ein bisschen an Leo gedacht. Ich hatte ein gutes Gefühl, keine Bauchschmerzen, nur Herzklopfen. Die schöne Sorte. Weil ich wusste, dass seine Nachricht auf meinem Handy bereits auf mich wartete. Ich würde frühstücken, mir meinen Laptop schnappen und mich in ein süßes Café setzen, wo ich mein Wortziel für heute erledigen würde. Mein zukünftiges Ich würde mir dankbar sein, weil ich mein fertiges Manuskript pünktlich an Gesa schicken würde.

Mein jetziges Ich allerdings verfluchte mich, als ich mit meinem Daumen instinktiv auf die Storys der Leute klickte, denen ich folgte. Es war wie ein Reflex, den ich gleich darauf bereute. Cora hatte ein Selfie von gestern hochgeladen. Sie war wunderschön, mit getuschten Wimpern und perfekt nachgezogenen Lippen. Wahrscheinlich hatte sie es hochgeladen, um ein paar Likes von den Männern unter ihrer Followerschaft abzustauben, weil es mit Carsten kriselte und sie ein bisschen Bestätigung brauchte. Ich schickte ihr ein Herz und notierte mir innerlich, sie heute zum Abendessen einzuladen. JEREMIAS bewarben ihre neuste Single. Ich verteilte ein Like. Menschen reposteten Tweets anderer Menschen, um so auszudrücken, was sie wirklich sagen wollten, ohne selbst etwas zu sagen. Ein-, zwei-, dreimal. Ich klickte weiter, bis ich plötzlich erstarrte. Ich war bei der Story einer ehemaligen Mitschülerin angelangt. @lisamariemeier23. Wir hatten in Chemie nebeneinandergesessen und immer wieder Selfies auf Partys geschossen, doch waren nach dem Abi nicht in Kontakt geblieben. Meistens lud sie am Wochenende Bilder von Cocktails hoch und verlinkte ihre Freunde, die ich nicht kannte.

Heute war es anders.

Statt bunter Schirmchen betrachtete ich den Beitrag, den sie repostet hatte. *So glücklich für dich @dahlia.derer*, hatte sie dazugeschrieben.

Meine Finger krampften sich um mein Smartphone. Das Herz pochte mir bis zum Hals und bis in die Zehenspitzen.

Ich konnte nicht widerstehen, obwohl mein gesamter Körper dagegen rebellierte. Ich klickte den Beitrag an. Es war nur ein Post. Nur ein Morgen mit mir und meinem Handy. Von außen betrachtet würde niemand verstehen, was mein Problem war. Mir passierte nichts, aber anderen passierte scheinbar alles.

So happy 💍

Ich las die Beschreibung unter Dahlias Post und spürte, wie meine Kehle sich zuschnürte. Es war lediglich ein Bild von ihrer Hand und einem Ring. Ich sah sie nicht mal im Ganzen. Auch nicht auf den anderen Bildern, die sie als Teil eines Photo Dump hochgeladen hatte. Blumen, Kerzen, zwei tiefe Teller mit einem

Nudelgericht. Als Letztes war ihr verschwommenes Gesicht mit dem ihres Partners auf einem Selfie zu erkennen. Verschwommen, weil sie sich ansahen und lachten, weil sie so verdammt glücklich waren, dass es kein Bild festhalten konnte. Dahlia war keine Bloggerin, trotzdem wirkte alles ästhetisch und perfekt. Es hatte nichts mit mir zu tun, trotzdem fühlte es sich an wie ein Schlag in mein Gesicht.

Als ich blinzelte, spürte ich, wie es hinter meinen Augen brannte. Dann wurden sie feucht. Nass und verräterisch. Tränen, doch sie waren nicht traurig.

Das war Wut.

Pure Wut um kurz nach acht an einem stinknormalen Donnerstagmorgen.

DREIUNDZWANZIG

Ich: Bitte sag mir, dass ich mich absolut kindisch verhalte

Ich: Oder einfach nur verrückt bin

Ich: Aber es kann nicht normal sein, dass mich ein Verlobungspost von Dahlia dazu bringt, mich in mein Bett zu legen und es für die nächsten drei Tage und elf Stunden nicht verlassen zu wollen

Adri: Bei mir sind es meistens nur zwei Tage

Adri: Aber keine Sorge, das passiert mir jedes Mal bei Verlobungsposts von Bekannten

Adri: Soll ich vorbeikommen? 😔

Ich: Habe Salatzutaten für fünfundzwanzig Euro gekauft

Ich: Die Antwort ist also ja

Ich: Cora kommt auch 😊

*

Es war gut, dass ich meine Freundinnen eingeladen hatte. Wir schnitten Spitzkohl, Gurken, Dill und Lauchzwiebeln für den viralen Green-Goddess-Salat klein, bevor wir uns mit unseren Schüsseln an den Esstisch setzten.

Cora verkündete, dass sie auf der Suche nach einem neuen Hobby sei, während sie nach dem Essen den Inhalt ihrer mitgebrachten Tüte offenbarte: eine Handvoll Kerzen nebst Pinseln und Farben, um Erstere zu bemalen.

Adri und ich blickten verwirrt auf die Utensilien, während wir auf meinem Sofa hockten und zuhörten. Adri kannte ich seit der Erstiwoche an der Uni. Dabei hatte sie Soziale Arbeit und damit etwas ganz anders als ich mit Marketing studiert. Heute arbeitete sie als Briefkastentante (ihre Wortwahl) in einer Beratungsstelle für Jugendliche. Dort verbrachte sie die meiste Zeit damit, auf anonyme Nachrichten zu antworten.

»Wie Doktor Sommer?«, hatte Cora einmal gefragt.

»Wie Doktor Sommer«, hatte Adri bestätigt. »Nur tiefgehender und emotionaler.«

Adris Leidenschaft war das Helfen. Niemand konnte so gut zuhören wie sie. Niemand konnte einer Vierzehnjährigen so gut zum siebenhundertsten Mal erklären, dass sie bitte zum Frauenarzt gehen solle, wenn sie wirklich Angst habe, schwanger zu sein. Meine Freundin war einer der besten Menschen, die ich kannte. Sie liebte losen Tee, schlichte Kleidung, aber Socken mit witzigen Motiven. Eigentlich hieß Adri Adriana de Ferreira und war die Beste darin, fremden Männern beim Feierngehen mitzuteilen, dass sie ihnen nicht erklären wolle, woher ihre Wurzeln stammten. Letztes Jahr hatte sie sich von ihrem langjährigen Freund Bastian getrennt und war seither nur auf einem Date gewesen, bevor sie beschlossen hatte, erst mal nur für sich zu sein. Dabei war sie diese Person, die das konnte: allein sein, ohne sich einsam zu fühlen.

Cora und Adri wiederum hatten sich durch mich kennengelernt, und wenn wir uns zu dritt trafen, lief es meistens so ab:

Cora erzählte und wir hörten zu. Gerade erklärte Cora zum Beispiel, dass sie einen anderen Fokus brauche als Carsten, deshalb werde sie sich jetzt am Bemalen von Kerzen probieren. Welchen Beziehungsstatus sie gerade teilten, wusste sie nämlich auch nicht.

Ich war froh, dass meine Freundinnen da waren, denn sie versicherten mir, dass meine Gefühle bezüglich Dahlia ganz normal seien. Dass es sie auch beschäftigen würde. Andererseits war da dieser Moment, als wir stumm kaugummirosafarbene Herzen auf die Kerzen malten und Adri sich räuspernd eine ihrer langen schwarzen Haarsträhnen hinters Ohr schob.

»Und du willst dich wirklich nicht mehr bei ihr melden?«, fragte sie vorsichtig, weil sie wusste, dass das Thema ein kontaminiertes Gebiet in meinem Herzen war. Ein Anstupser – und alles in mir könnte explodieren.

»Nein«, flüsterte ich. »Nein, ich glaube, das wäre keine gute Idee.«

Und weil meine Freundinnen meine Freundinnen waren, verstanden sie mich. Wir wechselten das Thema. Adri fragte mich nach dem letzten Treffen mit Leo, Cora erzählte von ihrem nervigen Chef. Am Ende hatten wir mit Chartsmusik im Hintergrund neun Kerzen identisch bemalt. Cora machte ein Foto von unserer Arbeit.

»Das poste ich in meiner Story«, sagte sie. »Damit Carsten sieht, dass ich auch wirklich ein Leben neben ihm habe.«

Adri lächelte Cora mitfühlend zu, während ich sie zum Abschied eine Spur zu fest an meine Brust drückte. Erst als ich ganz alleine war, umgeben von schmutzigem Geschirr und befleckten Werbeprospekten, erinnerte ich mich an mein Handy. Alles in mir kribbelte, bevor ich mein Display entsperrte.

*

Ich: Wie war dein Tag? 😊

Ich: ?

Leo (Harz): Sorry, viel zu tun

Leo (Harz): War gut

Ich: Cool 😊

Ich: Was hast du gemacht?

Ich: Gute Nacht?

DATE ME, Auszug, Manuskript

Ganz ehrlich? Im Grunde müsste ich ein neues Wort für Ghosting erfinden. Denn es gibt Männer, die mir schreiben, aber mir eigentlich nicht mehr schreiben. Die Männer verschwinden nämlich nicht plötzlich. Sie sind zwar da, aber nie richtig da. Sie antworten mir, doch sagen nichts mehr. Sie schicken Smileys, als hätten sie sich vertippt. Als würden sie mir sowieso nur noch aus Versehen schreiben. Jede ihrer Nachrichten erwischt mich eiskalt, weil ich gar nicht mehr mit ihnen rechne. Ich kann die Farce nur beenden, indem ich das Problem anspreche. Aber das versuche ich zu vermeiden, weil sie mir dann schreiben, dass sie gar nicht wüssten, was ich meine, und dann eine Diskussion folgt, in der nie jemand gewinnt. Außer vielleicht der, der am Ende schreibt: »Wir sollten das einfach lassen.« Das wird dann nie definiert. Also trage ich weiter zu den Konversationen bei, als wären sie nicht längst tot.
Ich habe gelesen, dass wir negative Ereignisse stärker in unserem Kopf abspeichern als die positiven. Ich frage mich, ob das der Grund ist, aus dem ich Dating immer mit Warten und hoffnungslosem Hoffen verbinde. Mit Enttäuschung und Demütigung und Verzweiflung und Wut und Sprachlosigkeit und Ratlosigkeit und intensiven Heulkrämpfen unter der Dusche, wegen eines Mannes, von dem ich nicht mal den Nachnamen weiß.*

---

*Anmerkung von Schneider, Gesa: Oh Mann, diese Passage war so herzzerreißend! Ich finde sie auch super wichtig, überlege aber, ob es nicht zu negativ rüberkommt, vielleicht könnten wir hier noch mehr positive Beispiele einfügen? 😊

VIERUNDZWANZIG

Leos Nachrichten blieben zwei Tage lang so. Nichtssagend und indirekt ablehnend. Natürlich hätte ich nachfragen können, doch dann hätte auch er mir nur *Ich weiß nicht, was du meinst* geantwortet. Das wiederum hätte mich an Juli erinnert, was ich weiterhin unbedingt vermeiden wollte.

»Mann«, seufzte Cora. »Ich hatte wirklich Hoffnung in Leo.«

»Same«, murmelte ich nur, während wir darauf warteten, dass das Nudelwasser kochte. Rote Linsenfusilli, wegen des extra Proteins. Coras Wunsch.

»Ich bin mir eigentlich ziemlich sicher, dass er unser Treffen morgen absagt.«

»Ihr trefft euch noch?«, fragte sie verwundert.

»Haben wir nach unserem letzten Date vereinbart.«

Später schoss Cora ein Bild von unserem Esstisch. Ich hatte mir Mühe mit dem Anrichten gegeben, sie hatte Kerzen angezündet. In der Nacht träumte ich davon, wie ich meinen Arzt besuchte und ihm davon erzählte, dass ich es nie schaffte, mehr als hundert Gramm Protein am Tag zu essen. »Tut mir leid, Frau Raabe«, sagte er nur. »Ich weiß nicht, was Sie meinen.«

Am nächsten Morgen checkte ich mein Handy zum ersten Mal um acht Uhr, weil Leo meistens um den Dreh aufstand. Ich wusste, dass er mir schreiben würde, dass es ihm doch nicht passe. Weil er ja eigentlich so nett war, würde er bestimmt noch hinzufügen, dass es ihm leidtue. Ausgeschrieben, kein nonchalantes *Sorry* ☹. Doch wider Erwarten war da keine Nachricht.

Entschlossen zog ich mein Morgenprogramm durch, setzte mich um elf in ein Café und vermied einen Blick in meine Mails, aus Angst, Gesa könnte mich fragen, wie es denn so laufe – ich hatte fünfundfünfzig Seiten und hasste sogar jede Leerstelle. Ich quälte mich durch jedes Wort, bestellte zwei Matcha Latte für zu viel Geld und überlegte mir, was ich nachher kochen sollte. Vielleicht heute keinen Salat für fünfundzwanzig Euro. Ich war gerade auf dem Nachhauseweg, da vibrierte mein Handy.

Leo (Harz): Nachher steht noch, oder?

Mitten auf dem Gehweg blieb ich stehen. Ich war irritiert und wütend. *Aber vielleicht*, flüsterte diese Stimme in meinem Kopf. *Vielleicht gibt es einen Grund für sein Verhalten.* Ganz nach dem Motto: unschuldig, bis die Schuld bewiesen ist. Trotzdem war ich sauer, also tippte ich ein Ja ohne Smiley. Bestimmt machte ihm das nicht mal etwas aus.

Weil ich mich daran erinnerte, dass Leo wandern gehen wollte, sprang ich nach dem Duschen in eine Leggins und in meine Sportschuhe mit der dicksten Sohle, um mich nicht ganz so klein zu fühlen. Auf der Zugfahrt hörte ich mir die ellenlange Sprachnachricht von Cora an, in der sie mich fragte, ob man fürs Fliegen in das europäische Ausland wirklich einen Perso brauche.

»Ich meine, wird der überhaupt irgendwo kontrolliert? Meine Schwester will vielleicht im Oktober mit mir nach Portugal, aber mein Perso ist abgelaufen. Und ich habe dir ja erzählt, dass ich mich jetzt viel gesünder und ausgewogener ernähre. Wenn ich also jetzt ein neues Passbild mache, sieht es in einem halben Jahr gar nicht so aus wie ich, und dann muss ich einen neuen Perso beantragen. Verstehst du mein Problem?«

Eine knappe Stunde später erreichte ich mein Ziel.

Ich sah Leo.

Leo sah mich.
Ich lächelte.
Leo lächelte nicht.

FÜNFUNDZWANZIG

»Hey«, sagte er und umarmte mich flüchtig. Dann räusperte er sich und nickte nach links. »Ich wollte dir meine Wanderroute zeigen, nicht wahr?«

»Ähm«, machte ich. »Ich glaube schon.«

»Sie ist eher weniger besucht, weil sie nicht zu den Topwanderrouten hier in der Umgebung zählt«, erklärte er nüchtern. »Gut für mich. Ich meine, die ganzen Touristen, die selbst vor meinem Haus Fotos machen, weil dahinter die Spitze des Bocksbergs zu sehen ist, reichen mir schon. Ein bisschen Abstand tut gut.«

Jetzt verzog er die Lippen zu einem kleinen Lächeln. Es erreichte seine Augen nicht. *Okay.* Irgendetwas war definitiv anders. Dabei wirkte Leo wider Erwarten nicht gleichgültig, sondern eher verkrampft. Denn während er neben mir herging, vergrub er die Hände zu Fäusten geballt in seinen Hosentaschen. Seine Knöchel zeichneten sich dabei spitz unter dem Jeansstoff ab, seine Lippen bildeten eine gerade Linie. Es schien fast so, als wäre er wütend.

Frag ihn, was los ist.

Die Stimme in mir drängte mich, doch ich gab nicht nach. Ich kannte die Antwort.

Nichts.

Du bildest dir etwas ein.

Ich weiß nicht, was du meinst.

Also liefen wir schweigend in die Richtung, in die Leo uns führte. An einigen Stellen war der Ort schon kahl, weil die Stadt mit dem Fällen begonnen hatte. Tote Bäume und laublose Äste lagen neben Seen. Niemand würde sie wegräumen, denn sie waren der Lebensraum der kleinen Krabbeltierchen. Es war ein trauriger Anblick, insbesondere dann, wenn wir im Hintergrund die Sägen hörten.

Ab und zu sagte Leo etwas.

»Hier habe ich als Kind versucht, ein Baumhaus zu bauen.«

»Hier sind meine Schwester und ich immer Mountainbike gefahren.«

»Hier habe ich mal mit meinen Freunden gezeltet, obwohl es illegal ist.«

Lauter kleiner Anekdoten, als wäre er ein Reiseführer, der eigentlich gar keine Lust auf seine Arbeit hatte. Wir passierten gerade eine Familie, die ihren Schäferhund nicht unter Kontrolle hatte, da hielt ich es nicht mehr aus.

Tief holte ich Luft. Straffte die Schultern. Bereitete mich innerlich darauf vor, auf Ablehnung zu stoßen.

»Sag mal, ist irgendetwas oder so?«

Sofort schoss Leos Blick in die Höhe. Er war dunkel und undurchdringlich. Ich spürte mein Herz bis in meine Fingerspitzen, während ich verstand, wieso wir diese Art von Gesprächen lieber online führten. Dort konnten wir uns nämlich einfach wegklicken und so tun, als gäbe es keine Schwierigkeiten in unserem Leben, wenn uns etwas nicht passte. Jetzt fühlte sich atmen in der Tat schwierig an, doch ich konnte nicht zurückrudern.

»Irgendwie bist du anders. Habe ich etwas falsch gemacht oder so?«

Einen Moment lang sagte Leo nichts. Dann fuhr er sich mit der Hand durch die Haare und fluchte ein »Fuck.«

Fuck.

Das war kein *Ich weiß nicht*. Keine Andeutung, dass ich mir nur etwas in meinem schönen, aber blödsinnigen Kopf eingebildet hatte.

»Tut mir leid«, murmelte er. »Ich wollte nicht, dass sich etwas für dich komisch anfühlt. Oder dass du denkst, du hättest etwas falsch gemacht.«

»Das klingt nach einem Aber.«

Leo schüttelte den Kopf, eine blonde Strähne verirrte sich in seine Stirn. Dann schloss er die Lider.

»Ich weiß nicht ganz, wie ich das ansprechen soll, ohne komplett dämlich zu wirken. Ich … Ich sag es einfach geradeheraus, okay?«

»Leo.« Unsicher lachte ich. »Du machst mir ein bisschen Angst.«

»Was?« Sofort schlug er die Augen auf. »Nein, es ist nichts Schlimmes. Es ist nur, na ja …«

Während er stockte, bemerkte ich, wie sich seine Wangen rötlich verfärbten.

»Ich hab dein Buch gelesen«, flüsterte er.

»Und deshalb verhältst du dich so seltsam? Fandest du es etwa so schlecht, dass es dich verstört hat?«

»Nein. Ganz im Gegenteil. Ich fand es großartig. Es ist nur …«

»Es ist nur was?«

Seine Wangen röteten sich deutlicher, bis sie mir förmlich entgegenleuchteten. Er druckste immer noch herum, so wie ich, wenn ich ganz genau wusste, was ich sagen wollte, doch mich vor der Antwort oder den Konsequenzen fürchtete.

»Wieso datest du mich?«

»Was?«

»Wieso datest du mich?« Sein Kehlkopf stach deutlich hervor. »Du hast mich richtig verstanden.«

»Vielleicht, weil ich dich sympathisch finde?« Ich runzelte die Stirn. »Weil du mich interessierst? Weil ich dich mag?«

»Okay«, sagte er wie zu sich selbst. »Okay, du datest mich, weil du mich magst.«

»Wieso sollte ich dich sonst daten?«

»Keine Ahnung«, murmelte er mit belegter Stimme. »Vielleicht, damit du etwas zum Schreiben hast?«

Den letzten Satz sagte er so leise, dass ich mich kurz fragte, ob ich mich verhört hätte.

»D… das …« Ich musste neu ansetzen. »Das glaubst du doch nicht wirklich, oder?«

»Nein.« Er sah mich an, schüchtern mit seinen roten Wangen, mitten in einem Wald, wo er als Kind über jede Baumwurzel gestolpert war. »Nein, eigentlich nicht.«

»Aber?«

»Aber keine verfluchte Ahnung! Ich will mich nicht wie ein toxisches oder eifersüchtiges Arschloch aufführen. Und ich weiß, wir lernen uns gerade erst kennen, aber zu lesen, wie du andere Männer gedatet hast, hat sich nicht besonders gut angefühlt. Vielleicht reagiere ich auch über. Ich … ja. Tut mir leid. Keine Ahnung, was mit mir los ist.«

Als er verstummte, blinzelte ich ihn an. Leo fasste sich in den Nacken und wippte gleichzeitig auf seinen Fußballen, den Blick auf den Schuttboden gerichtet. So, als könnte er es nicht ertragen, mich genau jetzt anzuschauen.

Oh Gott.

Er war eifersüchtig und schämte sich dafür.

So wie ich eifersüchtig war und mich dafür schämte, wenn ich mir die Ex-Freundinnen meines Dates auf Instagram ansah.

»Und da war doch auch dieser J. Am Ende. Hast du noch mit ihm Kontakt oder so? Also, ich meine, nicht dass ich etwas dagegen hätte. Aber die Sache mit ihm klang ernster als die Geschichten davor und … ich weiß auch nicht.«

Er stoppte, um Luft zu holen. Dann hob er den Blick und sah mich wieder an. All meine Härchen stellten sich auf.

»Ich schätze, was ich sagen will, ist einfach, dass ich nur dich date.«

»Ich date auch nur dich«, flüsterte ich.

»Ja?«

Seine Augen leuchteten auf.

»Ja.« Ich lächelte. »Und mach dir keine Sorgen wegen J. Den gibt es gar nicht.«

Zumindest nicht so.

»Meine Lektorin wollte einfach nur ein positiveres Ende. Eigentlich ist er erfunden.«

Zumindest dieser J.

»Echt?«

»Echt.«

»Gott, Tess.« Er schüttelte den Kopf, doch lachte dabei. Ich hörte an dem Laut, wie zwei Tonnen Erleichterung von ihm abfielen, so wie zwei Tonnen Erleichterung von mir abgefallen waren, weil auch er nur mich datete. »Was machst du nur für Sachen mit mir?«

Von da an war nichts mehr komisch. Leo war wieder der normale Leo, mit seiner Art und seinen Witzen und Erzählungen. Wir spazierten durch den Wald in Richtung seines Lieblingsaussichtspunkts.

»Gleich haben wir einen superweiten Blick auf die Granetalsperre«, erklärte er gute vierzig Minuten später. »Sogar das Wetter spielt mit. Das wird großartig.«

Aber als wir um die Kurve gingen, blieben wir verwundert stehen.

»Was, zur Hölle?«, murmelte er.

Rund ein Dutzend Seniorinnen hatte sich auf dem gesicherten Aussichtspunkt versammelt. Sie trugen Sporthosen und gingen gerade in die Berghaltung, die Hände friedlich zu einem Dreieck vor der nackten Brust gefaltet.

Das war kein Scherz.

Sie waren oben ohne, den Blick der unendlich weiten Aussicht zugewandt, von der ich nichts mitbekam. Als die Frauengruppe nämlich damit begann, »Om« zu summen, schlichen wir uns schnell an ihnen vorbei.

»Mann«, kicherte Leo nach ein paar Minuten. »Ich kann nicht

glauben, dass wir siebeneinhalb Kilometer bergauf für nichts gelaufen sind.«

»Hast du etwa keine Der-Weg-ist-das-Ziel-Mentalität?«

»Ich bitte dich. Das ist der wandtattooigste Spruch aller Wandtattoos.«

»Vielleicht. Aber ich fand die Frauengruppe cool. Wenn ich siebzig bin, will ich mich auch einfach vor eine spektakuläre Talsperre stellen und mit nackten Brüsten Yoga machen können. Ist bestimmt irgendwie heilend.« Ich grinste. »Und meine Mutter fände das bestimmt ebenfalls super.«

»Macht sie auch FKK-Yoga?«

»Nein, sie bucht sich bloß zweimal im Jahr in Yogaretreats auf Mallorca ein. Sie hat sogar ein Shirt von dem Camp: *Yogatoria – wie du mit Yoga gewinnst.* Ich wünschte, ich würde mit diesem Slogan scherzen, aber ihre Lehrerin heißt Vitória.«

»Warte mal, heißt deine Mutter irgendetwas mit Anna auf Instagram? Ich glaube, ich habe das Shirt auf einem Profilbild gesehen. Ist das nicht die, die alle deine Beiträge mit ganz vielen Herzemojis kommentiert?«

»Woher weißt du das?«

Leo zögerte, während ich bemerkte, wie seine Wangen sich wieder leicht rot färbten.

Gott, ich sollte es nicht so mögen.

Wirklich nicht.

Aber ich tat es.

Wenn Leo rote Wangen hatte, konnte ich nicht aufhören, ihn anzusehen.

»Womöglich habe ich mich ein wenig auf deinen Accounts umgeschaut«, gab er zu. »Und dabei herausgefunden, dass sie wirklich keins deiner Bilder verpasst.«

»Bestimmt hat sie meine Glocke abonniert.« Belustigt schüttelte ich den Kopf. »Gott, das klingt so absurd. Aber eigentlich ist es total lieb von ihr.«

»Du hast also ein gutes Verhältnis zu deiner Mutter?«

»Wir sprechen uns nicht besonders häufig, was definitiv meine Schuld ist. Aber ja, ich liebe meine Mutter.«

»Hast du die Vorliebe für Yoga von ihr?«

»Garantiert.« Ich senkte meine Stimme, als würde ich Leo mein größtes Geheimnis verraten. »Als ich sechzehn war, hat sie mir gezeigt, wie man Handlinien liest. Falls du also wissen willst, wie lange du leben wirst, musst du mir nur deine Hand reichen.«

»Das kann ich mir kaum entgehen lassen.«

Leo blieb stehen und hielt mir seine Hand hin.

»Nein, das funktioniert so nicht. Ich weiß nicht, ob das die richtige ist. Überkreuz deine Arme.«

»So?«, fragte er, nachdem er sie in der Luft überkreuzt hatte.

Nickend deutete ich auf die obere Hand. Seine linke. »Die brauche ich.«

Keine Ahnung, wieso ich schluckte, als ich sie in meine nahm. Grob, groß, sehnig. Echte Männerhände. Immer noch.

»Also«, begann ich langsam. »Diese Linien sagen mir, dass du dreizehn Kinder bekommst. Nur Jungs, und das macht dich so verrückt, dass du noch ein vierzehntes willst. Leider wird es wieder ein Junge, aber es wird das Kind sein, zu dem du die stärkste Bindung hast.«

»Zu wie viel Prozent kann ich mir sicher sein, dass du gerade nur Schwachsinn redest?«

»Zu neunundneunzig Prozent«, sagte ich ernst, als ich seine Hand gerade loslassen wollte, doch plötzlich diese geschwungene Einkerbung erkannte. »Das ist deine Liebeslinie.«

Mein Finger fuhr ihre kurvige Form nach, während Leo unter meiner Berührung erschauderte.

»Sie hat ganz viele Verkettungen. Das weist auf ein schwieriges Liebesleben hin, aber …« Ich sah zu ihm auf. »Liebe wird dein Leben verändern. Schau, hier.«

Meine Fingerkuppe wanderte weiter nach unten. Ich spürte seinen Herzschlag unter seiner Haut.
Poch-pochpochpochpoch-poch.
Er war schnell und hart und heftig. Ich war wie hypnotisiert davon, Leo zu berühren. Es war nur eine Handinnenfläche, bloß seine verfluchte Hand.
Aber es war Leos Hand.
Und das veränderte alles.
»Das ist deine Schicksalslinie. Die endet wirklich dort, wo deine Liebeslinie anfängt. Siehst du das?«
»Ja. Ja, ich sehe das.«
Er log.
Leo sah es nicht.
Leo sah nur mich an.
Später würde ich meinen Freundinnen von diesem Moment erzählen. Ich würde sie vorwarnen, mich für den ganzen Kitsch entschuldigen und versichern, dass mir bewusst sei, wie lächerlich es klinge. Doch als Leo jetzt seine Hand mit seinem im Takt seines Herzens schlagenden Puls an mein Gesicht legte und mich ruckartig mit der anderen an sich zog, klopfte mein eigenes Herz so stark, dass es mir egal war. Mit einem Mal war er mir so nah, dass ich mich in seiner Iris spiegelte. Ich konnte in seinen Augen beobachten, wie ich meine eigenen aufriss, als er mir mit seinem Gesicht näher kam. Dann streiften seine Lippen meine.
Er küsste mich zum ersten Mal.
Natürlich küsste er mich zum ersten Mal.

SECHSUNDZWANZIG

In den nächsten zwei Wochen durchlebten wir so gut wie alle ersten Male.

Wir küssten uns zum ersten Mal auf seiner liebsten Wanderroute. Später am Abend küssten wir uns zum ersten Mal auf seiner Couch, seine Hände berührten mich unter dem Shirt und in der Hose, doch nicht in meinem Slip. Wir hörten zum ersten Mal wie selbstverständlich auf, uns anzufassen, wie Teenager, die keine Ahnung hatten, doch nie genug auf diese dringende sechzehnjährige Weise voneinander bekommen konnten.

Ich erzählte Cora zum ersten Mal offen, dass es diesmal anders sein könne mit mir und einem Mann. Dass ich daran glaube.

Ich ließ ihn zum ersten Mal zweiundzwanzig Minuten zu spät in meine Wohnung, nachdem ich neues Putzmittel gekauft und meine Wohnung vier Stunden lang auf Vordermann gebracht hatte. Er wartete in meinem überhitzten Hausflur, ohne sich zu beschweren. Wir landeten zum ersten Mal auf meinem Bett. Ich sah uns zum ersten Mal zusammen in meinem Spiegel. Er: große Statur, blondes Haar. Ich: klein und dunkelhaarig. Wir gingen zum ersten Mal in ein Kino und machten schmutzige Sachen in der letzten Reihe. Er sagt zum ersten Mal »Guter Film«, obwohl keiner von uns zugeschaut hatte. Wir lernten, dass wir uns sehr lange keinen Film gemeinsam anschauen würden. An diesem Donnerstag erkannten wir zum ersten Mal, dass wir es nicht aushielten, uns nicht zu berühren. Leo musste ständig meine Hand halten. An roten Ampeln, über den Tisch hinweg in der Bar und kurz bevor wir uns verabschiedeten. Fremde nahmen uns zum ersten Mal als Paar wahr. Und ich fragte mich zum ersten Mal, ob wir das offiziell werden würden.

Tage später erzählte ich Adri von Leo. Sie sagte mir, dass er sie an die Männer aus den Liebesromanen erinnere, die sie dauernd auf TikTok sehe. Zu gut, um echt zu sein. Ich hörte diese Warnung bezüglich Leo zum ersten Mal. Gleichzeitig ignorierte ich sie auch zum ersten Mal. An genau demselben Abend zog Leo mir zum ersten Mal mein Shirt aus, während ich auf ihm saß. Ich fand heraus, dass er fluchte und *Scheiße* ein Kompliment sein konnte, während er es atemlos aussprach. Ich assoziierte zum ersten Mal ein Lied mit ihm (*Vertigo* von Edwin Rosen), und er schickte mir zum ersten Mal eine angedeutete Sexting-Nachricht, indem er mir ein Bild einer Sexszene auf seinem Achtundvierzig-Zoll-Bildschirm schickte.

»Haha, schau mal, was gerade im Fernsehen lief, als ich ihn angestellt habe.«

Ich stellte mir abends im Bett zum ersten Mal vor, dass er neben mir läge, mit seinen Armen um meinen Körper, und schlief schnell ein. Ich stellte mir den Tag darauf zum ersten Mal vor, wie er mich gegen die Duschwand vögelte (die Szene, die er mir abfotografiert hatte), als ich mich selbst berührte und seinen Namen laut in mein Schlafzimmer stöhnte. Ich keuchte seinen Namen zum ersten Mal stumm in sein Ohr, als er mich unter meinem Slip berührte, bevor er ihn mir auszog. Am nächsten Tag verließ er meine Wohnung zum ersten Mal vor acht Uhr, sah verschlafen und nach Sex aus, den wir noch nicht gehabt hatten. Eine halbe Stunde später schmiss ich gefrorenen Spinat in meinen Mixer und stellte mir vor, wie das hier nur unser Anfang wäre. Zum allerersten Mal baute ich uns ein Zuhause. Es würde sein Haus sein, aber wir würden es renovieren, damit es sich wie unser Heim anfühlen würde.

Ich sah es alles vor mir.

Die Farben, die Möbel, wie lichtdurchflutet und hell unser Schlafzimmer wäre. Wir würden keine Matratzen im Onlineshop kaufen. Stattdessen würden wir in einen Laden gehen, probeliegen, und alles würde perfekt sein, selbst in diesen stickigen Möbelläden mit den grauen Teppichböden, wo jeder immer Kopfschmerzen von der schlechten Luft bekam. Leo und ich, wir würden eines dieser Paare sein, die bis Mitternacht Wein trinkend Karten spielten. Die vielen Spaziergänger würden uns neugierig durch die Fenster beobachten. Sie würden an einem völlig bedeutungslosen Montagabend dabei zusehen, wie ich grinsend die Augen verdrehte, weil Leo »Siehst du, wir können sagen, wir haben uns nicht auf Tinder, sondern in einem Club kennengelernt« sagte. Sie würden sich wünschen, sie wären wie wir.

So verdammt glücklich.

SIEBENUNDZWANZIG

@tessteilt.fanpage: Hey Tess, wann kommt endlich ein neues What I Eat In a Day???

♡ 324

@willaaaa. @tessteilt.fanpage: Hab ich was verpasst??

♡ 76

@tessteilt.fanpage @willaaaa.: Sie hat schon seit 2 Tagen nichts mehr gepostet, ich mache mir iwie Sorgen um sie, nicht dass es ihr schlecht geht oder so

♡ 212

@fabienne0397 @tessteilt.fanpage: Sie braucht bestimmt nur eine Auszeit, in ihrer Story hat sie letztens gesagt, dass sie gerade an ihrem Buch arbeitet

♡ 158

@quinnspinnt23 @fabienne0397: Wovon braucht die denn bitte eine Auszeit lol? Hat sie etwa zu viele Männer gedatet und hat jetzt Burn-out oder was HAHA

♡ 243

@asmaliebtalles @quinnspinnt23: Das ist Slutshaming und nicht besonders nett, vor allem, weil es ihr Video ist. Sie kann diese Kommentare lesen.

♡ 92

@quinnspinnt23 @asmaliebtalles: Bist du Polizei oder was

♡ 54

@ophelia.astrologygermany @asmaliebtalles: @asmaliebtalles hat doch nur ausgesprochen, was wir alle denken

♡ 123

ACHTUNDZWANZIG

Wenn ich sonntags meine gesamte Wohnung putzte, hörte ich meistens einen Podcast. Ich hatte mehrere Lieblinge in verschiedenen Genres, doch einer meiner Favoriten war *Psychopause*, moderiert von Doktor Annabell Wald. In einer ihrer älteren Folgen hatte sie erklärt, dass wir durch Verdrängung negative Ereignisse lediglich in unser Unterbewusstsein verschoben, sodass sie uns in unseren Träumen und Gedanken wiederbegegneten.

Auf mein aktuelles Verdrängungsobjekt traf das nicht zu.

Er suchte mich am helllichten Tag mitten auf der Straße heim.

Es war Dienstag, ein perfekter Herbstnachmittag. Ich hatte alle Punkte meiner Morgenroutine abgeschlossen und mich sogar schon zwei Stunden mit meinem Schreibprojekt beschäftigt.

Ich würde die Deadline schaffen.

Jetzt raschelte buntes Laub unter unseren Schuhen, während Cora und ich spazierten. Es war unser Hot-Girl-Walk. Zehntausend Schritte täglich – und wir würden unsere depressiven Verstimmungen verbannen, fünf Kilo abnehmen, unser Ich und unsere Leben transformieren.

Jedenfalls verkauften sie es einem so.

»Schau mal«, sagte Cora und hielt mir ihre Uhr vor die Nase. »Es ist nicht mal zwölf, und wir sind schon achttausend Schritte gegangen. Der Tag kann nur gut werden.«

Doch ich schaute nicht hin, denn mein Blick lag nur auf dem hochgewachsenen Typen, der seiner Gesprächspartnerin so durchschaubar zulächelte. Ich erkannte ihn sofort. Die schlanke

Statur, sein markanter Kiefer. Juli, Julian C. Reuter, der moderne Gentleman mit dem Dreitagebart. Knapp eineinhalb Monate nach unserer Trennung redete er auf eine neue Frau ein, während sie bloß zuhörte und nickte. Sie war blond und schön – süß und klein, wie er es bestimmt in seinem Kopf betitelte, weil er es so am liebsten mochte. Wahrscheinlich gab es ihm sogar den Extrakick, wenn er sich noch größer als sonst schon fühlte. Kurz bevor ich die Nägel in Coras Arm bohrte, erhaschte ich einen Blick auf den Schriftzug ihres Jutebeutels.

The Future is Female.

»Wir müssen umdrehen«, flüsterte ich.

»Hä? Wieso denn …«

»Da ist Juli.«

Mehr brauchte es nicht, damit meine Freundin sich augenblicklich bei mir unterhakte und wir den Rückweg antraten. Mein Blick lag auf unseren Schuhen. Ich trug Boots, sie zweihundert Euro teure Laufschuhe.

»Hat er dir noch mal geschrieben?«

Ich schüttelte den Kopf. Cora hatte ich immer noch nicht verraten, dass er dieses Bild von mir besaß. Tagsüber schien es mir nicht mehr wichtig. Meistens erinnerte ich mich nur nachts daran, mit Julis Echo in meinen Ohren. Aber ich wusste, dass Cora schon um zehn Uhr schlief, und Schlaf war wichtig, den wollte ich ihr nicht nehmen.

»Wichser«, schlussfolgerte Cora nun trotzdem, während ich immer schneller wurde. Meine Freundin folgte mir schnaufend und schweigend, bis sie die Stille wieder brach.

»Super, Tess! Bei dem Tempo verbrennen wir noch mehr Kalorien, und das müssen wir, weil ich uns was zum Mittagessen rausgesucht habe.«

»Was ist es diesmal? Ein neu eröffnetes Café, das nur Kokosblütenzucker verwendet?«

»Nein«, sagte sie. »Es ist viel, viel besser.«

Fünfundzwanzig Minuten später schüttelte ich den Kopf. Wir waren wieder bis in die Innenstadt gelaufen und verharrten jetzt vor einem überfüllten Lokal.

»*Das* war unser Ziel?«

»Wieso nicht? *Hannah loves Fries* hat vier Komma sechs Sterne auf Google. Und das bei über achthundert Bewertungen. Es muss gut sein.«

»Ich will nicht, dass Leo denkt, ich würde ihn stalken oder so.«

Cora stupste mich mit dem Ellbogen an. »Keine Angst. Dein persönlicher Koch Leo ist bestimmt gar nicht da.«

»Das ist nicht lustig.«

»Natürlich nicht. Wenn ich Hunger habe, bin ich nie lustig.«

Und damit griff sie meine Hand, zog die Tür auf und mich direkt in Leos Terrain.

Ich war nicht ganz so nervös wie mit sechzehn, damals, als ich dachte, ich würde sterben, wenn die Davids, Daniels und Diegos aus der zwölften sich auf demselben Stadtfest befanden wie ich und wir damit dieselbe Luft einatmeten, was bedeutete, sie könnten mich einatmen, was mich nur schneller atmen ließ.

Ja.

Ja, natürlich war ich ein dramatischer Teenie gewesen.

Jetzt bestellte ich bloß unbehaglich eine Portion Pommes mit irgendwelchen extravaganten Soßen, während Cora dem Kellner die Karte zurückgab und dann links zu einem Foto an der Wand nickte. Tatsächlich hingen hier knapp zwei Dutzend Porträts des Teams. Alle in Schwarz-Weiß gehalten und mit schweren, teuer wirkenden Rahmen versehen.

»Da ist Leo! Er sieht wie einer dieser Köche auf TikTok aus. Die mit super vielen Followern, weißt du? Die, die Kommentare bekommen wie: *Welche Zutaten hat er benutzt? Ich war abgelenkt.*«

»Ist das etwa deine Art, mir zum wiederholten Mal zu sagen, dass er gut aussieht? Und kannst du bitte ein bisschen leiser sprechen?«

»Komm schon, das kannst du nicht bestreiten. Und er kann kochen! Carsten und ich bestellen immer nur.« Sie seufzte tief. »Wenigstens bezahlt er meistens. Ich meine, er verdient sowieso mehr als ich.«

Aber nur weil er mehr verdient, verdient er dich nicht.

Ich biss mir auf die Zunge, damit mir die Worte nicht zum x-ten Mal herausrutschten. Denn sie waren nicht das, was Cora hören wollte. Insbesondere deshalb, weil sie sich wieder versöhnt hatten, nach einem Streit, von dem sie mir erst im Nachhinein erzählt hatte. Er hatte ihr einen ellenlangen Text (mit korrekter Kommasetzung) geschrieben, in dem er ihr versichert hatte, was für ein Volltrottel er gewesen und dass die Trennung eine Kurzschlussreaktion gewesen sei, die rein gar nichts mit ihr, sondern alles mit ihm selbst zu tun habe. Als Letztes hatte er ihr geschrieben, dass er sich sicher mit ihr sei, dass er sie liebe und es ihr diesmal wirklich beweisen werde. Meine Freundin schwebte auf Wolke sieben.

»Siehst du ihn irgendwo?« Coras Stimme holte mich aus meinen Gedanken, wobei sie sich auffällig unauffällig nach Leo umsah. Wäre das hier ein Liebesroman, wäre ich ihm begegnet. Vielleicht wäre er beiläufig aus der Küche gestapft, mit Schweißtropfen auf der Stirn und geröteten Wangen von all der Hitze hinter ihm. Dann hätte sein Blick meinen gefunden, ganz automatisch, weil das immer so war in diesen Geschichten. Doch jetzt sah ich ihn nur auf seinem Porträtfoto, das neben denen von zwei seiner Mitarbeiterinnen links von uns hing. Ich musterte seine verschränkten Arme und das angedeutete Lächeln. Selbst auf dem Foto strahlte Leo nichts als pures Charisma aus. Gleichzeitig war er so bescheiden, dass er mir – wenn er meine Gedanken gehört hätte – garantiert versichert hätte, dass die Wirkung des Bildes nur seiner Schwester zu verdanken sei.

Cora und ich aßen friedlich unsere Pommes, die sie gleich darauf bereute. Wir gaben vier Euro Trinkgeld, der Kellner – seinem

Namenschild nach Fabian – lächelte nicht, und ich fragte mich, ob es zu wenig sei.

»Schon wieder«, stöhnte Cora beim Hinausgehen, während sie ihr Handy eine Spur zu fest umklammerte. »Ich glaub das einfach nicht.«

»Ist etwas mit Carsten?«, fragte ich vorsichtig.

»Nein«, sagte sie. »Apropos Carsten. Das habe ich ganz vergessen. Er will dich kennenlernen.«

Oh nein, dachte ich.

»Oh wow«, sagte ich.

»Und was gibt es dann für schlechte Neuigkeiten?«

»Meine Kollegin Monika hat sich gestern verlobt. Ich ertrage nicht noch einen Junggesellinnenabschied, bei dem ich ein Video davon machen muss, wie eine Braut in einem rosa Tutu durch die Innenstadt läuft und Klopfer an wildfremde Männer verkauft.«

»Scheint wohl die Zeit der Verlobungen zu sein«, flüsterte ich. »Aber die Vorstellung, dass Dahlia in einem …«

Ich verstummte, weil Cora mir gar nicht mehr zuhörte. Ihr Blick lag auf der gegenüberliegenden Straßenseite, wo ein hochgewachsener Typ aus seinem teuren deutschen Auto stieg. Grauer Hoodie, dunkle Jeans. Er war so hypnotisierend, dass alle ihn anstarrten.

Aber er sah nur mich an.

»Tess?«, rief er und lächelte mir fröhlich zu, bevor er die Straße überquerte.

»Ich bin so gut«, flüsterte Cora mir zu. »Ich *wusste* einfach, dass wir ihn hier sehen würden.«

»Cora«, sagte ich leicht nervös, als er vor uns stehen blieb. »Das ist Leo. Leo, das ist Cora.«

»Freut mich«, sagte er und schüttelte meiner Freundin die Hand, aber nahm seinen Blick dabei nicht von mir. »Gut, dass ich dich hier sehe. Ich wollte dir sowieso deshalb schreiben, aber dann kann ich dich gleich persönlich fragen.« Sein Lächeln wurde

noch breiter. »Ich schmeiße am Wochenende eine Party. Ein paar Freunde schauen vorbei. Willst du auch kommen?«
Er will dich seinen Freunden vorstellen. DAS IST ERNST, TESS!
Ich las Coras Gedanken, ohne dass sie sie aussprechen musste. Als könnte Leo meine lesen, landete sein Blick auf meiner Freundin.
»Sorry, wie unhöflich von mir. Du bist natürlich auch eingeladen. Es würde mich freuen, wenn wir uns besser kennenlernen. Tess hat mir schon so viel von dir erzählt.«
Keine zwei Minuten später blickten wir Leo nach, wie er wie selbstverständlich in sein Restaurant marschierte und schließlich aus unserem Blickfeld verschwand.
»OH. MEIN. GOTT«, stieß Cora aus.

NEUNUNDZWANZIG

@tessteilt, Vlog, gepostet um 19:34 Uhr

27399 Aufrufe, 8985 Likes, 110 Kommentare

Eine meiner liebsten Rituale, um den Tag abzuschließen, ist mein Dankbarkeitstagebuch. Es ist der perfekte Abschluss, um meinen Tag noch mal zu reflektieren 😊 #tessteilt #dailyvlog #healthyhabits

*

Leo (Harz): Ich hab während meiner Stalking-Aktivitäten (auf die ich übrigens nicht stolz bin) erfahren, dass du in ein Dankbarkeitstagebuch schreibst

Leo (Harz): Wenn ich eins hätte, stünde da heute die Begegnung mit dir 🙇

Leo (Harz): Das war mal wirklich die beste Überraschung des Tages 😊

Ich: Das ist leider schon sehr kitschig 😂

Leo (Harz): Ich weiß

Leo (Harz): Aber es ist die Wahrheit

Leo (Harz): Und ich weiß, dass du das magst 😊

Leo (Harz): Übrigens wollte ich dich vorhin nicht überfallen 🙈

Leo (Harz): Komm natürlich nur am Wochenende, wenn du Lust hast und nicht, weil du dich gezwungen fühlst

Ich: Natürlich komme ich 😊

DREISSIG

Am Tag der Party zog ich das volle Programm ab.

Ich rasierte meine Beine und Achseln mit neuen Klingen und Rasierschaum. Ich fühlte mich nur ein bisschen schlecht, weil ich immer noch nicht herausgefunden hatte, ob es mich nun zu einer miserablen Feministin machte oder nicht, selbst wenn alle im Internet schrien, dass allein die selbstbestimmte Entscheidung feministisch sei. Trotzdem schämte ich mich, wenn ich mir die Beine nicht rasiert hatte, aber schnell etwas im Sommer einkaufen musste und ich das Gefühl hatte, alle Menschen in der Kassenschlange würden die dunklen Stoppeln an meinen Beinen anstarren. Jedenfalls cremte ich mich anschließend mit der aktuell auf TikTok gehypten Bodylotion ein, zupfte mir die Brauen und rollte meine Haare zu losen Locken. Ich griff nach meinem Gu Asha, dem Primer, der Grundierung, dem Highlighter und meinem Blush, den ich abwischte und erneut auftrug, weil dieses pinkfarbene Zeug so stark pigmentiert war. Ich war gerade dabei, mir die Lippen nachzuziehen, als es an der Tür klopfte. Keine halbe Minute später sah ich in Coras perfekt konturiertes Gesicht.

»Bevor du etwas sagst«, begann sie und hob beide Hände, »er wollte wirklich kommen. Aber ihm ist etwas dazwischengekommen. Seine Schwester hat spontan vorbeigeschaut, und sie wohnt in Hildesheim. Das sind fast sechzig Minuten mit Umsteigen hierher. Jedenfalls geht Familie natürlich vor, also ...«

Ich setzte ein zerknirschtes Gesicht auf, obwohl Carstens Absage mich kein bisschen überraschte. Eigentlich hatte sie ihn auf diese Party mitnehmen wollen. Ihrer Meinung nach war es die perfekte Gelegenheit für uns, einander kennenzulernen. Ungezwungen, inmitten von Menschen, auf einer Party.

»Egal«, sagte sie mir in meinem Bad, als sie nach meinem Highlighter griff. »Konzentrieren wir uns auf die positiven Seiten. Ohne Carsten habe ich viel mehr Zeit, Leo genauer unter die Lupe zu nehmen.«

Cora lächelte schelmisch, doch ich fürchtete mich nicht. Ich dachte an die Nachricht auf meinem Handy, die mich vor nicht einmal einer Stunde erreicht hatte.

> **Leo (Harz):** Ich freue mich (so wie immer) auf dich 😊

Ich hatte die Worte mit seiner Stimme im Ohr. Die ganze Zeit über. So lautstark, dass ich sogar die Begegnung mit Juli verdrängen konnte. Ich hatte Leos Stimme im Kopf, als wir zum Bahnhof liefen, als wir in Goslar umstiegen und als Cora sagte: »Aha, das ist also der Harz? Die armen Schulen, die hier auf Klassenfahrt herkommen.«

Ich freue mich auf dich.

Ich hatte seine Worte noch genau im Ohr, als wir sein Haus gegen neun erreichten und nicht er uns die Tür öffnete.

»Warte, warte.« Der rothaarige Typ vor uns lächelte. »Ich weiß, wie du heißt. Leo hat uns schon alles erzählt. Du bist Tiana, richtig?«

»Tess«, verbesserte Cora und hielt ihm die Hand hin. »Und ich bin Cora.«

»Freut mich«, sagte er. »Josh.«

Die Party war trotz der frühen Uhrzeit schon im vollen Gange. Nachdem Josh uns zwei Weinschorlen in die Hand gedrückt hatte, stelle ich fest, dass sich rund zwei Dutzend Leute in diesem Haus befanden. Alle irgendwie interessanter und schöner als ich, insbesondere die Frauen. Sie schienen wie die wirklichen That Girls, mit natürlich blonden Haaren und der teuren Kleidung, die nie von ZARA war. Sie waren älter als ich, wahrscheinlich Ende zwanzig oder Anfang dreißig, erfolgreich und begehrenswert wie Leo. Eigentlich wollte ich mich nicht ständig mit anderen Frauen vergleichen. Aber es passierte automatisch, ganz egal wie viele Posts ich online dazu las, in denen intelligente Personen erklärten, wie unnötig und toxisch das war.

»Siehst du Leo irgendwo?«, fragte ich.

Cora schüttelte den Kopf, bevor wir fünf Minuten später am großen Esstisch saßen. Cora und ich, zwei Männer, eine Frau.

»Hey«, sagte der Typ mit dem dunklen Bartschatten. »Ich bin Marvin.«

»Alissa«, sagte die Frau mit dem perfekt glatten Pferdeschwanz.

»Daniel«, sagte der Typ mit dem bedruckten Shirt.

»Cora«, sagte Cora.

»Tess«, sagte ich.

»Bist du nicht die Tess, die ein Buch geschrieben hat?«, wollte Daniel wissen. »Leo hat von dir erzählt. Richtig krass.«

»Wie alt bist du eigentlich?«, fragte Alissa neugierig.

»Fünfundzwanzig.«

»Mann.« Sie seufzte laut. »Ich wäre gerne noch mal fünfundzwanzig. Damals habe ich noch in Paris studiert.«

»Du hast in Paris studiert?«, fragte Cora beeindruckt.

»Modemanagement.« Sie nickte. »War eine echt schöne Zeit.«

Wow, dachte ich.

»Wow«, sagte Cora. »Und was machst du jetzt damit?«

»Ich arbeite für ein nachhaltiges Modelabel in Berlin. @wearingfreedom. Vielleicht habt ihr davon schon gehört.«

»Hör endlich auf, mit deinem coolen fancy Job anzugeben.« Daniel wandte sich lachend an uns. »Das macht sie immer.«

»Wie sieht's aus?« Marvin klatschte grinsend in die Hände. »Meiern wir eine Runde?«

*

Ich: Wo bist du? 😊

Ich: ?

Ich: Leo?

Ich: Bitte sag mir, dass es dir gut geht

Ich: Okay, dein Freund Marvin meinte, du musstest schnell etwas erledigen

Ich: Du bist also nicht gestorben 😂

Ich: Ich warte hier auf dich 😊

*

23:08 Uhr.

Ich war seit hundertzwölf Minuten hier.

Ich war in keiner einzigen davon Leo begegnet.

Leicht enttäuscht verstaute ich mein Handy in der Tasche, während ich Cora dabei beobachtete, wie sie uns in der Küche neue Getränke eingoss. Anschließend reichte sie mir eines davon.

»Hier ...«, begann Cora, doch brach im selben Moment ab, weil ihr Handy vibrierte. »OGOTTOGOTTOGOTT! Carsten ruft an.«

Ich folgte ihr wie automatisch nach draußen Richtung Haustür, denn ich wollte hier nicht allein stehen bleiben. Leos Freunde waren nett und freundlich, darum bemüht, dass Cora und ich uns nicht ganz so unwohl unter ihnen fühlten. Trotzdem war es seltsam, wie sie von ihren Berufswegen und Lebensentwürfen erzählten, die sich so von meiner aktuellen Lage unterschieden. Sie kauften Wohnungen, ich traute mich nicht mal, Nägel in die

Wände von meiner zu hauen. Sie hatten Pläne für die nächsten fünf Jahre, ich hatte bloß meine Morgenroutinen. Sie schienen mir wie aus einem anderen Universum. Erwachsene, die keine Hilfe mehr von anderen Erwachsenen brauchten.

»Natürlich, Schatz«, sagte Cora draußen, als sie vor der Einfahrt stehen blieb. »Ich bestelle mir ein Taxi zum Bahnhof und schreibe dir, wenn es da ist. Bis gleeeeich.«

Dann presste sie das Handy gegen die Brust, wobei sie sich langsam nach mir umdrehte.

»Ich will dich hier wirklich nicht zurücklassen«, flüsterte sie. »Aber Carstens Schwester ist weg, und ich *muss* einfach gehen, wenn er schon extra anruft, verstehst du?«

Vorletzten Monat hätte ich genickt. Ich hätte mir auf die Zunge gebissen und all meine Gedanken für mich behalten.

Heute schwieg ich nicht, weil meine beste Freundin mich auf einer Party alleine lassen wollte, zum gefühlt fünfhundertsten Mal. Und das alles nur wegen eines vierzigjährigen, völlig durchschnittlichen Mannes, der sich nicht festlegen konnte.

»Echt jetzt?«, fragte ich.

»Bitte, Tess, du musst das verstehen. Carsten ist einfach der Eine für mich.«

»Cora«, sagte ich vorsichtig. »Er behandelt dich wie Dreck.«

»Äh, das stimmt nicht. Hast du mir nicht zugehört? Er bezahlt mir Essen. Er ist ein Gentleman.«

»Ist er nicht.«

»Doch klar. Du verstehst das einfach nicht.«

Ich schüttelte traurig den Kopf. »Ich verstehe in der Tat nicht, wie du mich zum zweiten Mal innerhalb eines Monats wegen eines Mannes sitzen lassen kannst.«

»Nein, das meinte ich nicht.« Ihre Nasenflügel blähten sich auf. »Du verstehst nicht, wie es sich anfühlt, fett zu sein. Denn das ist doch das Problem, nicht wahr? Das Problem mit Carsten, mit allen Männern, besteht darin, dass ich fett bin.«

Ich wollte erwidern, dass das Bullshit sei, weil das eigentliche Problem darin liege, dass unsere Körper nicht uns allein gehörten. Wir sahen sie stets durch diesen unsichtbaren Filter, der besagte, wir seien bloß begehrenswert, wenn Männer uns nachts hinterherpfiffen und wir uns daraufhin panisch umdrehten. Doch Cora ließ mich gar nicht zu Wort kommen.

»Und klar ist das eine steile These, weil ja alle so woke sind und *Body Positivity* in ihre Bios setzen, aber am Ende wäre alles einfacher, wenn ich Größe achtunddreißig tragen würde. Carsten hätte Dauerlust auf Sex und würde nicht nur an guten Tagen einen hochkriegen. Ich hingegen würde nicht ständig weinen wollen, wenn er die Hand auf meinen Bauch legt, mein Fett begrapscht und mir dann ins Ohr lacht. Ich müsste mir nicht einreden, dass er es lustig meint. Dass er mich lediglich necken will und das gut sei, weil alles, was sich neckt, sich angeblich liebt. Wenn ich dünn wäre, müsste ich mich auch nicht mit Carsten zufriedengeben, aus Angst, dass ich keinen anderen Mann finde. Ich könnte sagen, was mir gefällt, und müsste mich nicht mit Blowjobs in dreckigen Toiletten begnügen, weil die Gesellschaft mir einredet, ich solle froh sein, dass ich überhaupt jemanden abbekomme. Wenn ich dünn wäre, hätte der Typ vor Carsten mir nach unserem gescheiterten Sexversuch nicht gesagt, dass er eigentlich auf *curvy* Frauen steht, aber man ja wirklich nicht dicker sein müsse als ich. Als wäre ich die absolute Schmerzgrenze. Und weißt du, was das Schlimmste war? Ich bin nicht sofort gegangen. Nope, ich lag da, hab ihn im Schlaf furzen gehört und mich an diese beschissene Liste erinnert, die ich mit sechzehn in meinem Tagebuch notiert habe: *Dinge, die ich machen könnte, wenn ich schlank wäre.* Ich wurde noch nie von einem heißen und anscheinend reichen Koch mitten auf der Straße angemacht, weil ich traurig aussah. Wenn ich weine, will das keiner sehen. Die Leute haben kein Mitleid, das mich anekeln könnte, so wie bei dir. Ich bin einfach selbst ekelerregend. Und ja, ja, natürlich tut das weh, dass ich eine erwachsene Frau bin und immer noch so denke. Ich werfe all unsere *Body-neutrality*-Gedanken um. Ich bin Teil des Problems, aber sie haben mich dazu gemacht, also verurteil mich nicht, wenn ich jetzt gehe.«

Cora lief rückwärts, als müsste sie mich unbedingt im Blick behalten. Als könnte ich sie aufhalten, als müsste ich nur etwas sagen, und sie würde sich ergeben.

»Schreib ...« Ich schluckte. »Bitte schreib mir einfach, wenn du bei Carsten angekommen bist«, sagte ich leise. »Damit ich mir keine Sorgen mache.«

EINUNDDREISSIG

Ich würde mir meine Jacke schnappen und Cora doch hinterherrennen. Ich konnte sie so nicht gehen lassen. Sicherlich hatte Leo einen guten Grund, wieso er nicht hier war. Ich wollte mich nicht in die Möglichkeit hineinsteigern, dass er mich absichtlich versetzte, und sein Fehlen persönlich nehmen. Immerhin hatte er seinen Freunden bereits von mir erzählt, und sie hatten sich sogar darum bemüht, mich in ihre Runde zu integrieren. Ich würde Leo also schreiben, dass ich schon nach Hause gegangen sei, und er würde das auch verstehen.

Mein Entschluss stand fest, als ich auf der Suche nach meiner Jacke die Haustür und anschließend die Küche wieder passierte. Unglücklicherweise hörte ich im selben Moment meinen Namen und blieb daraufhin wie angewurzelt im Flur stehen.

»Tess heißt sie, oder?«

Das war eine männliche Stimme. Ich kannte sie nicht.

»Du meinst Leos neues Spielzeug?«

Ein anderer Mann, doch diese Stimme konnte ich zuordnen. Es war die von Josh.

LEOS NEUES SPIELZEUG?

»Hey, sag das nicht so. Das klingt megaabwertend.«

»Ich spreche doch nur die Wahrheit aus. Wir alle wissen, dass es ihm mit ihr nicht ernst sein kann. Nicht nach allem.«

Stille.

»Ja, ich weiß schon. Sie ist viel zu jung für ihn. Außerdem ist sie auch so anders, findest du nicht?«

In meinen Ohren begann es zu piepen.

Das musste ein Scherz sein.

Immerhin war das hier mein Leben und kein Teeniefilm. Ich war überzeugt davon, dass ich mich verhört hatte. Ich versuchte nicht mal, so zu tun, als hätte ich rein gar nichts von diesem Gespräch mitbekommen, während die zwei aus der Küche stolzierten.

Ihre Gesichter logen nicht.

Sie wurden bleich, als sie mich erblickten. Mich direkt an der Tür zur Küche stehen sahen. Josh lächelte mich sogar an, zittrig und jämmerlich.

Ich öffnete den Mund, wollte tausend Dinge sagen, weil ich für mich einstehen wollte. Allerdings ... nichts. Ich brachte kein Wort hervor, sodass die beiden einfach an mir vorbeizogen. Ich fühlte mich so lächerlich, ich war nicht mal erleichtert darüber, dass mein erster Eindruck mich nicht getäuscht hatte.

Ich hatte mir diese leicht seltsame Stimmung nicht eingebildet.

Und was tat ich mit dieser Erkenntnis?

Ich schnappte mir wie geplant meine Jacke und steuerte wieder die Haustür an. Instinktiv beschleunigte ich meinen Gang. Das hier war ein Kaff. Bestimmt war Coras Taxi noch nicht da. Ich könnte sie erwischen und endlich ebenfalls von hier verschwinden.

Ich kam raus an die kühlere Luft und realisierte erst jetzt, wie stickig es in dem Haus eigentlich gewesen war. Tief atmete ich durch.

Alles ist gut. Alles ist gut. Alles ist NICHT GUT, UND ES IST MIR EGAL, DASS DAS KEIN GEEIGNETES MANTRA IST, ABER DAFÜR IST ES DIE WAHRHEIT. ICH BIN KEIN SPIELZEUG. ICH ...

»Tess?«

Ich erschrak, als mein Name in der Nacht echote. Obwohl ich Leos Stimme sofort ausmachte, zögerte ich kurz.

»Tess?«, wiederholte er und holte mich schon ein. »Gehst du etwa?«

»Ich, ähm, ja. Ich gehe.«

»Aber wieso?«, hakte er nach und klang dabei ehrlich verwirrt. »Bist du nicht erst gerade gekommen?«

»Nein«, murmelte ich. »Du bist gerade erst gekommen.«

Schuldbewusst fuhr Leo sich mit der Hand durchs Haar.

»Tut mir leid. Das war so nicht geplant. Es ist nur etwas dazwischengekommen.«

»Und was?«

Er zögerte.

»Können wir vielleicht drinnen darüber reden?«

Seine Frage prallte an mir ab. Wahrscheinlich war es sein Lächeln, das mir den Rest gab. Als wäre alles in Ordnung.

»Wieso betiteln deine Freunde mich als dein Spielzeug, Leo?«

»Mein Spielzeug?«, fragte er fassungslos. »Wer, zur Hölle, hat das gesagt?«

»Das ist also das Wichtige?« Plötzlich wurde ich noch leiser. »*Wer* es gesagt hat?«

»Fuck, nein«, beharrte er energisch. »Das Wichtigste ist, dass das nicht stimmt.«

Das Problem war, dass ein Teil von mir ihm sogar glaubte. Doch es war derselbe, der Juli für einen guten Mann gehalten hatte. Also erwiderte ich nichts. Stattdessen sah ich Leo bloß schluckend an, bis ich plötzlich alles sah. Eigentlich wusste ich doch, wie das hier ablaufen würde, nicht wahr? Wir würden uns weiterhin schreiben und treffen, aber bald würde der Rausch sich verflüchtigen. Die ganze Aufregung, die wunderbaren, süchtig machenden Hormone. Meine Unsicherheiten würden ihn irgendwann nerven, und er würde denken: *Stell dich nicht so an.* Vielleicht wäre der Sex ihm nicht wild genug, vielleicht würde er mir gar nicht gefallen. All diese Sorgen, das Grübeln und die Hoffnung. Die Hoffnung, dass es diesmal anders sein könnte, dass es diesmal tatsächlich gut laufen würde. Diese ganze Farce war immer der gleiche Kreislauf, denn ich hatte stets die gleichen Treffen und die gleichen Drinks. Da waren nur andere Männer und andere Namen, alles zu lesen in meinem verdammten Buch.

Es könnte gar nicht anders laufen.

»Sorry«, sagte ich jetzt, als die Erkenntnis in mich einsickerte. »Ich will keine große Sache daraus machen. Vergiss es einfach, ja?«

Ich drehte mich um und ging, während aus Leos Haus die Bässe nach draußen krochen. Ich ließ sie nicht meinen Herzschlag bestimmen.

»Tess, verfluchte Scheiße!«, rief er. »Warte!«

Ich spürte seine Hand an meiner Schulter und drehte mich um. Meine Lippen waren zusammengepresst, seine auch.

»Du weißt, dass es nicht so ist. Das … ich …«

»*Was?*«, verlangte ich zu wissen.

»Es … Scheiße. Es tut mir einfach leid.«

Ich ging weiter, blieb dann aber doch noch einmal stehen, weil er mir folgte und das nicht alles sein konnte. Männer, die mich ansprachen, hatten immer etwas zu sagen. Männer, die sich bei mir entschuldigten, sagten nicht nur »Tut mir leid«. Sie hatten Erklärungen, die nichts erklärten, doch für die ich angeblich dankbar sein musste.

Aber Leo sagte nichts.

»Das ist alles?«, hakte ich nach. »Keine lauwarme Ausrede?«

»Ich hätte dich niemals auf dieser Party alleine lassen dürfen. Die Hälfte der Leute dort sind nicht mal wirklich meine Freunde. Du hast recht.«

»Und wieso bitte warst du nicht da?«

»Die Antwort wird dir nicht gefallen.« Er zögerte. »Deshalb wollte ich dir das in Ruhe erklären.«

Wir standen an einer roten Ampel. Ein Audi rauschte an uns vorbei und warf seine Lichter auf unsere Gesichter. Sie waren trügerisch, denn Leos Blick erschien dadurch glasig. Als könnte ich durch ihn hindurchsehen, weil er nichts verstecken würde.

»Ich habe gerade eine Trennung hinter mir«, fuhr er mit belegter Stimme fort. »Die Beziehung ist nicht besonders schön ausgegangen.«

»Oh«, machte ich, weil ich nicht wusste, was ich sonst erwidern sollte.

Ein Teil in mir wollte wütend sein, weil er mir diese Tatsache verschwiegen hatte. Aber ich wiederum hatte Juli auch nie erwähnt. Dass ich Leo quasi an dem Abend kennengelernt hatte, an dem Juli die Sache zwischen uns beendet hatte.

Ich saß im Glashaus.

»Meine …« Er schloss die Augen. Es war das erste Mal, dass er neu ansetzen musste. Leo, der immer wusste, was er wollte und was zu sagen ist. »Meine Ex-Freundin kommt mit der Trennung nicht gut klar. Ihre Schwester hat mich angerufen. Ich musste etwas klären.«

»Wie lange ist eure Trennung her?«

»Sechs Monate.«

»Ach so.«

»Es ist wirklich alles nicht so einfach.«

»Willst du mir jetzt etwa erklären, dass deine Ex total verrückt und dramatisch ist, um so zu vertuschen, wie schlecht du sie eigentlich behandelst?«

»Wir waren sieben Jahre zusammen«, flüsterte er. »Und nein, das habe ich nicht behauptet. Sie ist einer der besten Menschen, die ich kenne.«

»Und wieso habt ihr euch getrennt?«

»Ich habe Schluss gemacht. Es hat einfach nicht mehr gepasst.«

Einfach nicht mehr gepasst.

»Für mich hört es sich stark danach an, als müsstest du erst mal einiges in deinem Leben sortieren.«

»Willst du mir etwa gerade sagen, dass wir lieber nur Freunde sein sollten?«

»Nein«, erwiderte ich sofort.

»Gut. Für mich fühlt sich das hier nämlich nicht wie Freundschaft an.«

»Nicht?«, sagte ich. »Fühle ich mich dann vielleicht eher wie dein Spielzeug an?«

»Sag mir, wer das gesagt hat.«

»Und dann? Dann fängst du einen Streit an, um mir zu beweisen, dass das gar nicht stimmt?«

»Aber es stimmt nicht. Ich ...«

Erneut setzte er an. Vielleicht war es sein persönlicher Rekord. »Können wir bitte zurückgehen und darüber sprechen?«

»Es ist doch alles gesagt.«

»Du weißt, dass das nicht stimmt.«

»Du kommst aus einer sieben Jahre andauernden Beziehung«, wiederholte ich, als könnte ich die Dinge dadurch klarer sehen. »Das hätte ich gerne vorher gewusst. Es ist nicht fair, mir so was zu verschweigen.« Das hier war mit Juli und mir überhaupt nicht mehr zu vergleichen.

»Ich weiß. Aber meine Trennung ist sechs Monate her. Die Beziehung war schon lange für mich vorbei, bevor wir uns überhaupt getrennt haben, okay? Wir haben noch nicht wirklich über unsere Ex-Beziehungen geredet, und das alles ist gerade ein verdammt schrecklicher Zeitpunkt, aber es ist die Wahrheit. Außerdem ...«

»Außerdem was, Leo?«

»Für mich ist das hier neu. Ich ... Keine Ahnung, ich hab da einfach dieses Gefühl mit dir.«

Er atmete so tief aus, als wäre es ein tonnenschweres Geständnis.

Ich schluckte, zögerte, hatte keine Ahnung, was ich erwidern sollte.

»Du musst es nicht zurücksagen«, fügte er hinzu. »Ich will einfach nur, dass du das weißt.«

Meine Kehle schnürte sich zu.

»Und wenn du wirklich gehen willst, fahre ich dich natürlich. Ich hab noch nichts getrunken, also ...«

Er nickte in Richtung seines Hauses, bevor ich einen Schritt auf ihn zumachte und wir zurückgingen. Seine Einfahrt erreichten wir schweigend. Nur der Piepton seines Autos durchschnitt unsere Stille, nachdem wir eingestiegen waren. Aus seinem Haus schallte ein uralter David-Guetta-Song. Leo löste gerade die Handbremse, als ich es nicht mehr aushielt.

Lange bevor ich Leo begegnet war, hatte ich mir versprochen, dass wenn ich jemanden kennenlernte – jemand Guten, vielleicht sogar den Richtigen –, ich diesmal auch richtiger sein würde.

Ich würde mich nicht verrückt machen, wenn er mir drei Stunden lang nicht antwortete, obwohl ich den Onlinestatus über seinem Namen ganz genau gesehen hatte. Ich würde ihn in diesem Fall nicht absichtlich doppelt so lange warten lassen wie er mich. Ich würde mich nicht hinter langen Textnachrichten verstecken. Ich würde richtige Unterhaltungen führen. Ich würde mich bloß mit genau dem zufriedengeben, was ich verdiente. Und ich verdiente nur Gutes, weil ich versuchte, gut zu sein. Ich würde weniger zweifeln und mehr glauben. Ich würde mehr vertrauen, ihm, mir, allem.

Leo wollte mich gerade nach Hause fahren, verdammt. Er war sogar eifersüchtig auf die halb ausgedachten Männer in meinem Buch gewesen. Ich hatte auch Männer vor ihm gedatet. Sogar kurz vor ihm. Die Dinge waren eben nie perfekt, nicht wahr?

»Ich habe Angst, dass ich das bereue, aber ich denke, ich glaube dir.«

Langsam schloss ich die Lider, während ich ihn atmen hörte. Ein und aus und ein und aus. Es war so leise, dass ich beinahe sein Herz schlagen gehört hätte.

»Gott, Tess.«

Das Klappern, als er sich abschnallte. Das Rascheln seines Pullovers, als er mir näher kam.

»Du bist nicht mein Spielzeug. Könntest du niemals sein. Du kannst mir glauben.«

Sein Atem auf meinen Lippen.

»Ehrlich.«

Auf die zärtlichste Weise dieser Welt legte er seine Hände über meine.

»Mach die Augen auf.«

»Wieso?«

»Tu es.«

Mit pochenden Herzen öffnete ich die Lider.

»Es gibt hier nichts zu bereuen. Das verspreche ich.«

Er flüsterte es, aber in meinem Kopf schallte es unendlich laut nach. Ich hörte es, als er mich über die Gangschaltung hinweg küsste. Ich hörte es, als Küssen nicht mehr reichte. Als alles wild und aufregend und hemmungslos wurde. Als ich dachte, ich würde sterben, wirklich, wirklich, wirklich sterben, wenn wir uns nur küssen und dann wieder damit aufhören würden. Ich hörte es, als er seinen Sitz nach hinten lehnte und mich mit so einer Dringlichkeit auf sich zog, dass es mir wortwörtlich den Atem raubte. Ich hörte es, als er seine Hände auf meine Hüften legte und begann, mich über seinem Schwanz zu wiegen. Als ich mich von selbst auf seinem Körper bewegte und mich seine Gürtelschnalle pikte. Als unsere Kleidung zu viel war, weil nichts genug war. Als die Scheiben beschlugen. Als seine Bekannten oder Freunde oder beides die Zeit ihres Lebens in seinem Haus hatten, doch Leo sich kein bisschen für sie interessierte. Als er lauter wurde, sein Stöhnen, sein Keuchen, aber ihm nichts davon peinlich war. Als es sich verrucht und verboten anfühlte. Als seine Berührungen härter wurden. Als er mir sagte, wie sehr ich ihn anmache, dass ich ihn in den Wahnsinn treibe und er jetzt einfach in mir sein müsse – *sorry*, nur wenn ich auch wollte natürlich, was er hoffe, denn er wolle alles von und mit mir. Ich hörte ihn, als er diese ganzen Nichtigkeiten sagte. Als alles ganz schnell ging, weil er vielleicht auch wirklich, wirklich sterben würde, wenn wir nicht weitergingen.

DATE ME, Auszug, Manuskript

Ich habe da einfach dieses Gefühl mit dir.
Mit dir ist es anders.
Ich habe mich noch nie so gefühlt wie mit dir.
Ich habe noch nie eine Frau so gemocht wie dich.
Du bist einfach anders.

Wenn ein Mann mir sagt, ich sei anders als alle anderen Frauen, halte ich ihm am liebsten einen Vortrag darüber, wieso diese Aussage problematisch ist. Ich erkläre ihm, dass er damit insgeheim alle anderen Frauen schlecht macht und mich das rein gar nicht anmacht. Dass es mich langweilt, wenn sie ständig Sätze wie diese sagen, aber wir Frauen eigentlich doch alle gleich sind. Ich finde mich nicht beeindruckend, gar nicht, wirklich. Aber manchmal liege ich in meinem Bett und denke an jeden dieser Sätze. Es gibt mir eine Art von Bestätigung, für die ich mich selbst verabscheue. Ich durchschaue die Männer. Ich habe Übung darin, seit ich dreizehn bin, so früh fängt es nämlich schon mit dem Gefallenwollen und Einfach-so-fallen-gelassen-Werden an. Trotzdem bin ich beruhigt. Ich bin nicht langweilig, nicht allzu gewöhnlich. Warum nur muss ich mich immer besonders und besser fühlen? Ich will das gar nicht.*

*Anmerkung von Schneider, Gesa: Ich finde diesen Abschnitt so relatable, aber würde ihn trotzdem rausnehmen, weil er vielleicht ein wenig zu Pick-me-Girl-mäßig rüberkommen könnte 😊

ZWEIUNDDREISSIG

Die nächsten zwei Wochen flogen an mir vorbei.

Es war nicht mehr die Zeit der ersten Male. Es war die Zeit, in der ich herausfand, wie er es am liebsten mochte: hart und heftig, mit mir auf ihm und seinen Händen an meinen Hüften, sodass er trotzdem das Tempo bestimmen konnte. Wie das erste Mal in seinem Auto.

Im Grunde war es die Zeit der vielen, vielen Momente, die mein Kopf einzeln abspeicherte, um sie in ein zusammengefügtes, wunderschönes Etwas zu verwandeln. Wie die romantischen Szenen in den Liebesfilmen, die aus etlichen Einzelszenen bestanden, in denen wir beobachten konnten, wie das Pärchen sich verliebte. Adri hatte letzte Woche bei unserem Filmeabend klargestellt, dass sie diese zusammengeschnittenen Szenen nicht mochte, weil sie ein falsches Bild von Beziehungen erzeugten. Wir sahen dann nur angedeutete Sexszenen, die mit einem romantischen Popsong unterlegt wurden. Das wäre dann das große Glück, auf das wir alle hinfiebern sollten. Auf einen Schwanz tief in uns drin, um alles zu fühlen, was wir sonst nicht fühlen könnten. Als bräuchten wir immer etwas, was uns ausfüllte. Unser Leben, uns selbst.

»Ich bekomme so viele Nachrichten, in denen Mädchen mich fragen, ob sie wirklich verliebt sind oder nicht, weil es sich gut, aber nie wie in den Filmen anfühlt«, erklärte Adri.

Bei Leo und mir war es anders.

Es ging nicht nur um Sex, und es war nicht immer wie in den

Filmen. Klar, manchmal war es das. Aber manchmal war es auch einfach schön auf eine langweilige Art.

Es wurde Oktober und Herbst, und Leo zeigte mir den Weltenwald, voller Bäume aus der ganzen Welt. Jeder Abschied wurde schwerer, denn ich gewöhnte mich selbst beim Schlafen an seinen Geruch und seine Atmung. Leo machte aus jeder freien Minute das Beste. Er war nie müde, immer auf dem Sprung, und viel zu oft hielt er dabei meine Hand. Am liebsten erzählte er mir Geschichten aus seinem Leben, während er in seiner Küche stand und kochte. Kabeljau auf Erbsenpüree mit Misomayo, Radieschenpickles und Ponzu-Sud oder Wan Tans mit Wasabicreme und Schnittlauchöl. Jedes Abendessen war spektakulär. Außerdem hatte er ein Händchen für die besten Avocados. Ganz im Gegensatz zu mir, denn meine waren immer schon leicht braun oder viel, viel zu reif.

»Ich bin wie ein Magnet für perfekte Avocados«, sagte er.

Natürlich war diese perfekte romantische Idylle trügerisch. Ich war nicht mehr zwanzig, sondern fünfundzwanzig. Ich hatte schon zu viel gesehen, um noch so naiv zu sein, an die große Liebe wie in den Filmen zu glauben.

Ich wusste, dass es nicht immer leicht sein würde. Die Krisen, die Kurven und all die Hindernisse warteten auf uns.

Ich dachte nur noch manchmal daran, was Leos Freunde oder – wie er sie nannte – Bekannte über mich gesagt hatten. Es war mein Ernst gewesen: Ich glaubte ihm, dass ich nicht sein Spielzeug sei. Doch als er mich seinen Freunden erneut bei einem Abendessen vorstellte, beschlich mich das Gefühl, dass sie mich wieder seltsam musterten. Es war die Art, wie alle kurz aufhörten zu reden, wenn ich etwas sagte, was meistens nur ein »Ja, voll« oder »Oh, echt?« war. Sie beobachteten mich so, als hätte niemand damit gerechnet, mich jemals hier zu entdecken. Am Ende versicherte Leo mir dennoch, dass alle mich mochten, und Alissa folgte mir sogar auf Instagram. Also dachte ich mir nichts weiter dabei. Außerdem lernten Leo und Cora sich auch endlich richtig kennen. Dabei hatte sie ihren Ausbruch auf Leos Party nie mehr erwähnt. Sie tat so, als hätte es ihn nie gegeben, doch ich dachte trotzdem noch oft an das, was sie gesagt hatte. Wie sie es gesagt hatte. An all ihre Enttäuschung und Wut. Von Letzterer war nichts mehr zu erkennen, als wir uns an einem regnerischen Nachmittag zu dritt in einem Café trafen. Am Ende sagte Cora: »OH. MEIN. GOTT. ER IST JA WIRKLICH DER WAHNSINN.« Ein weiteres sicheres Anzeichen dafür, dass tatsächlich alles so wie immer war.

Im Hintergrund liefen die Vorbereitungen zur Verkündung meines neuen Buchprojekts auf der Frankfurter Buchmesse. Mein Verlag lud fünfzig Bloggerinnen zu meinem exklusiven (auf Social Media würde ich es erst später zeigen) Cover Reveal ein, tischte teure Kanapees und mir eine Moderatorin auf, die genauso begeistert von meinem Cover war wie alle anderen. Das Publikum stellte dieselben Fragen wie bei meiner Lesung, ich hatte auf alle eine Antwort. »Das wird ganz, ganz, ganz großartig«, sagte Gesa mir im Anschluss und verkniff sich dabei, mich zu fragen, wie das Schreiben laufe. Im Internet postete ich Videos, wie ich einkaufte und meine Wohnung putzte. Von meiner sortierten und ästhetischen Küche, in der selbst meine Pfannen und Töpfe denselben nudefarbenen Ton meines Lieblingslippenstifts hatten. Manchmal schoss mir Julis Gesicht durch den Kopf. Einfach so, bei ganz alltäglichen Dingen. In diesen Momenten erinnerte ich mich daran, dass er mein Leben immer noch zerstören könnte, aber dann verdrängte ich ihn einfach noch ein bisschen mehr. Ich lief weiterhin zehntausend Schritte am Tag, obwohl ich meistens meine Handschuhe vergaß und es morgens bitterkalt war, weil uns in zwei Wochen schon der November begrüßen würde. Morgen würde mein Walking Pad ankommen, damit ich mein Schrittziel weiterhin erreichte – und das sogar, während ich arbeitete! An grauen Nachmittagen sahen Leo und ich uns traurige Videos von Tierheimhunden an, die nicht vermittelt wurden. Und wenn ich abends in meinem Journal niederschrieb, wofür ich dankbar war, fiel mir so viel ein wie noch nie.

    Ich war glücklich.

DREIUNDDREISSIG

Das Problem mit dem Glücklichsein? Ich hatte Angst davor.

Denn wenn mein Leben gut lief, so richtig, richtig, richtig unglaublich fantastisch und großartig, passierte immer etwas Schlechtes.

VIERUNDDREISSIG

Eigentlich begann der Tag so wie immer.

Ich machte Yoga, nahm meine erste Portion Gemüse noch vor neun Uhr morgens zu mir und setzte mich dann motiviert mit meinem Laptop in ein Café. Weil die Heilpraktikerinnen im Internet davor warnten, Koffein auf leeren Magen zu konsumieren, bestellte ich mir eine Smoothie Bowl zu meinem Matcha Latte und machte mich dann an die Arbeit. Ich tippte zwei ganze Absätze für *BOYFRIENDS*, ohne alles löschen zu wollen, da fielen mir diese zwei Mädchen auf.

Sie waren kaum älter als achtzehn, eingepackt in kuschelige Mützen und Schals. Sie bestellten Heißgetränke zum Mitnehmen und warteten anschließend an der Ausgabe. Eine von ihnen war so schön, dass alle sie anstarrten. Sie war auf diese Weise hübsch, die niemand hässlich fand. Lange Haare, süßes Gesicht und Megafigur, die man selbst durch die dickere Kleidung erahnte. Ihre Freundin sah ebenfalls gut aus, doch nicht so gut wie sie. Letztere bemerkte, wie alle ihrer schönen Freundin zweite Blicke zuwarfen, und vergrub ihr Kinn tiefer in ihrem Schal.

Ich wusste ganz genau, wie sie sich fühlte.

Ich wusste, dass sie ständig registrierte, wie ihre Freundin angestarrt wurde, und sich dann auf eine gewisse Art minderwertig fühlte. Denn ich wusste wiederum auch, wie es sich anfühlte, eine Freundin zu haben, die die gesamte und insbesondere männliche Aufmerksamkeit auf sich zog, selbst wenn sie nur atmete. Ich wusste, wie es sich anfühlte, Stunden vor dem Spiegel zu stehen und endlich zufrieden mit seinem Aussehen zu sein, bloß um dann doch wieder übersehen zu werden. Auf dem Schulhof, im Klub, während eines unwichtigen Bummels durch die Stadt. Ich wusste, wie es sich anfühlte, sich täglich in einem Konkurrenzkampf zu befinden, von dem niemand etwas wusste, außer man selbst. Und ich wusste, wie es sich anfühlte, diesen ständig zu verlieren.

Mein Kopf pochte, als die beiden Freundinnen das Café mit zwei Pappbechern verließen. Natürlich wusste ich ebenfalls, dass meine Gedanken nichts mit ihnen, sondern bloß alles mit mir zu tun hatten.

Mit mir und Dahlia.

Dass ich so früh morgens schon an sie dachte, war nicht gut. Am liebsten hätte ich sie gleich hier auf Instagram gesucht und mich durch ihre Bilder gescrollt. Wahrscheinlich wäre ich wieder viel zu viele Sekunden an ihrem Hand-Ring-Bild hängen geblieben. Dabei war es nur ein Verlobungspost meiner besten Freundin, mit der ich nicht mehr redete. Das war kein Weltuntergang, sondern lediglich eine kleine Episode, die zum Erwachsenwerden dazugehörte. Also riss ich mich am Riemen, vergrub mich nicht selbstmitleidig in meinem Bett und scrollte mich nicht durch alle von Dahlias Bildern. Erstens machte ich das wirklich nicht mehr, schließlich war ich ihr entfolgt, um so wenig Berührungspunkte wie möglich mit ihr zu teilen. Zweitens: Es war alles okay.

Also fokussierte ich mich wieder auf meine Arbeit und schrieb nicht mal eine halbe Seite über irgendein ausgedachtes Date, bevor ich aufgab. Ich konnte mich einfach nicht konzentrieren.

Na gut.

Dann war heute eben nicht mein Tag.

Doch auch dafür hatte ich Routinen. Ich steuerte den Supermarkt an, bevor ich an der Kasse dreiundzwanzig Euro und achtundzwanzig Cent bezahlte. Blinzelnd betrachtete ich meinen Einkauf. Ein paar Sorten Gemüse, ein Bund Basilikum, Nüsse (keine Pinienkerne, sondern die günstigen!), Hefeflocken, Nachos. Das war alles bloß wieder für den Green-Goddess-Salat. Ich hielt meine Karte gegen das EC-Gerät, bevor ich die Ware nach Hause trug. Dort angekommen, sprang ich unter die Dusche. Ich benutzte mein teures Duschzeug, von dem mein Bad wie ein Spa roch. Und ich ließ mir Zeit. Das Wasser prasselte auf meinen Kopf, während ich mir vorstellte, wie es mich von all den negativen Gefühlen befreite. Es klappte nicht. Ich versuchte es mit anderen Methoden, schnappte mir mein Journal und wollte ehrlich zu mir selbst sein. Was störte mich? Wieso fühlte ich mich nicht gut? Warum genau war heute ein schlechter Tag?

Ich konnte die Fragen nicht beantworten, ohne mich wie eine Dreizehnjährige zu fühlen, was mich nur dazu brachte, mich noch schlechter zu fühlen.

Wieso bin ich so?

Den Rest des Tages blieb ich dann doch mit meiner Lieblingsserie im Bett. Aber gegen Abend fühlte ich mich miserabel und unproduktiv, weshalb ich beschloss, wenigstens mein tägliches Schrittziel zu absolvieren.

Als ich nach meinen Schuhen griff, klingelte es. Garantiert war es Cora. Das war großartig. Sie könnte mich beim Spazierengehen begleiten und mir ein weiteres Mal versichern, dass meine Gefühle total legitim seien. Allerdings stellte ich fest, dass niemand auf meiner Matte stand. Mit gerunzelter Stirn betätigte ich den Summer, bevor schwere Schritte im Flur erklangen.

»Ich wusste gar nicht, dass ihr einen Lieferservice anbietet«, sagte ich mit einem halben Lächeln auf den Lippen, als ich beobachtete, wie Leo mit zwei Plastiktüten meine Etage erreichte.

»Sonderlieferung.« Er drückte mir zur Begrüßung einen Kuss auf die Stirn. »Und es ist nicht von uns. Ich dachte, ich überrasche dich mit einer Portion Ramen. Oder hattest du was vor?«

»Nein«, sagte ich. »Ich freue mich, dass du hier bist.«

Eine Weile aßen wir in meiner Küche und redeten über belangloses Zeug. Wie sein Tag gewesen war, wie weit ich in meinem Buch vorangekommen war. Bis er seinen Löffel mitten im Essen beiseitelegte.

»Ich weiß, du hasst diese Frage immer noch.« Er schmunzelte. »Aber kann ich dich was fragen?«

»Aber nur weil heute Dienstag ist.«

Ich rechnete mit nichts wirklich Relevantem. Mit etwas, über das Leo und ich lachen würden, weil alles mit uns so leicht war. Statt allerdings weiter zu lachen, wurde er plötzlich ganz ernst.

»Ich habe dir doch von meiner Ex-Freundin erzählt«, sagte er. »Erinnerst du dich?«

Ich nickte leicht verwirrt, während er begann, die Hände über seiner Jeans zu reiben. So, als wäre er nervös.

»Ich habe sie vorgestern zufällig kurz wiedergesehen. Ihr … Ihr ging es wieder nicht so gut. Die Trennung macht ihr immer noch zu schaffen. Vor allem, weil wir momentan gar keinen Kontakt haben und ich ihre wichtigste Bezugsperson war. Ich glaube, ich würde sie gerne auf einen Kaffee einladen. Um noch mal nachzuhaken, wie ich ihr am besten bei der Trennung und allem helfen kann. Wäre das okay für dich?«

Mein Mund öffnete sich, doch ich wusste nicht, was ich erwidern sollte. Hastig sprach Leo weiter.

»Ich weiß, die Situation ist garantiert nicht besonders schön für dich.« Zärtlich griff er nach meiner Hand auf der Tischplatte. »Und ich verstehe auch, wenn du es nicht okay findest. Dann sag das bitte sofort. Ich möchte nichts tun, was dich in irgendeiner Weise verletzt. Meine Ex-Freundin war einfach nur so ein großer Teil in meinem Leben, und ich will nicht, dass sie meinetwegen leidet, verstehst du?«

Einen Moment lang sagte ich nichts. Er sah mich aus seinen großen dunklen Augen an. Alles an ihm wirkte so ehrlich. So wohlwollend.

So gut.
Ich will nicht, dass sie meinetwegen leidet.
»Ja«, sagte ich, weil ich cool, unkompliziert und verständnisvoll war. »Ja, natürlich, verstehe ich das.«

DATE ME, **Auszug, gedruckte Version**

Ich mache es kurz: Wenn ihr dieses Gefühl in eurem Bauch habt und ihr spürt, einfach spürt, dass irgendetwas nicht in Ordnung ist – ist es meistens auch nicht in Ordnung.

FÜNFUNDDREISSIG

Er hatte es mir offen gesagt.
Er hatte es mir nicht verschwiegen.
Er hatte mich sogar gefragt, ob es für mich okay sei.
Wenn ich Nein gesagt hätte, hätte er es gelassen.
Ich versuchte mir gut zuzureden, was funktionierte, weil Cora derselben Meinung war wie ich.
»Wenn noch etwas mit seiner Ex wäre, hätte er dir nicht gesagt, dass er sich mit ihr trifft. Er ist ja nicht blöd. Außerdem habt ihr ja auch nicht über Juli geredet, nicht wahr? Du verschweigst ihm viel mehr, wenn man es genau nimmt. Du musst dir keine Sorgen machen.«
Meine Freundin hatte recht.
Oder?
Es gab niemanden, der mir darauf eine wirkliche Antwort geben konnte. Wann Leo sich genau mit seiner Ex-Freundin traf, erzählte er mir nicht. Eigentlich kannte ich gar keine Details. Ich kannte ihren Namen nicht, wusste nicht ihr Alter oder wie sie aussah. Sie war wie ein riesiges Fragezeichen in meinem Kopf, über das ich viel zu oft nachdachte. Selbst wenn Leo mir nach dem Ramenabendessen schrieb, dass ich mir »wirklich keine Sorgen machen« müsse. Sogar mit Herzemoji.
Ich versuchte mich darauf zu konzentrieren, wie schön und vertraut unsere Treffen blieben. Dass sie sich exakt so anfühlten wie vorher. Wenn er bei mir übernachtete, für mich in seiner

Küche kochte oder wir wie ein normales Pärchen ausgelaugt auf der Couch schliefen.

Bleib positiv. Sieh nicht immer das Negative.

Leo schrieb mir weiterhin jeden Tag. Wir sahen uns mehrmals in der Woche. Er küsste mich so leidenschaftlich wie in den Filmen, die Adri nicht mochte.

Alles ist gut.

Also konzentrierte ich mich auf meine Mantras und meine Routinen. Den negativen Gefühlen in meinem Körper versuchte ich mit Lavendelspray vorzubeugen, das ich morgens auf meine Yogamatte und abends über meine Bettdecke sprühte. Außerdem tauschte ich meine Lieblingsplaylisten mit den deutschen Indiekünstlern gegen Gute-Laune-Musik aus. Die deutschen und melancholischen Texte voller ehrlicher Gefühle waren in meiner Situation nicht gut. Sie brachten mich zum Nachdenken und in Versuchung, Leo die Wahrheit zu sagen.

Hey, du, sorry, ich glaube, ich fühle mich doch nicht wohl damit.

Doch das war weder cool noch unkompliziert. Deshalb schluckte ich meine Wahrheit runter, zumindest in Leos Gegenwart. Denn an diesem Donnerstag nach der Pilatesstunde hielt ich es nicht mehr aus. Adri fotografierte gerade die Klebezettel in unserer Umkleide. Sie waren eine Art Tradition des *Namaste Studios*. Immer lagen auf einem kleinen Regalbrett über dem Spiegel Post-its und Stifte, damit die Besucherinnen sich selbst motivierende Sprüche hinterlassen konnten.

You go girl.

Girl Power

Du schaffst das.

Ja, dachte ich, während wir den Ausgang ansteuerten und der Wind uns draußen die Pferdeschwänze nach hinten blies. *Ich schaffe das.*

»Angenommen«, begann ich, »der Typ, den du datest, würde

sich mit seiner Ex treffen, weil es ihr wegen ihrer Trennung nicht gut geht. Was würdest du davon halten?«

Adri sah mich an, öffnete den Mund. Und schloss ihn dann doch wieder.

Nein, dachte ich. *Nein, nein, nein.*

Denn sie musterte mich mit diesem Blick, mit dem ich nur allzu gut vertraut war.

Mit diesem ganz bestimmten freundschaftlichen Blick voller Mitgefühl.

So wie ich Cora angesehen hatte, als sie mir zum ersten Mal erzählt hatte, dass Carsten manchmal gewisse Andeutungen bezüglich ihrer Figur machte. Weil das der Moment war, in dem der Schein verschwand. Weil ich ab da gewusst hatte, dass er ein Reinfall war. Weil sie mir leidtat und ich meine Freundin nicht verletzen wollte, aber auch nicht wollte, dass er sie verletzte.

»Leo triff sich also mit seiner Ex-Freundin?«, fragte Adri zögerlich.

»Er hat sie zum Kaffee eingeladen. Sie hat die Trennung nicht gut aufgenommen.«

»Sind sie nicht seit sechs Monaten getrennt?«

»Schon.« Ich zuckte mit den Achseln, während SUVs an uns vorbeirauschten. »Aber er hat sie zufällig wiedergesehen, und anscheinend ging es ihr nicht so gut.«

»Und er hat dir das gesagt?«

Ich nickte. »Er hat mich sogar gefragt, ob es okay für mich sei, wenn er sie trifft.«

Adri überlegte kurz. Adri, meine Freundin, die Teenager davor bewahrte durchzudrehen. Die, die immer wusste, was zu sagen war.

Vielleicht hatte ich genau deshalb zuerst Cora und nicht sie um Rat gefragt. Weil ich fürchtete, sie könnte mir das sagen, was ich eigentlich dachte.

Das ist komisch. Ich würde mich auch nicht mit meinem Ex-Freund treffen. Ich meine, ich treffe mich ja ebenfalls nicht mit Juli. Ich vermeide ihn sogar absichtlich.

»Okay, ich fasse zusammen.« Sie holte tief Luft. »Er war sieben Jahre mit einer anderen Frau zusammen. Das ist schon eine ziemlich lange Zeit. Es ist verständlich, dass man das nicht einfach so aus seinem Leben radieren kann. Außerdem hat er es dir nicht verheimlicht.«

Adri dachte dasselbe wie ich.

Er hatte es mir offen gesagt.

Er hatte es mir nicht verschwiegen.

Er hatte mich sogar gefragt, ob es für mich okay sei.

Es gab keinen Grund zur Beunruhigung, nicht wahr?

»Hat er von dem Treffen erzählt?«

»Nein«, murmelte ich.

»Du könntest ihn fragen, damit du dich wohler mit der Situation fühlst.«

»Glaubst du?«

»Natürlich.« Adri stupste mich aufmunternd mit dem Ellbogen an. »Hey, mach dir keine Sorgen. Er mag dich wirklich.«

SECHSUNDDREISSIG

Ich: Wie war eigentlich das Treffen mit deiner Ex-Freundin? 😊

Leo (Harz): Wow Tess, das nenne ich mal einen eleganten Themenwechsel 😂

Leo (Harz): Es war ganz okay

Leo (Harz): Sie hat mir gesagt, dass ihre Oma mich zu ihrem 80sten Geburtstag eingeladen hat 🙈

Ich: Ach so

Ich: Gehst du hin? 😊

Leo (Harz): Ich denke, es wäre unhöflich abzusagen

Leo (Harz): Wäre es für dich denn okay? 🙈

Leo (Harz): Das zwischen mir und meiner Ex-Freundin ist wirklich nur noch rein platonisch

Leo (Harz): Du musst dir üüüüberhaupt keine Sorgen machen 😌

SIEBENUNDDREISSIG

Ich machte mir keine Sorgen. Alles war gut. Mein Leben war schön, das spürte ich, selbst wenn ich vergessen hätte, es in mein Notizbuch mit den Affirmationen zu schreiben. Dass Leo sich mit seiner Ex-Freundin traf, war keine Red Flag. Womöglich hatte Cora sogar recht. Ich war diejenige, die Leo verschwiegen hatte, dass ich kurz vor ihm jemand anderes gedatet hatte. Leo hatte mir von seiner Ex-Freundin erzählt, mich gefragt, wie es mir mit ihren Treffen gehe. Ich war nicht naiv, nur weil ich nicht vom Schlimmsten ausging. Das musste ich ja auch gar nicht. Das beteuerte er mir selbst.

Alles war gut *und* schön, weil Leo und ich uns schon seit über drei Monaten dateten.

Außerdem war es an diesem Samstag endlich so weit.

Ich sollte Carsten kennenlernen. Mit Leo. Ein Double-Date. Ein richtiges Pärchending.

Als wir das *Sausalito* gegen neunzehn Uhr betraten, sah ich sie mit meinen eigenen Augen zum ersten Mal zusammen. Cora und Carsten.

»Tess!« Energisch winkte Cora mich zum Tisch. »Da seid ihr ja endlich!«

»Hey«, sagte ich, sobald wir ihnen gegenübersaßen. »Du bist also Carsten?«

Er lächelte breit. »Jawoll.«

Jawoll.

Er betonte das Wort so wie damals die sympathischen Väter

meiner Schulfreundinnen. Carsten war einer von ihnen, bloß dass er keine Kinder hatte. Er wirkte harmlos, wie er so vor mir hockte mit seinem blauen Hemd und den Schweißtropfen auf der Stirn. Sein Haar war grau meliert, wobei seine Zähne hellweiß strahlten. Cora hatte nicht gelogen. Seine Zähne waren *perfekt* (das hatte sie mir ständig gesagt), aber damit hielt ich mich nicht auf.

Er konnte mich nicht täuschen.

Ich löcherte ihn mit Fragen, achtete allerdings darauf, mich bedeckt zu halten. Carsten war nett. Einfach. Er arbeitete als Informatiker in einem großen Unternehmen, hatte einen sicheren Job und eine sichere Art zu reden. Letzteres konnte er großartig, ruhig und selbstbewusst. Wie jemand, der schon alles gesehen hatte und sich nun frei dafür entschieden hatte, immer dasselbe zu sehen.

Ich bestellte meine zweite Cola Zero und entspannte mich, als er über die Tischplatte hinweg wie selbstverständlich nach Coras Hand griff.

Vielleicht, dachte ich. *Vielleicht habe ich mir zu viele Sorgen wegen Carsten gemacht. Vielleicht war das alles gar nicht so dramatisch. So wie mit Leo und seiner Ex-Freundin.*

»Boah, ich hab so Hunger«, sagte Cora gegen halb zehn und sah Leo an. »Wisst ihr, worauf ich jetzt so richtig Lust hätte? Auf fancy Pommes!«

Doch er erwiderte ihren Blick nicht. Seiner lag nur auf mir, und ich weiß, wahrscheinlich war es Einbildung, doch ich hatte das Gefühl, er rückte mir einen winzigen Millimeter näher.

Ich spürte ihn.

Diesen Millimeter, Leo, wie sein Oberschenkel fast meinen berührte, wie seine Jeans sich beinahe gegen meine Leggins presste.

Wir kannten uns seit über drei Monaten, aber es war immer noch alles pink und berauschend zwischen uns.

Eigentlich war alles nicht nur gut und schön, sondern fast perfekt.

Ich brauchte mir wirklich keine Sorgen zu machen.

»Siehst du?«, flüsterte er verschwörerisch. »Es gibt Leute, die meine Pommes besonders finden.«

Ich rollte belustigt mit den Augen, doch Carsten räusperte sich.

»Wieso holen wir dir nicht lieber einen Salat, zum Beispiel lecker mit Himbeeren und Walnusskernen? Das passt doch auch viel besser in deinen Plan, nicht wahr, Babe?«

Babe.

»Ja«, sagte Cora euphorisch. »Danke, Schatz.«

Schatz.

»In welchen Plan?«, fragte Leo.

»Ach«, wiegelte Cora ab. »Ich ernähre mich gerade nur etwas gesünder. Mehr Gemüse, weniger Zucker. Ich will meinem Körper etwas Gutes tun, damit ich mich besser fühle. Und da ist ein Salat doch wirklich die optimale Option.«

»Natürlich ist es die optimale Version«, kommentierte ich ironisch, und Cora entschuldigte sich kurz darauf auf Toilette.

»Ach, eure Generation ist einfach herrlich.« Carsten nahm einen großen Schluck seines Biers. »Wenn ihr ein paar Kilo abspecken wollt, macht ihr es nur für eure Gesundheit. Ich liebe eure Ironie, haha.«

»Bitte?«

»Na ja, allein Cora. Ich weiß, dass sie abnehmen will, einfach wegen ihres Aussehens. Nicht wegen ihres Körpergefühls. Aber trotzdem beharrt sie darauf, dass sie es für ihre Gesundheit tut. Was ist das eigentlich, *Körpergefühl*? Meint ihr damit nicht schon, dass ihr euch nicht wohl in eurer Haut fühlt, wegen eures Körpers? Oder verstehe ich da etwas falsch? Und ganz ehrlich: Ich finde es gut, dass Cora auf ihre Ernährung achten will. Das ein oder andere Kilo weniger würde ihr definitiv nicht schaden.«

Ich sah Carsten, aber eigentlich sah ich ihn nicht. Mit einem Mal sah ich nämlich bloß seine Nachrichten, die meine Freundin mir immer verzweifelt weitergeleitet hatte.

Was meint er damit? Findest du auch, dass er so abwesend wirkt? Wieso schreibt er mir nie etwas Nettes? Warum ist er immer so abweisend? Ist das normal? Oder bin ich einfach zu empfindlich?

Von außen betrachtet war Carsten ein völlig gewöhnlicher Mann. Wahrscheinlich wurde er sogar noch von den meisten als sympathisch betitelt. Ein netter Typ mit großen Händen und sicherem Job. Gar nicht mal so schlecht, aber eigentlich gar nicht mal so gut.

Plötzlich fiel sein Blick auf Leo. »Du weißt doch, was ich meine, nicht wahr, Mann?«

Mann.

»Ähm«, machte Leo. »Ich bin mir unsicher, ob ich dir folgen kann.«

»Ach, macht nichts.«

Carsten lächelte, und drei Tage später lächelte Cora, als sie mir die erfreulichen Neuigkeiten verkündete.

ACHTUNDDREISSIG

Cora hatte mich gefragt, ob wir heute Abend essen gehen könnten. Ihre Nachricht war so durchdacht gewesen, sie hatte sogar Satzzeichen und den lächelnden Smiley gesetzt, den wir uns eigentlich nie schickten. Mit dem riskierte man nämlich nichts, er sagte nichts aus, war einfach nur da und freundlich.

Es hatte mich verwirrt, dass sie ihn mir schickte, doch noch hatte ich mir nichts dabei gedacht. Ich saß seit drei Tagen an meinem Schreibtisch und versuchte so viele Wörter wie möglich über mein Liebesleben zu schreiben, das ich eigentlich schon auserzählt hatte. Dabei brannten edle Duftkerzen, und abends belohnte ich mich mit Yin-Yoga von Mady Morrison. Ich schickte Leo Herzen auf seine Herzen zurück. Außerdem hatte ich weder an Leos Ex noch an Juli gedacht.

Na ja, zumindest hatte ich es versucht.

Jedenfalls saß Cora mir jetzt in ihrer Lieblingspizzeria *Francesca Fratelli* in der Altstadt gegenüber.

»Ich bin so froh, dass ich keine Diät mehr mache«, sagte sie nun, kurz nachdem wir uns hingesetzt hatten. »Letztes Jahr hätte ich mir niemals erlaubt, Pizza zu essen. Aber mit meiner Ernährungsumstellung ist das absolut kein Problem. Ich esse das, worauf ich Lust habe.« Dass Carsten ihr dennoch von einer fettigen Pommes abgeraten und sie ohne Zögern zugestimmt hatte, ließen wir wohl aus. »Dann füge ich einfach mehr Protein hinzu, baue mehr Bewegung in meinen Alltag ein und gehe dreimal die Woche ins Fitnessstudio. Nicht weil ich muss, sondern weil ich wirklich will. Und ich fühle mich so gut. Dass ich bis jetzt viereinhalb Kilo abgenommen habe, ist nur ein positiver Nebeneffekt. Einfach großartig, nicht wahr?«

Ich nickte unsicher. Es war nicht das, was sie gesagt hatte, sondern die Art. Irgendwie wirkte Cora nicht ganz bei der Sache. Sie konnte mich nicht richtig ansehen, den Augenkontakt nicht halten. Immerzu spielte sie an ihrer Kette, deren Anhänger in ihrem Ausschnitt verschwand.

Etwas war anders.

Als diese Erkenntnis mich beschlich, dachte ich sofort an Carsten. Hatten sie sich wieder einmal getrennt? Hatte sie erkannt, was für ein überdurchschnittlicher Volltrottel er war? Einer, der hinter ihrem Rücken über sie redete und sie ganz allgemein gar nicht verdiente?

»Und?«, fragte sie. »Hat Leo noch mal was von seiner Ex-Freundin erzählt?«

Ich schüttelte den Kopf. »Mein letzter Stand ist, dass er auf den Geburtstag ihrer Oma geht.«

»Ach, das ist doch nichts. Er macht das nur aus Höflichkeit.«

»Hat er auch gesagt.«

»Siehst du.« Cora nickte entschlossen. »Du musst dir keine Sorgen machen. Er ist verrückt nach dir. Hat man bei unserem Double-Date voll gemerkt. Allein wie er dich angesehen hat.«

»Hm«, machte ich, bevor ich mich aufsetzte und das Thema wechselte. »Und Carsten?« Ich gab mein Bestes, um das Gesicht nicht zu verziehen. »Hat er noch irgendetwas gesagt?«

»Zu unserem Treffen?«

»Ja.«

»Neee«, sagte sie. »Aber gut, dass du ihn erwähnst. Ich muss dir nämlich etwas sagen.«

Ich muss dir nämlich etwas sagen.

Da wusste ich, dass es ernst werden würde. Während sie einatmete, zuckte meine rechte Hand schon. Cora würde fallen, denn sie hatte sich verliebt, aber ich würde sie halten. Das taten Freundinnen so.

Gott.

Machte mich die Tatsache, dass ich hoffte, er hätte sich wieder von ihr getrennt, zu einer schlechten Freundin? Hoffentlich nicht.

»Ich kann gar nicht glauben, dass ich das sagen werde.«

Cora lächelte, aber wieso lächelte sie?

»Carsten hat mich gefragt, ob ich ihn heiraten möchte. Und ich, scheiße, ich habe NATÜRLICH Ja gesagt! Ich kann es nicht glauben. Ich bin verlobt, Tess! Kannst du das glauben?«

Zuerst dachte ich: *Hä?*

Dann dachte ich: *Nein.*

Nein.

Nein.

Nein.

Und nein.

Ich konnte das nicht glauben, denn das musste ein Scherz sein. Sie verarsche mich. Niemals war sie verlobt.

Nein.

Einfach nein.

Doch sie strahlte, als sie jetzt den Anhänger aus ihrem Top fummelte und mir den Ring präsentierte.

»Ist er nicht schön, Tess?«, quietschte sie, aber ich sagte einen winzigen Moment nichts und saß einfach nur da, wartete auf die versteckte Kamera.

Hallo, ich habe euch enttarnt. Netter Versuch, mir weiszumachen, dass Cora sich verlobt hat. Ihr könnt jetzt rauskommen.

Aber natürlich versteckten sich keine Kameraleute hinter der Ecke.

Das hier war echt.

NEUNUNDDREISSIG

Adri: Ist Cora mit Carsten verlobt?????

Adri: Ich habe gerade ihren Post auf Instagram dazu gesehen

Adri: OH MEIN GOTT

Adri: Bitte sag mir, dass es fake ist

Ich: Sie hat darauf gewartet, es mir zu sagen, bevor sie diesen Post auf Instagram gemacht hat

Ich: Ich habe mich wie im falschen Film gefühlt

Ich: Es ist so lächerlich

Ich: Ich hasse diese Verlobungsposts

Ich: Wie alle immer so tun, als wäre ihre Beziehung perfekt, nur weil man plötzlich einen Antrag bekommt

Adri: Du weißt schon, dass du das Cora nicht sagen kannst, oder? 🙈

Ich: Natürlich weiß ich das

Ich: Ich kann rein gar nichts tun

Ich: Selbst wenn ich ihre beste Freundin bin, die wirklich nur ihr Bestes will

Ich: Wenn ich ihr sage: »Hey, du, sorry, ich weiß, du denkst, dass Carsten der Eine ist, aber er fatshamt dich leider in einer Tour. Außerdem möchte ich dich gerne daran erinnern, dass er dich in den letzten Monaten jeden Tag zum Weinen gebracht hat. Du solltest ihn definitiv nicht heiraten. Er ist nicht der Eine, du redest dir bloß ein, dass es der richtige Zeitpunkt ist, weil du Mitte zwanzig bist und unsere Gesellschaft uns ständig predigt, dass wir Kompromisse eingehen müssen«, hasst Cora mich

Adri: Eine sehr gute Zusammenfassung

Adri: Aber ja 🙈

Adri: Du kannst es ihr nicht sagen

Adri: Freundinnen kommen nicht gegen Männer an

VIERZIG

»Ganz ehrlich, Tess?« Marlies seufzte am anderen Ende der Leitung. »Ich bin wirklich dafür, dass wir die Interviewanfrage ablehnen. Ich sehe keinen Mehrwert darin. Ganz im Gegenteil. Ich habe sogar Angst, dass es deiner Marke schaden könnte, wenn du zu ehrlich bist.«

»Hm«, erwiderte ich, während ich in Leos Küche stand und den Teebeutel aus meiner Tasse nahm.

Ich hatte gestern bei ihm übernachtet, wobei er vor einer knappen Stunde in Richtung Hannover gedüst war. Ich blieb in seiner Wohnung und arbeitete von hier aus. Das machten wir jetzt öfter so.

Es ist wirklich alles gut.

Jetzt hörte ich Marlies zu, während sie mir weiter erklärte, wieso dieses Interview eine ganz schreckliche Idee sei. Sie war Teil meines Managements bei der *Growing GmbH*, betreute mich schon seit eineinhalb Jahren und war nach eigener Aussage ein riesiger Fan meines Buches. Sie hatte mich spontan angerufen, weil eine Interviewanfrage der Öffentlich-Rechtlichen eingetrudelt war. Eins der modernen Funkformate plante einen Beitrag zum Thema That Girl und wollte mich dazu interviewen.

»Na ja«, sagte sie. »Ich schicke dir die Anfrage trotzdem. Du kannst ja mal drüberlesen. Ach, und wo wir gerade telefonieren. Das wollte ich dich sowieso noch fragen.« Ich hörte, wie es raschelte, so, als würde sie sich aufsetzen. »Wie läuft's mit dem Schreiben?«

Schleppend. Miserabel. Ich hasse jede meiner achtundvierzig Seiten.

»Ganz okay«, sagte ich. »Ich bleibe dran.«

Nachdem wir aufgelegt hatten, checkte ich meine Mails. Tatsächlich hatte Marlies mir die Anfrage bereits weitergeleitet.

Ich hatte die Nachricht gerade überflogen, als es klingelte. *Seltsam.* Leo konnte es nicht sein. Er hatte immerhin einen Schlüssel für sein eigenes Haus. Oder hatte er ihn vergessen? Auf dicken Socken ging ich zur Tür und öffnete sie.

»Äh«, machte die Frau, die mir nun entgegenblinzelte. »Hallo?«

Sie musste sich mir nicht vorstellen, damit ich sie erkannte. Leo hatte mir nie ein Foto gezeigt, doch die Ähnlichkeit war unbestreitbar. Sie sah aus wie Leo, aber irgendwie auch nicht. Das kurze blonde Haar, die großen Augen, so blau, dass es unnatürlich wirkte. Wie aufgemalt. Wie nicht echt. Sie war klein, noch kleiner als ich. Leo war riesig und attraktiv, Hannah war zierlich und bildschön. Ein wenig erinnerte sie mich an die Rapunzel aus *Neu verföhnt*, an die Version mit den kurzen Haaren. Natürlich weniger romantisch und klischeehaft, denn sie trug Doc Martens mit Plateausohlen, eine Stoffhose mit ausgestelltem Bein und einen cremefarbenen Rollkragenpullover mit einer braunen Lederjacke darüber. Sie wirkte wie einem Pinterest-Board entsprungen. Etwas, was du abspeichern, aber niemals sein würdest.

»Hey«, sagte ich euphorisch. »Du bist Hannah, richtig?«

»Okaaaaaay«, sagte sie. »Jetzt wird's gruselig. Wieso weißt du, wer ich bin?«

»Leo hat mir schon viel von dir erzählt. Gott«, ich streckte ihr die Hand entgegen. »Sorry, dass ich mich nicht vorgestellt habe. Ich bin Tess.«

Obwohl Hannah meinen Handschlag zögerlich erwiderte, war ihrer fest und bestimmt. So, als hätte sie beigebracht bekommen, dass er so sein müsste, damit sie nicht nur schön, sondern auch stark wirkte.

»Komm doch rein«, sagte ich dann und verfluchte mich gleich darauf selbst. Das hatte so geklungen, als würde ich hier wohnen, dabei war es das Haus ihrer Oma. Sie hatte sogar den seltsamen Zwerg vor dem Haus getauft.

»Danke«, flüsterte sie so eisig, dass mir ein Schauder über den Rücken lief.

Ihr Schuhe trugen Dreck auf das helle Parkett, während sie vom Eingangsbereich Richtung Wohnzimmer lief. Ich beobachtete, wie sie die Brauen zusammenzog, weil sie mein Chaos in ihrem Zuhause erkannte. Sie betrachtete meinen Laptop auf dem Esstisch, die zwei angefangenen Tassen Tee daneben und die leere Dose Cola Zero rechts davon, meine Bücher am Tischende, wo sie mit den grellen Covern und abstrakten Bildern fehl am Platz wirkten.

»Das sind deine Sachen.«

Eine Feststellung, keine Frage.

Sie befreite sich aus ihrer Jacke, wobei sie mich von oben bis unten musterte. Dann atmete sie tief durch.

»Bitte sag mir nicht, dass du hier wohnst.«

»Nein«, erwiderte ich sofort. »Ich habe eine Wohnung. Ich bin nur zu Besuch hier.«

»Ah ja.«

Abschätzig begutachtete sie meine Bücher. Ein Cover mit einer Aubergine, ein Cover mit einem nackten Mann und ein Cover mit einer traurig wirkenden Frau.

»Ich hab gehört, dass du Fotografin bist. Dein Bruder liebt deine Arbeiten. Er sagt, er sei dein ...«

»Größter Fan«, unterbrach sie mich. »Ich weiß.«

Meine Wangen brannten. Ich fühlte mich fürchterlich unsicher und wünschte, mich in Luft aufzulösen. Hannah hingegen fixierte mich so stark, als wollte sie mich mit ihrem Blick festnageln.

Ich konnte mich nicht auflösen.

Ich konnte nur durchlöchert werden.

»Lass mich raten«, sagte sie. »Du bist bestimmt nicht einfach nur eine Freundin von Leo.«

*

Leo täte es unglaublich leid, dass das erste Aufeinandertreffen mit seiner Schwester so gelaufen war. Das versicherte er mir, sobald er um zwölf nach Hause kam, da Hannah ihm geschrieben hatte. Als Erstes begrüßte er seine Schwester, dann gab er mir einen Kuss auf die Wange und zog mich in die Küche.

»Ich hatte es ihr noch nicht erzählt, weil ich es ihr persönlich sagen wollte.« Er nahm meine Hand in seine, wobei er mir über die Haut strich. »Wie glücklich ich mit dir bin.«

Trotzdem freute er sich jetzt, dass Hannah und ich uns kennenlernten. »Ihr teilt dieselben Werte«, beteuerte er, doch als wir gemeinsam am Tisch Pasta aufrollten, fühlte ich mich genauso überflüssig wie Lana Del Rey in *Snow On The Beach*, bevor wir erfahren hatten, dass sie absichtlich so wenig gesungen hatte. Die Blicke von Leos Schwester erinnerten mich ein wenig an die seiner Freunde. Ungläubig, leicht irritiert, ein bisschen verwirrt. Nur war Hannahs Blick viel intensiver, sodass ich ihm nie lange standhielt. Dabei versicherte mir Leo beim gemeinsamen Essen, dass ich über Nacht bleiben solle.

»Ihr seht euch so wenig«, sagte ich und winkte höflich ab. »Genießt die Zeit zu zweit.«

»Im Ernst«, protestierte auch Hannah wenig überzeugend. »Ich würde dich gerne besser kennenlernen.«

»Das können wir schnell hinter uns bringen.« Ich lächelte freundlich. »Ich schreibe Bücher und muss bei Videos mit Hunden aus Tierheimen weinen. Das ist eigentlich alles.«

Leo lachte, Hannah nicht. Während der Verabschiedung wollte er mich weiterhin nicht gehen lassen, umarmte mich viel zu lange, öffnete mir die Tür und hielt mich dann noch einmal fest. Ich spürte sein Herz dabei an meinem schlagen und fragte mich, ob ein Zuhause sich so anfühlte: warm und lebendig.

Auf der Rückfahrt konnte ich nicht widerstehen. Ich suchte Hannah auf Instagram, TikTok und sogar auf Facebook. Fehlanzeige. Ich gab es schon fast auf, da tippte ich ihren Namen bei Google ein. Es gab etliche Artikel zu ihren Arbeiten. Sie stellte ihre Bilder aus in Berlin, Hamburg und Köln. Ihre Kunst war reduziert und minimalistisch, fokussierte sich auf Selbstporträts mit Selbstauslöser, auf denen sie sich mit ihrem ernsten Gesicht unter dramatischen Schattenspielen verletzlich zeigte. Letztes Jahr hatte sie sogar einen Preis in Dublin übergeben bekommen. Selbst auf den Pressefotos wirkte sie ernst, immer schön, stark, schlank und *sophisticated*. In den Artikeln war ihr Instagram-Name verlinkt: @yourtypicalblackandwhitegirl. Auf dem Account fand ich noch mehr Selbstporträts mit ihrem ernsten Gesicht und vielen Kommentaren.

Stark.
Wow.
Ausdrucksstark.

Sie postete sogar die typischen Foto-Dumps mit den Highlights ihrer Woche. Buchseiten, noch mehr Schattenspiele, handgemachte Tassen aus Portugal. Ein That Girl wie ich, nur anders, tiefgründiger und alternativ. Ein *edgy* That Girl, das Sylvia Plath und Patti Smith vergötterte, *Normal People* und *Fleabag* als ihre liebsten Serien deklarierte und es dabei nicht Mainstream klingen ließ. Weil nichts aus ihrem Mund alltäglich klang, sondern alles von besonderer Bedeutung war. Es war einfach ihre Aura.

In ihren Foto-Dumps war Hannah nie allein. Da waren ihre Freundinnen, die auf verschwommenen Bildern in Fast-Food-Restaurants mit Softeis und Bambuslöffeln in den Händen lachten. Eine davon stach besonders hervor. Sie leuchtete mir förmlich auf den Bildern entgegen. Wie eine Sonne. Wie ein Feuerzeichen, wie Cora mich jetzt seit Neustem verbessert hätte, weil sie wieder in ihrer Sternzeichenphase war.

Eine Dahlia-Freundin.

EINUNDVIERZIG

Mein Plan stand fest: schreiben und mich dabei nicht ganz so schlecht zu fühlen, wenn ich wieder irgendein Date erfand, um irgendetwas zum Erzählen zu haben. Das einzige Problem an meinem Vorhaben war jedoch, dass ich mein Laptop-Aufladekabel bei Leo vergessen hatte.

> **Adri:** Das ist ein Zeichen

> **Adri:** Das Universum will dir sagen, dass du eine Pause brauchst

Aber eine Pause vom Nichtstun zu benötigen, klang genauso faul, wie unsere Eltern sich unsere Arbeitsmoral vorstellten. Also saß ich keinen Tag später doch wieder im Bus Richtung Bad Harzburg und stieg keine eineinhalb Stunden später an der Haltestelle aus. Sie wirkte immer noch verlassen, insbesondere in der kälteren Jahreszeit. Ringsum erkannte ich Herbstlaub und den grauen Himmel, wobei ich nie wusste, ob Regentropfen mir wirklich auf den Kopf fielen oder ob es nur Einbildung war.

»Oh«, stieß Hannah aus, nachdem sie mir die Tür aufgemacht hatte.

Oh.

Als wäre ich die personifizierte Enttäuschung mit zu viel Make-up.

Oh, Tess.
Oh, du schon wieder.
Oh, was soll ich nur mit dir anfangen.
Ich nahm es einfach hin, ihre Begrüßung und ihre Enttäuschung.

»Hey«, sagte ich. »Ich dachte, Leo wäre hier.«

»Ja, wollte er auch sein. Du hast dein Aufladekabel vergessen, nicht wahr? Er hat mir Bescheid gesagt, ihm ist etwas dazwischengekommen. Ich glaube, ein Lieferant ist spontan vorbeigekommen oder so.« Sie räusperte sich. »Komm doch schnell rein. Du weißt bestimmt am besten, wo es liegt.«

Während sie redete, drehte sie sich schon um. Ich sah dabei auf ihren durchtrainierten Rücken, für den sie sich bestimmt im Fitnessstudio abrackerte und dabei die befremdlichen Blicke der Männer ignorierte. Ich hingegen spürte ihren überdeutlich auf mir, als ich das Sofa umrundete und vor dem Bücherregal in die Hocke ging.

»Da ist es«, verkündete ich feierlich und bemerkte im selben Moment mein Buch auf der Couch. Es lag aufgeklappt mit den Seiten nach unten, wobei der Rücken einen unübersehbaren Bruch trug.

»Du hast mein Buch gelesen?«, fragte ich überrascht.

Ertappt zuckte ihr Blick von meinem Buch zu meinem Gesicht. Dann presste sie die Lippen aufeinander, als wäre sie wütend, weil ich sie etwas derart Persönliches gefragt hatte. Dabei las sie *mein* Buch.

»Ja«, erwiderte sie schlicht. »Ich hab reingelesen.«

Trotz ihrer Nüchternheit unternahm ich einen letzten Annäherungsversuch. Schließlich sollte man sie doch mit *kindness killen*. Die Person sein, die man sich selbst in der Welt wünschte.

»Ich habe dich übrigens auf Instagram gefunden. Deine Fotos sind echt ausdrucksstark.«

Ausdrucksstark.

Das hatte ich absichtlich verwendet, weil ich wusste, dass es das war, was sie hören wollte. Doch natürlich runzelte sie ihre Stirn trotzdem so, als hätte ich in einer fremden Sprache auf sie eingeredet.

»Deine Selbstporträts in dieser leeren Wohnung mag ich am liebsten.«

Ich lächelte ein letztes Mal, bevor sie sich leicht irritiert bei mir bedankte, ich ihr schließlich den Rücken zukehrte und mich zum Gehen wandte.

Ich wollte nur weg. Zurück in mein Leben, wo es keine klischeehaft bösen Schwestern von scheinbar traumhaften Männern gab. Das hier war kein Wettbewerb. Sie war Leos Schwester. Wieso fühlte es sich dennoch so an, als führten sogar wir einen Konkurrenzkampf?

Wieso magst du mich nicht?

Die Worte lagen mir auf der Zunge, und ich wollte sie aussprechen. Wirklich. Einmal das sagen, was ich dachte. Doch natürlich ließ ich es in letzter Sekunde doch. Vielleicht war ich genau deshalb so überrascht, als Hannah plötzlich unendlich tief seufzte.

»Tess!«, rief sie. »warte.«

Ich drehte mich verwirrt um, bloß um festzustellen, dass sie den Kopf schüttelte. Dabei hatte sie die Arme um ihren Körper geschlungen, sah zu Boden, an die Wand und auf meine von Schmutz befleckten Schuhe, die ich hier immer zum Wandern trug.

»Ich glaube, wir müssen reden.«

Sie atmete so aus, wie ich ausatmete, wenn ich Inhalte zu meinem Körper teilte und wusste, dass Hass unvermeidbar war.

»Und worüber?«, fragte ich leise.

»Über Borkenkäfer.«

Dann griff sie nach ihrem Schlüssel.

*

Hannah hetzte mich nach draußen.

Sie ignorierte meinen Einwurf bezüglich des Wetters oder der Mitnahme eines Regenschirms. Zielsicher steuerte sie in ihren Sportleggins die gegenüberliegende Straßenseite an, bevor sie mich entlang eines mysteriösen Schleichwegs in ein Stück Wald lenkte, in dem ich noch nie gewesen war, immer ein paar Schritte vor mir laufend.

»Sie haben also wirklich schon angefangen«, murmelte sie, während wir über liegen gelassene Äste stolperten und sie unvermittelt nach vorn deutete. »Siehst du das Dach ganz links? Das ist das Haus meiner Oma. Letztes Jahr konnte man es von hier aus nicht sehen.«

»Oh«, sagte ich und dann, weil ich nicht wollte, dass unser Gespräch zu Ende war: »Kommst du eigentlich oft hierher zurück?«

»Hast du mit deinen Social-Media-Stalking-Skills etwa noch nicht herausgefunden, dass ich eigentlich in Leipzig wohne?«

»Doch. Aber ich dachte, ich frage trotzdem.«

»Sind Fragen nicht dazu da, um Dinge herauszufinden, die man nicht weiß?«

»Kommt drauf an. Kennst du dieses Buch von Dale Carnegie?«

»Das mit dem Marienkäfer, das auf Deutsch irgendetwas mit Freunde im Titel hat?«

»Genau. Darin steht quasi, dass Menschen anfangen dich zu mögen, wenn du sie über sie selbst reden lässt. Ich finde, man muss nicht immer Fragen stellen, bloß um etwas Neues zu erfahren.«

»Flunkert man nicht irgendwie, wenn man vorgibt, etwas über eine andere Person nicht zu wissen? Und das insbesondere dann, wenn man sich nur mit der anderen Person gutstellen will?«

»So würde ich es nicht bezeichnen.«

»Ich schon. Aber ...« Mit einem Mal verstummte sie und spannte die Schultern an. »Kann ich dich etwas fragen?«

»Etwa, um Interesse vorzuheucheln?«, fragte ich belustigt, doch sie antwortete mir so unendlich ernst.

»Wir wissen beide, dass mich das einen Scheiß interessiert.«

»Und du weißt auch, dass Leute wie mich die Frage, ob man mich etwas fragen könne, ziemlich panisch macht?«, erwiderte ich leise.

»Die Meditationen, die du zahlreich auf deinen Kanälen bewirbst, funktionieren also nur so semi, was?«

Mein Kopf begann zu pochen. »Was willst du wissen?«

Aber Hannah ließ mich leiden. Sie zögerte ihre Frage hinaus, und ich malte mir die schlimmsten Dinge aus. Alle schwarz, alle entweder unendlich peinlich oder erbärmlich.

»Bist du verliebt in Leo?«

»Bitte?«

»Hast du keine Antwort darauf?«

Ich blinzelte, musste mich verhört haben und konnte alles in allem nicht glauben, dass sie mich derart schlecht behandelt hatte.

Und das alles bloß aus Sorge um Leo.

»Doch.« Ich lachte. »Aber es ist einfach lächerlich.«

»Ich kann dir nicht folgen.«

»Aber ich kann dir plötzlich folgen.« Kopfschüttelnd schloss ich zu ihr auf. »Ich habe mich die ganze Zeit gefragt, was ich getan habe, dass du mich nicht magst. Ob ich Grenzen überschritten habe, ob ich irgendetwas gesagt oder getan habe, das dich unterschwellig beleidigt hat, ohne dass ich es bemerkt habe. Aber worauf ich nicht gekommen bin: dass du um Leo Angst hast. Das ist es, oder? Du denkst, ich will mich an ihm bereichern? Denkst du, ich breche ihm sein großes und starkes Herz, das du dann wieder zusammenflickst, weil du die beste Schwester auf der Welt bist? Du …«

»Du hast keine Ahnung.« Plötzlich wurde Hannah unendlich leise. »Ehrlich. Du hast überhaupt keine Ahnung.«

»Ach nein?«

Langsam wurde ich so sauer, dass ich es nicht mehr verheimlichen konnte. Ich war gut darin, meine Wut kleinzuhalten und runterzuschlucken, deshalb Bauchschmerzen zu bekommen und mich nachts in meinem Bett zu fragen, ob die Konsequenz daraus ein Magengeschwür in meinen Vierzigern sein würde.

In diesem Moment sprudelte meine Wut allerdings über.

»Wovon habe ich keine Ahnung, hm?«, fragte ich deshalb, wobei Hannah sich immer noch nicht zu mir umgedreht hatte. Sie lief einfach weiter, über Tausende von toten Ästen hinweg, denn sie hatte die geeigneten Wanderschuhe und die Harzer Geschicklichkeit. Ich hatte bloß die mittelmäßigen Wanderschuhe bei Leo stehen, die noch nicht eingelaufen waren und mir deshalb brennende Blasen verursachten.

»Du solltest mir zuerst die Frage beantworten«, sagte sie. »Bist du in Leo verliebt?«

»Ja.« Ich spuckte ihr das Wort förmlich vor die Füße. »Weißt du, was? Ja. Ja, ich bin verliebt. Ich verliebe mich immer mehr in ihn.«

»Wieso liebst du ihn?«

»Keine Ahnung.« Ich kniff die Augen zusammen. »Ich weiß es einfach.«

»Das ist die blödsinnigste Antwort, die ich kenne.«

»Was?«

»Paare in gesunden Beziehungen«, erwiderte sie langsam, damit ich ja auch nur keine Silbe verpasste, »die wissen immer, was sie auf diese Fragen antworten wollen. Sie haben im Kopf gespeicherte Listen mit allen Eigenschaften, die sie an ihrem Partner mögen, ohne diese Liste überhaupt geschrieben zu haben. Menschen in toxischen Beziehungen behaupten dasselbe wie du. Dass sie es einfach wissen. Dass da einfach dieses gewisse Etwas sei. Dieses *Gefühl*.«

»Natürlich weiß ich, wieso ich mich in Leo verliebe. Ich könnte tausend …«

»Erspar's mir.« Hannah hob die Hand. »Belassen wir es einfach bei deiner ersten Antwort. Das ist doch immer die ehrlichste.«

Ich schüttelte den Kopf. Fassungslos, sprachlos. Mein Gehirn konnte nicht nachvollziehen, wie wir in diese Situation geraten waren. Ich hatte mir mein Aufladekabel abholen wollen, kein Aufklärungsgespräch über toxische Beziehungen. Absurder wurde es nur, als Hannah plötzlich in die Knie ging und mit ihren Fingern über die toten Äste fuhr.

»Schau mal«, sagte sie. »Borkenkäferkunst. Die wollte ich dir zeigen. Komm.« Sie nickte zur Stelle neben sich, als wäre es eine Einladung. Als hätte sie mich vor wenigen Sekunden nicht schamlos runtergemacht. Wahrscheinlich verlor ich ein wenig an Selbstachtung, weil ich ihrem Nicken tatsächlich folgte. Ich notierte mir innerlich, Affirmationen herauszusuchen, mit denen ich das beim nächsten Mal verhindern konnte.

»Siehst du diese Einkerbung in der Rinde? Dieses fast gleichmäßige Muster?«

Ich nickte. Tatsächlich wirkte es wie Kunst, ein bisschen willkürlich und verwahrlost, doch ich war mir sicher, dass einige Berliner Studierende mit so was beachtliche Stipendien ergatterten.

»Schon ein bisschen seltsam, oder? Die Käfer saugen den Bäumen ihre Lebenskraft aus und lassen es dabei noch schön aussehen.«

»Ziemlich unverschämt.« Lange Zeit sagten wir nichts mehr, und ich dachte schon, das sei es jetzt mit unserem Gespräch gewesen.

Innerlich suchte ich sogar nach dem perfekten Satz, mit dem ich unseren Aufbruch einläuten könnte. Ohne Hannah das Gefühl zu geben, ich wäre gerade lieber überall anders als hier, was natürlich der Wahrheit entsprochen hätte. Und genau dann, als ich eine schlichte Variante von mir geben wollte, sah Hannah zu mir auf.

»Hör zu, Tess, ich weiß nicht, wie ich das schön verpacken kann, und eigentlich bin auch gar nicht in der Position, aber ich kann nicht anders.«

»Ich ...« Ich schüttelte den Kopf. »Wovon genau redest du?«
»Ich versuche dir zu erklären, dass Leo wie ein Borkenkäfer ist. Er saugt dich aus, und du denkst, das sei Liebe. Aber das ist es nicht, selbst wenn es sich so anfühlt.«
Ich runzelte meine Stirn. »Ich verstehe nicht?«
»Ich weiß.«
Hannah lächelte, aber es war schrecklich und schief.
Es war das erste und einzige Mal, dass sie mir zulächelte.

ZWEIUNDVIERZIG

»Und weißt du, was das Erste war, was mein Vater zur Verlobung gesagt hat? *Cora-Bora, du bist doch nicht etwa schwanger, oder?*«

Meine Freundin schüttelte energisch den Kopf, während sie an ihrer heißen Schokolade nippte, die eigentlich ein Gemisch aus zuckerfreier Mandelmilch und einem schweineteuren Zuckerersatzprodukt in der Geschmacksrichtung Nuss-Nougat-Praliné war. Wir saßen heute an ihrem Esstisch. Das seltsame Gespräch mit Hannah war noch gar nicht lange her. Noch im Zug hatte Cora mir geschrieben, dass sie mit mir reden müsse, also hatte ich direkt bei ihr angeklopft.

Sie erzählte mir von ihrem Vater (eher mittelmäßige Beziehung) und Carsten (gerade Honeymoonphase ohne Honeymoon). Anschließend zeigte sie mir Bilder der Wohnungen, die sie sich abends im Bett auf Immoscout24 anschauten.

»Das ist so aufregend«, sagte sie jetzt stolz. »Ich sehe es auch schon alles vor mir. In unserer gemeinsamen Wohnung werden wir mindestens ein Arbeitszimmer haben. Da kann ich mir dann endlich eine Ecke für Social Media einrichten.«

»Willst du immer noch Horoskope machen?«

»Astrologie«, verbesserte sie mich. »Aber komplette Astrologie. Ich werde nicht nur von Sonnensternzeichen und Aszendenten reden. Ich werde wirklich in die Tiefe gehen und alle Häuser abdecken. Sie sagen so viel mehr über uns aus.«

»Bist du sicher, dass das noch läuft? Ich habe irgendwie das Gefühl, dass Sternzeichen so 2019 sind. Vielleicht solltest du es lieber mit Edelsteinen probieren?«

»Nein, geht nicht. Die werden von unschuldigen Kinderhänden eingesammelt. Das will ich nicht unterstützen. Deshalb Sternzeichen. Der Anfang wird schwierig, aber wenn ich erst mal eine Community aufgebaut und richtige Klientinnen habe, bringt das Ganze auch schnell Geld in die Kasse.«

»Ich dachte, du magst deinen Beruf?«

»Ich bin Bürokauffrau.« Sie verzog das Gesicht. »Und ich bin mir sicher, dass das die langweiligste Berufsbezeichnung auf der Erde ist.«

»Dein Gehalt ist definitiv nicht ganz so langweilig.«

»Wie auch immer.« Sie rollte mit den Augen. »Was ist los, hm? Du klopfst nicht umsonst mit dem Bang-bangbang-bang-Klopfen an.«

»Du kannst an meinem Klopfen meine Gemütslage erkennen?«

»Welche beste Freundin kann das nicht?«

Sie grinste schelmisch, während ich blinzelte.

Leo ist wie ein Borkenkäfer. Er saugt dich aus, und du denkst, das sei Liebe.

»Ich ... Ich glaube, Leos Schwester hat mich vor ihm gewarnt. Sie hat ihn als Borkenkäfer bezeichnet.«

»Hä?«

Ich berichtete von dem seltsamen Zusammentreffen und rechnete mit einem ratlosen *Puh* als Erwiderung, mit einem erschöpften Nach-hinten-Lehnen oder einem lauten Etwas-sagen-wollen-aber-nicht-wissen-was-und-deshalb-Schweigen.

Ich lag falsch.

»Das ist doch ganz einfach.« Sie lächelte und klang so zuversichtlich, so fröhlich, so geerdet mit allem und sich selbst und ihrer Dreiundvierzig-Kalorien-Schokolade. »Du musst einfach mit ihm reden. Durch die Beziehung zu Carsten habe ich gelernt, dass Kommunikation WIRKLICH das A und O ist. Letztens, da habe ich mich sogar getraut, ihm zu sagen, dass es mich stört, wenn er meinen Bauch anfasst und mir dabei mit irgendeinem Kommentar, den ich nicht lustig finde, ins Ohr lacht.«

»Ach, echt?«

»Ja! Wir lagen auf der Couch und haben eine Doku geschaut. Welche war das noch mal? Warte, ich komme gleich drauf. Es war nicht die von David Attenborough, aber sie war auch von einem Briten. Es ging um die ältesten Menschen der Welt. Also, um ihre Lebensräume.«

»*Die Geheimnisse der blauen Zonen*?«

»Genau!«

»Dan Buettner ist Amerikaner.«

»Papperlapapp, darum geht es gar nicht. Ich wollte nur darauf hinaus, dass ich zu Carsten gesagt habe: *Sieh mal, die Frau ist auch fett und sie tanzt, aber niemand lacht sie aus, sondern alle lächeln sie an. Das ist ein Unterschied.*« Cora strahlte. »So habe ich ihm das gesagt, und er hat mich genau verstanden. Ich schwöre, Tess.«

Donnerstag, 16:23 Uhr

An: tessraabe@outlook.de
Von: g.schneider@gtt-verlage.de
Betreff: Update

Liebe Tess,

vielen Dank für deinen aktuellen Stand.

Die ersten Seiten konnten mich super mitreißen, aber leider habe ich das Gefühl, noch nicht zu wissen, wohin genau die Reise geht. Deshalb hier eine kleine Anregung: Vielleicht könntest du dir ja vorstellen, über jemanden aus deiner Vergangenheit zu schreiben, den wir noch nicht aus *DATE ME* kennen? Vielleicht eine Jugendliebe oder so? Ich finde, das würde eine neue Perspektive geben, die deine Leser:innen bestimmt sehr interessiert.

Liebe Grüße
Gesa

DREIUNDVIERZIG

Ich ermahnte mich, rational zu bleiben, als ich Leo jetzt in seiner Küche gegenübersaß. Seine Schwester war seit zehn Tagen wieder fort und machte gerade bestimmt *edgy* Dinge als *edgy* Frau. Vielleicht gab es in Leipzig ja ebenfalls einen besonderen Schädling, und sie konnte Männer mit ähnlichen Metaphern vergleichen. Jedenfalls schnitt Leo gerade eine Avocado auf, und natürlich war sie perfekt.

»Siehst du«, sagte er feierlich. »Ich erwische wirklich nur die guten.«

Er wackelte belustigt mit den Brauen, und mir war bewusst, was für eine kleine, nichtige Regung seines Gesichts das war. Trotzdem war diese unbedeutende Geste der Grund, aus dem ich nicht ansprechen wollte, was mich seit Tagen beschäftigte. Wir würden nämlich all unsere Leichtigkeit verlieren und ernste Gespräche nicht mehr führen, um Geheimnis gegen Geheimnis auszutauschen, als wäre es ein Spiel. Ich müsste so etwas Dämliches sagen wie *Leo, du, hör mal*, obwohl ich nicht mochte, wenn Leute zu mir sagten *Tess, du, hör mal*. Jeder Satz wäre ein Risiko, denn mit jedem letzten Wort könnte die Stimmung kippen. Sein offener Blick könnte sich für mich verschließen, und auch wenn er nichts sagen würde, würde ich wissen, wie er dachte: *Jetzt fängt es also wirklich an.*

Wir würden alles verlieren, was ich an uns mochte.

Aber vielleicht könnt ihr auch etwas dazugewinnen. Vielleicht ist seine Schwester einfach verrückt, und er widerspricht ihr in je-

dem Satz, ist sogar sauer auf sie, und du findest es heiß. Schließlich könnte er sich für dich in Rage reden, mit aufgeblähten Nasenflügeln und dem Zucken in seinem Kiefer, so wie nach seiner Party, weil jemand es wagt, euch auseinanderbringen zu wollen. Außerdem könntest du auch dein Unwohlsein wegen seiner Ex-Freundin ansprechen. Zwei Fliegen mit einer Klappe quasi.

Es war eine schwierige Entscheidung, die ich nicht in der Lage war zu fällen. Ich war nicht böse und aggressiv. Ich machte nicht gerne Krach wie die Forstmitarbeiter nun jeden Montag und Mittwoch gleich nebenan. Meine Taktik war doch Verdrängen. Aber das klappte lediglich so semi, weil mein Kopf nicht verdrängte, sondern bloß auf vollen Touren dachte und dachte und dachte ...

»Rede mit mir, Tess.«

Ich erschrak, als Leo mitten im Essen seine Gabel zur Seite legte, um mir eine lose Haarsträhne hinters Ohr zu klemmen.

»Ich höre deine Gedanken, weißt du?«

Ich schluckte. »Der Spruch ist immer noch eine Spur zu kitschig.«

»Komm schon.«

Er lächelte schief. Es war seine Geheimwaffe und gleichzeitig mein Untergang. Es war die Zärtlichkeit darin, diese Intimität, die wir nun teilten.

»Wieso bist du traurig?«

Traurig, Trauma, Tess. *Diese T-Wörter sind die schlimmsten*, dachte ich, während meine Schläfen im Takt meines Herzschlags pochten.

Wieso war ich traurig?

Deine Schwester hasst mich und hat mich gleichzeitig vor dir gewarnt. Vielleicht war das ihre gute Tat des Tages, damit sie ihr 6-Minuten-Tagebuch am Abend auch ausfüllen konnte. Außerdem muss ich ständig an deine Ex-Freundin denken, obwohl du mir gesagt hast, ich solle mir keine Sorgen machen. Aber ich mache mir Sorgen. Obwohl ich weiß, dass das gar nicht nötig ist, weil ich dir ja auch nicht von Juli erzählt habe und du dir seinetwegen auch keine Sorgen machen müsstest.

»Ich hab nur zu viele Tierheimvideos gesehen«, sagte ich stattdessen. »Das war nicht so gut für mich.«

Leo legte seine Hand lächelnd auf meine. »Hab vorhin eins gesehen, wo ein Hund adoptiert wird, aber dessen Kumpel bleiben musste.«

»Am liebsten würde ich sie alle adoptieren.«

»Ich hab's!« Sein Lächeln wurde noch wärmer. »Wir adoptieren einen Hund, aber einen, der von seinem Freund getrennt wurde.«

»Abgemacht, allerdings muss es eine Hündin sein. Vor denen habe ich weniger Angst.«

»Ein Mädchen also.« Seine Augen leuchteten. »Wie nennen wir es? Nala?«

»Du willst unseren Hund nach einem Löwen benennen?«

Leo zählte so lange mögliche Namen auf, bis ich lachte. Ich fühle mich heuchlerisch. Wir waren ein Äquivalent zu Paaren, die von eigenen Kindern träumten. Trotzdem würde ich lügen, wenn ich behaupten würde, die Vorstellung mache mich nicht glücklich. Ich wollte mehr von dem Hund hören, den wir gemeinsam retten und erziehen könnten, dem ich zu viele Leckerlis und Leo zu viele Streicheleinheiten verpassen würde. Wir redeten lange über diesen Hund, über eine mögliche Nala, Georgie oder Mila, bevor er mich irgendwann langsam, so, so, so langsam küsste und mich später hart von hinten vögelte.

@tessteilt, Instagram-Post, gepostet um 10:02 Uhr

Gefällt 74884 Personen

Ich sitze seit zweiundvierzig Minuten vor meinem Handy und weiß nicht, wie ich anfangen soll. Es ist so viel passiert, von dem ich euch erzählen muss. So viel, dass ich gar nicht weiß, wo ich anfangen soll, und sicherlich denkt ihr euch jetzt: Ey, Tess, wir haben dein neues Cover auf diesem Bild schon gesehen, wir wissen, dass du ein neues Buch schreibst. Und tja, Leute, was soll ich sagen. Überraschung? Spaß beiseite, ich kann gar nicht in Worte fassen, wie unendlich (!!) aufgeregt ich bin. BOYFRIENDS ist mein Herzensbuch, und ich hoffe, ihr werdet alle das fühlen, was ich beim Schreiben auch fühle 🥺

PS: Ich wünschte, ich könnte meinem zwanzigjährigen Ich einen Besuch abstatten und ihm versichern, dass alles gut wird. Dass es nicht für immer an F hängen wird, dass es weiter geht, dass es seinen Brotjob kündigen wird und das machen kann, was es liebt. Dass es Frauen inspirieren wird, die ihm täglich schreiben, wie sehr ihnen seine Worte und Inhalte helfen. Dass es dankbar ist. So, so, so, so dankbar, Leute ♡

VIERUNDVIERZIG

Ich verzweifelte in Leos Wohnzimmer an meinem Manuskript. Es war der Morgen nach unserem Hundefieber. Heute arbeitete ich von hier aus, sodass wir zwei Tage hintereinander zusammen verbringen konnten. Ich hatte gerade mein Cover auf Instagram revealt, doch jetzt starrte mich der Cursor lediglich höhnisch an.

Über Arthur schreiben? Nein, das konnte Gesa vergessen. Das würde ich mir nicht antun, diese Art von Erinnerungen hatte ich erfolgreich in einer Gedankenschublade namens *VORSICHT: KÖNNTE DICH UMBRINGEN* verstaut. Mein Leben war schön, #livingthedream. Ich wollte nicht sterben. Ich wollte auch nicht über Leo schreiben. Und über Juli schon gar nicht. Aber was blieb danach noch übrig? Alle anderen Erfahrungen hatte ich schon auserzählt, und jetzt blinkte mich mein Cursor weiterhin an.

Adri: Vergiss nicht, Pausen gehören dazu!!!

Ich: Ich schreibe höchstens 300 Wörter am Tag

Ich: Ich erinnere dich gerne daran, dass das nur eine Seite ist

Ich: Davon braucht man keine Pause und das wissen wir beide

> **Adri:** Vielleicht musst du nur auf andere Gedanken kommen

> **Adri:** Lenk dich am besten mit einer produktiven Pause ab, mache ich auch immer so im Homeoffice

> **Ich:** Was ist eine produktive Pause?

> **Adri:** Du suchst dir irgendeine leichtere Aufgabe, die du in deiner Pause erledigen kannst. Wie zum Beispiel deine Küche sauber machen oder so 😊

Leo war allerdings der ordentlichste Mann, den ich kannte. Die Küche war sauber. Also musste eine andere Aufgabe herhalten. Gedankenlos scrollte ich durch meine Mails, vorbei an Nachrichten von meinem Management, von Gesa und der Verlagsleitung, bis ich erneut die Anfrage von der Funkredakteurin überflog. Das Format *PINK* beschäftigte sich großenteils mit Themen, die Frauen bewegten, berührten und beunruhigten. Unter ihrem Format lief sogar ein Podcast, den ich jetzt einschaltete. Irgendetwas mit Self-Care-Culture und ob Self-Care wirklich gut für uns war.

Nebenbei war ich auf der Suche nach meinem Buch, um mich daran zu erinnern, dass ich das konnte: ein Buch schreiben. Ich bemerkte den bunten Einband auf Leos Bücherregal. Inmitten von Papierkisten ruhte das Exemplar, das Hannah gelesen hatte.

Das erkannte ich selbst von Weitem an dem vernarbten Buchrücken. Zielsicher steuerte ich auf das Regal zu und stellte mich auf die Couch, um das oberste Brett zu erreichen. Im Hintergrund erklang die Episode weiterhin aus meinem Handy. Mittlerweile hatte Henny, die Redakteurin, ihr Publikum begrüßt und die Gästin – eine Psychologin namens Fiona – anmoderiert.

»Alsoo«, hörte ich Henny sagen. »Was hältst du von der Aussage, dass Self-Care in den sozialen Medien eigentlich nur mit Geld gleichgesetzt wird? Auf TikTok benutzen junge Frauen täglich Gesichtspflegeprodukte für Hunderte Euro, und das unter dem Hashtag ...«

Ich zuckte zusammen, als ein plötzliches Hupen von draußen erklang. Der schrille Laut brachte mich so aus dem Konzept, dass ich strauchelte, mein Buch und eine der dekorativen Papierkisten mit mir riss. Mit einem dumpfen Geräusch klatschten sie auf das Parkett.

»Großartig«, murmelte ich, als ich den zu Boden gesegelten Inhalt betrachtete. Mein Buch hatte sich in der Luft gedreht und war aufgeklappt gelandet. Aus dem Bruch war ein Riss geworden. Doch eigentlich registrierte ich ihn bloß am Rande. Ich blendete sogar den weiterlaufenden Podcast aus, weil meine Blicke bloß auf den geöffneten Briefumschlägen klebten. Sie waren alle an Leo adressiert, mit Poststempeln von letzter Woche, von vorletzter Woche und von letztem Monat. Mein Magen verknotete sich.

Ich hätte es lassen können, die Briefe zurücklegen und mich weiterhin gut fühlen können.

Aber das wäre ja zu einfach gewesen.

Leo,

es ist okay, dass du mir nicht antwortest. Ich sehe trotzdem vor mir, wie du meinen Namen auf diesem Briefumschlag entdeckst und ihn schnell an einen geheimen Ort schmuggelst. Dorthin, wo ihn deine Freundin nicht findet, denn natürlich weiß sie nichts davon. Fühlt es sich aufregend an? Verrucht und heiß wie eine Affäre, mit mir als Geliebter, der einzigen Frau, die du jemals wirklich geliebt hast? Wahrscheinlich hast du ihr nicht mal von mir erzählt und mich nur angeschnitten, als könnte ich nicht alles in dir mit ein paar Worten aufschneiden. Oder hast du ihr doch von unseren Treffen erzählt? Hast du ihr gesagt, wir würden nur Kaffee trinken? Wie alte Freunde? Alles locker und ganz easy? Bestimmt hast du das. Ich suche sie immer mal wieder im Internet, und ich muss gestehen, sie ist schön. Ehrlich. Ein bisschen erinnert sie mich sogar an mich. Bloß in jünger, mit volleren Lippen und naiveren Zügen. Erfüllt sie eine Fantasie, die du nie mit mir geteilt hast? Ist sie neu, ist sie aufregend? Wann haben die warmen Pfannkuchen, von denen du meintest, du könntest sie jeden Sonntag deines Lebens essen, aufgehört zu schmecken? Waren sie langweilig, weil sie zu sehr nach Zuhause geschmeckt haben und dir das Angst eingejagt hat? Leo, seit wann bist du so schreckhaft? Aber, nein, ich möchte dir keine Vorwürfe machen, denn das ist es doch, was du deinen Freunden jetzt erzählst. »Das mit Linda, ich weiß auch nicht, sie hat sich verändert und war nur noch am Meckern, alles, was ich gesagt habe, war falsch, also habe ich am Ende nichts mehr gesagt.« Wir wissen beide, dass das eine jämmerliche Ausrede ist, aber ich bin es leid, das ständig zu wiederholen. Wozu überhaupt? Es ändert sich sowieso nichts. Wir bleiben getrennt, aber wenn ich dir nicht schreibe, rufst du mich irgendwann an und erzählst mir, wie unendlich leid dir alles tut. Ich weiß noch, wie du mich letzte Woche küssen wolltest und ich dich erst nicht gelassen habe, aber dann doch. Weil es stimmt, was alle Leute sagen: Im Grunde ändert sich nichts. Wir beide kennen uns, seit wir fünfzehn sind. Ich weiß, wie du warst, bevor du der werden konntest, der du jetzt bist. Ich bin deine erste Liebe. Das kann keiner übertrumpfen. Selbst deine Schwester behauptet dasselbe, und du weißt, dass sie damals dagegen war, dass wir uns ineinander verlieben, weil ich ihre beste Freundin war und du ein typischer Arsch mit einem perfekten Haarschnitt und einem unverschämten Selbstbewusstsein. Weißt du, ich verzeihe dir. Ich warte auf dich, nicht weil ich geduldig bin, sondern weil ich daran glaube, dass wir das freigeben sollten, was wir lieben. Wenn es zurückkommt, gehört es uns. Also, ja, Leo, begnüge dich weiter mit deiner Freundin, fick sie in unserem ehemaligen Bett und grab dich so tief in sie hinein, dass du dir einbilden kannst, das könnte reichen. Derweil sitze ich hier und durchschaue dich, ohne dich dazu sehen zu müssen.

Linda

FÜNFUNDVIERZIG

Meine Augen brannten, aber ich weinte nicht. Nicht beim ersten Brief, nicht beim zweiten und auch nicht beim fünften, dem letzten, den ich fand. Nicht als Linda von einem Ring und einer geplatzten Verlobung schrieb, von kalten Füßen und Midlife-Crisis mit Anfang dreißig. Nicht als ich las: *Bestimmt denkt sie wirklich, du wärst in sie verliebt, weil dein Essen so salzig schmeckt. Sie weiß nicht, dass das einfach deine Art ist. Du bist immer so. Das Essen, das du ihr kochst, schmeckt exakt wie das für deine Gäste. Perfektioniert und warm, aber eigentlich ist es kalt. Du bist so ein guter kulinarischer Heuchler.*

Keine Ahnung, wieso ich nicht weinte. Wie gefasst ich mich selbst hielt und seelenruhig auf Hannahs Instagram-Profil zurückkehrte.

Linda.

Ich hatte den Namen auf Hannahs Freundinnenfotos bereits gesichtet. Es war ein Kinderspiel, ihr Profil zu identifizieren und zu analysieren. Ich zoomte an jedes einzelne ihrer Körperteile heran und verglich sie in der Fensterscheibe mit meiner Figur. Sie hatte einen flacheren Bauch und elegante Beine. Ihre Haare waren wie aus einer Shampoowerbung. Sie war stilsicher wie eine zeitlose Modeikone. Wenn ich schön war, war sie wunderschön. Doch da besah ich mir ihr Schlüsselbein genauer – und da! Endlich eine Kategorie, in der ich gewinnen konnte. Meins stach deutlicher hervor als ihres.

Und da saß ich also, umgeben von einem Meer aus hasserfüllten

Liebesbriefen, und gewann das Mein-Schlüsselbein-sticht-deutlicher-hervor-als-deins-Duell, von dem niemand außer mir wusste. Erst nach dieser Erkenntnis konnte ich wieder zurückgehen und mir jeden ihrer fünfundsiebzig Beiträge genauer ansehen, als hätte ich es nicht schon getan.

Gott, ich hasste Linda.

Wie konnte ich gegen sie ankommen?

Gar nicht. Wie immer gar nicht. Wie gegen Dahlia damals.

Diese Gedanken gaben mir den Rest.

Ich fragte Adri, ob sie da sei. Ich schrieb Cora, ob ich sie anrufen könne. Niemand antwortete mir, und ich öffnete Dahlias Profil ein weiteres Mal.

SECHSUNDVIERZIG

Ich packte meine Sachen. Jeden Slip, jedes Aufladekabel, jeden Ohrring, den ich in der Bettritze fand. Ich wollte keine Spuren hinterlassen, verstaute Lindas Briefe in der Box und stellte sie wieder aufs Regal, strich sogar meine Fußabdrücke auf dem Sofa glatt. Dann lief ich zu der Bushaltestelle und schrieb Cora noch mal. Sie antwortete mir nicht. Ich nahm eine Sprachnachricht auf. Der Bus kam endlich. Ich beschloss, dass es jetzt auch egal sei, und machte wieder die Playlist mit den deutschen Indieliedern an. ENNIO schrie mir ins Ohr.

WARUM WILLST DU JETZT SCHON GEHEN?

Mein Magen knurrte, aber ich hatte keinen Appetit. Ich fürchtete, ziemlich lange keinen Appetit mehr zu haben, und hoffte, dass das Ganze nicht in einer anstrengenden Diätphase münden würde. In einer von diesen, in denen ich mir vor dem Schlafengehen vorstellen würde, wie großartig ich in sechs Monaten aussehen könnte und wie sehr er es bereuen würde, mich nicht genug geliebt zu haben. Für jedes Kilogramm weniger würde er es zu hundert Prozent mehr bereuen. Weil ich diese Phase tatsächlich verhindern wollte, kaufte ich mir, zurück in Hannover, ein Sandwich. Vollkornbrot mit Blattspinat, Avocado und Mozzarella. Ballaststoffe, gesunde Fette, Proteine. Ich passte auf mich auf und war stolz darauf. Aber als ich keine fünfzehn Minuten später in mein Bett fiel, fühlte ich mich fast erbärmlich. Aber wirklich nur fast, denn eigentlich fühlte ich nichts.

Wie es sich anfühlte, mich geirrt zu haben,
obwohl ich tief in mir wusste,
dass er anders war als andere Männer,
aber mir gleichzeitig genauso sicher war,
dass er es nicht war:

Scheiße

SIEBENUNDVIERZIG

Ich fühlte nichts, eine halbe Stunde lang. Bis es lautstark an meiner Tür klopfte, was ich ignorierte. Gleich darauf hörte ich das Geräusch eines sich drehenden Schlüssels und war einfach nur genervt.

»Du bist zu spät«, sagte ich. »Ich hätte dich vor zweieinhalb Stunden gebraucht. Jetzt will ich einfach nur alleine sein.«

»Papperlapapp«, sagte Cora und legte sich zu mir ins Bett. »Du brauchst mich jetzt bloß umso mehr.«

»Und mich auch!«, hörte ich Adris Stimme.

»Eigentlich brauch ich gerade bloß jemanden, der in der Zeit zurückreist und rückgängig macht, dass Cora und ich Ersatzschlüssel miteinander getauscht haben.«

»Das ist garantiert nicht das, was du ändern würdest.« Cora wurde plötzlich leiser. »Ich habe deine Sprachnachricht gehört.«

»Und alle deine Nachrichten gelesen«, fügte Adri hinzu. »Tut mir leid, dass es so lange gedauert hat. Eigentlich hätte ich sogar sieben Minuten früher hier sein können, wenn du mir die Tür geöffnet hättest.«

»Hab dich nicht gehört.«

»Ich weiß, dass das gelogen ist.«

»Ich will einfach nicht darüber reden, okay?«

»Sollten wir aber.«

»Nein, im Ernst.« Frustriert setzte ich mich auf und ließ mich mit dem Rücken gegen das Kopfende fallen. »Es gibt nichts zum Reden. Ich fühle mich einfach … leer. Scheiße.« Meine Augen schmerzten, weil es nicht aufgehört hatte in den letzten Stunden, das Brennen und das unterschwellige Wütendsein. Doch Tränen liefen nicht. Ich war nicht zu wütend für die Traurigkeit. Ich war zu leer für diesen an mir zerrenden Liebeskummer. »Wieso fühle ich fast nichts? Das ist nicht normal. Ich meine, ich habe gelesen, wie seine Ex-Freundin ihm geschrieben hat, dass er mich in seinem Bett vögeln kann, mir dabei genau in die Augen sehen und trotzdem an sie denken wird. Und das alles in ihrer wunderschönen schnörkeligen Handschrift. Sie hat ihm nicht mal eine Textnachricht geschickt. Sie hat sich wirklich Mühe gegeben, ihm zeitlose Briefe geschrieben und dabei auf altmodische, aber irgendwie romantische Weise bewiesen, wie wichtig sie ihm ist und dass sie ganz genau weiß, wie sehr er sich insgeheim darüber freuen wird. Nur Kaffee trinken. Ihre Oma hat ihn nur zum Geburtstag eingeladen. Angeblich. Er hat mich eiskalt angelogen. Linda hat sogar geschrieben, wie sie sich letztens geküsst haben. Meine Reaktion ist nicht normal. Ich *sollte* etwas fühlen.«

»Du fühlst etwas«, merkte Adri an, während Cora beiläufig einen Proteinriegel aus ihrer Jackentasche kramte. »Du fühlst nur nicht das, von dem du dir wünschst, dass du es fühlst.«

Verwirrt sah ich sie an.

»Du bist leer und ziemlich wütend. Das verstehe ich. Aber eigentlich, wenn du ganz, ganz, ganz, ganz, ganz tief in dich hineinhorchst, bist du nur erleichtert.«

Cora biss nickend von ihrem weißen Riegel ab.

»Hey, schau nicht so«, murmelte Adri, während ich verwirrt das Gesicht verzog. »Ich kann auch nichts dafür, dass es wahr ist. Aber überleg mal, wie anstrengend es ist, endlich einen anscheinend guten Typen gefunden zu haben. Du wartest doch förmlich nur darauf, dass er etwas Falsches sagt. Oder dir zu lange nicht mehr zurückschreibt und du ihn in irgendeiner Story seiner Freunde findest, wo er sich auf einer Party die Kante gibt. Dieses ständige Hoffen und Wissen, *einfach zu wissen*, dass man am Ende wieder enttäuscht wird. Nicht weil die Welt scheiße ist und man sich einredet, man habe immer Unglück und nur das Schlechteste verdient. Sondern lediglich deshalb, weil es in neunundneunzig Prozent der Fälle einfach so ist.«

»Was ist eigentlich mit der Möglichkeit, dass das alles gar nicht so schlimm ist, wie wir es uns gerade ausmalen?«, warf Cora ein.

Adri kräuselte die Stirn, doch ich schnaubte frustriert.

»Das ist das, was ich mir wünsche zu denken. Wieso versucht mein Gehirn mir nicht mal einzureden, dass es für alles eine Erklärung gibt? Dass Leo die Liebe meines Lebens sein könnte, weil alles möglich ist, wenn man verliebt ist, scheißegal wie unlogisch das ist?«

»Weil du nicht mehr sechzehn bist«, flüsterte Adri und lächelte schief. »Du bist zu alt, um an moderne Märchen zu glauben. Du hast zu viel gesehen und zu viel geliebt oder es zumindest versucht. Danach gibt es kein Zurück mehr. Es ...«

Sie hielt inne, als mein Handy neben ihr plötzlich vibrierte.

»Ich will dir einfach nur sagen, dass ...«

Sie setzte neu an, bloß um gleich darauf wieder abzubrechen. Mit zusammengepressten Lippen starrte sie auf das Display.

»Es ist Leo, nicht wahr?«, flüsterte ich.

»Das ist egal. Was wirklich wichtig ist, ist die Tatsache, dass ...«

Adri verstummte und griff entschlossen nach meinem Handy, bevor sie mit zusammengepressten Lippen eine Nachricht tippte.

»Was, zur Hölle, machst du da?«

»Ich hab Leo in deinem Namen gesagt, dass er sich ficken soll.«

ACHTUNDVIERZIG

Ich rechnete damit, dass er sich Sorgen machen würde. Dass er sich darüber wundern würde, wieso ich und meine Sachen nicht mehr da wären, und mich anrufen aber ich nicht drangehen würde, woraufhin er mir wieder schreiben würde.

Womit ich nicht rechnete, war, dass er noch am selben Abend vor meiner Tür stehen könnte.

Meine Freundinnen hatten mich gezwungen, mein Bett zu verlassen und mit ihnen das bestellte Essen an meinem Frühstückstisch zu verspeisen.

»Siehst du?«, fragte Adri eine Spur zu euphorisch. »Fühlt sich doch gut an, oder? Sich wirklich an Routinen und Gewohnheiten zu halten und nicht einfach im eigenen Bett an seinem Selbstmitleid zu ersticken.«

»Ich hab das mit Linda vor nicht einmal zehn Stunden erfahren. Ich bin mir sicher, dass mir Selbstmitleid für mindestens zweieinhalb Wochen zusteht.«

»Er ist es nicht wert.«

»Sie sind es nie wert.« Cora hob die Hand, ihr Verlobungsring funkelte, von dem ich immer noch glaubte, dass er nicht echt sei. »Nur Carsten ist die Ausnahme.«

Darauf sagte ich nichts, und Adri erlaubte mir, zurück in mein Bett zu kriechen, wo wir *Modern Family* laufen ließen. Fast konnte ich sogar über Phil Dunphy lachen.

Und dann klingelte es an der Tür.

»Wetten, das ist der Liefertyp, der uns zwei Stunden zu spät die

Extraportion Sweet-Chili-Soße bringt, für die wir drei Euro bezahlt haben?«

Adri erhob sich seufzend und betätigte den Summer. Keine Minute später hörte ich seine Stimme.

»Ist Tess da?«

»Ich ...«

»Ich muss sie sprechen. Es ist wichtig. Ist sie da?«

Diese Dringlichkeit. Diese fast verzweifelte Bestimmtheit. Ich konnte nicht bestreiten, dass sein Stimmton mir gefiel. Wie automatisch schlüpfte ich in meine Hausschuhe und scherte mich nicht mal darum, mich umzuziehen.

»Tess?«, rief Cora mir nach, doch ich ignorierte sie.

Ich trug eine ausgeleierte Leggins und ein übergroßes Shirt. Nicht die gute Lounge-Wear, die ich in seinem Haus trug. Nein, das hier war die hässliche, die einzige Kleidung, in der ich mich wirklich wohlfühlte. Das Shirt war befleckt mit Avocado. Sie war gelb und braun gewesen.

Natürlich war sie das.

Immerhin hatte ich sie auch geöffnet.

»Warte«, sagte Adri zu Leo. »Einen Moment, ich hole sie.«

»Bin schon hier.«

Leo stand vor meiner Wohnungstür und wirkte besorgt. Er hatte mir keine unnötige Nachricht geschrieben. Nicht mit Worten um sich geworfen, sondern seine Taten für sich sprechen lassen. Es war Mittwoch, nach neun Uhr abends, und er stand mit rot geränderten Augen vor meiner Tür. Kurz ließ sein Anblick mich daran glauben, dass er tatsächlich Erklärungen haben könnte, die sich nicht nach Ausreden anfühlen würden.

Adri entschuldigte sich leise und ließ uns allein. Ich stellte mich währenddessen vor Leo auf und dachte seltsamerweise daran, dass es nicht nur die kitschigen Liebesfilme gab. Es existierten auch *500 Days of Summer, Can A Song Safe your Life?, Before*

Sunset. Liebe konnte echt und hässlich und verletzend und wunderschön zugleich sein.

Vielleicht waren Leo und ich auch so.

Er blieb nicht auf meiner Fußmatte stehen, sondern schlüpfte in meinen Flur und zog die Tür wie selbstverständlich hinter sich zu. Dann, statt irgendetwas zu fragen, nahm er mich einfach in den Arm. Nicht unbedingt wie ein leidenschaftlicher Liebhaber, sondern wie ein Bruder oder ein guter Freund. Wie jemand, dem du wirklich, wirklich, wirklich wichtig bist. Keine Ahnung, wie lange wir so verharrten. Vielleicht eine Sekunde oder drei Jahre.

»Was ist los?«, flüsterte er schließlich und hielt mich dabei immer noch fest, strich mir über den Rücken und streichelte mich so, als könnte er das für immer.

Hinter meinen Augen brannte es weiterhin, allerdings spürte ich auch gleichzeitig, wie alles in mir weich wurde. Gleich würde ich einbrechen, ich spürte es. Genau deshalb musste ich stark bleiben und mich von ihm losmachen. Ich schlang die Arme um meinen Körper, sah auf den Boden und Leos edle Schuhe. Erst jetzt bemerkte ich, wie förmlich er gekleidet war. Hemd, Anzughose. Groß und wunderschön. Bestimmt kam er von irgendeinem wichtigen Meeting. Eigentlich wollte ich ihm entgegenschreien, dass ich ihn hasste, dass ich ihn hasste und nicht glauben konnte, dass er mich derart verarsche. Aber dann müsste ich auf die Briefe zu sprechen kommen, und ich hatte keine gute Ausrede parat.

Ich habe ihr Bild auf Instagram bei Discover gesehen, und mir wurde angezeigt, dass du ihr Foto gelikt hast und ich weiß, es klingt nicht besonders gesund, aber ich habe durch ihre anderen Bilder gescrollt und musste leider feststellen, dass du jedes gelikt hast und ich weiß, es ist nur ein Like, aber es ist auch ein Gefällt mir *und das gibt mir ein ungutes Gefühl, verstehst du?*

Diese gelogene Erklärung würde nicht funktionieren. In meinem Kopf ratterte es, obwohl mir natürlich bewusst war, dass ich das Ganze auch hätte verschweigen können. So tun können, als hätte ich nichts gesehen, damit alles gut und wunderbar bliebe.

Doch nichts war gut und wunderbar, und ich war müde und hätte dreiundzwanzig Stunden durchschlafen können und wäre müde aufgewacht.

»Wieso hast du mir nicht gesagt, dass du mit Linda verlobt warst?«

Bei ihrem Namen zuckte er unübersehbar zusammen. Er hatte ihn noch nie mir gegenüber benutzt. Er musste wissen, dass ich es wusste.

»Ich ...« Er schüttelte den Kopf. Glasige Augen, zitternde Finger. Zusätzlich stotterte er. »Es war Hannah, nicht wahr? Hat sie dir es gesagt?«

Ich erwiderte nichts.

Wahrscheinlich hätte ich endlos darüber nachdenken können, ob Hannah mein Buch absichtlich neben die Briefkiste gestellt hatte. Vielleicht war es reiner Zufall. Ich würde es nie erfahren.

»Scheiße, Tess. Ich ... Ich weiß nicht, was ich sagen soll.«

»Du weißt nicht, was du sagen sollst?« Ich ballte meine Hände zu Fäusten. Noch mehr Wut. Das war gut. Damit konnte ich arbeiten. »Das ist ein Witz. Ich meine, es muss ein Witz sein, weil du mir nicht ernsthaft weismachen willst, dass wir eine Beziehung, eine ernsthafte Beziehung führen, aber du verlobt warst, dein Leben mit einer anderen Frau teilen wolltest – und mir gegenüber kein Wort darüber verlierst?«

»Was hätte ich denn sagen sollen?« Seine Stimme hob sich kein bisschen. Stattdessen wurde sie unendlich leise. »Ich wollte dich nicht verschrecken.«

»Also hast du es lieber in Kauf genommen, mich zu verletzen.«

Er schloss die Augen, und ich hätte gerne behauptet, dass er nun älter wirkte, müder, erschöpfter, viel gebrochener als ich. Doch das hätte nicht gestimmt. Er sah aus wie immer. Gut, groß, stark, Leo.

»Ich wollte dich einfach nicht verlieren.«

»Wir haben nichts mehr, das du verlieren könntest.«
»Du lügst.«
»*Du* lügst.«

Ich sagte das mit so viel Überzeugung in der Hoffnung, er würde von selbst einbrechen. Doch er blieb standhaft auf beiden Beinen stehen. Also versuchte ich es anders. Ich wollte ein Geständnis. Ich wollte Anstand. Ich wollte irgendetwas, was wahr war.

»Wieso hat es nicht funktioniert? Das mit dir und deiner Ex?«

Statt mir zu antworten, fuhr er sich unsicher mit der Hand durch die Strähnen, und ich beobachtete jeden Millimeter seiner Haare, die er zwischen seinen Fingern zerquetschte.

Die Sache war die: Wenn er es erzählen würde, würde ich es auch erzählen.

Es könnte nämlich tatsächlich eine plausible Ausrede geben, die ich glauben könnte. Dafür, dass er die Verlobung verschwiegen hatte. Dass ihre Treffen wohl kaum platonischer Art gewesen waren. Dass sie sich sogar geküsst hatten, verdammt noch mal. Den wahren Grund ihrer Trennung.

Oder?

Wenn er sich mir öffnete, würde ich es auch tun. Ich könnte von all den Jungen und Männern erzählen, die ich geliebt und die, die ich nur halb geliebt hatte. Ich würde von dem ersten Mal erzählen, als Niklas aus der 9B mir seinen Schwanz in den Mund gerammt und ich es eigentlich nicht gewollt hatte, doch er mir sein bestes Teil so oft vors Gesicht gehalten hatte, dass ich schließlich den Mund geöffnet hatte. Damit es schlicht endlich vorbei war. Ich würde davon erzählen, dass ich nicht wusste, ob es mich traumatisiert hatte oder nicht. Schließlich war es keine große Sache, aber irgendwie doch, denn ich war zu dem Zeitpunkt vierzehn gewesen, und mit vierzehn war alles eine große Sache, vor allen Dingen diese Art von Sache. Ich würde ihm von Patrick erzählen, nicht die *DATE ME*-Version, sondern die richtige, mit vielen *Ähms* und naiv klingenden Sätzen. Ich würde von Arthur erzählen. Ich würde von Dahlia erzählen. Ich würde von Juli erzählen. Vom Echo seiner Worte. Von der Tatsache, dass ich noch immer irgendwie das vierzehnjährige Mädchen war. Denn ich hatte mich wieder nicht getraut, Nein zu sagen. Ich würde ihm erzählen, wie es sich anfühlte, ich zu sein, eine Frau zu sein, selbst wenn er das nur bedingt nachvollziehen könnte. Womöglich würde ich ihm sogar von den Briefen erzählen, doch am Ende würde er lächeln und erwidern: »Ja, Tess, ich verstehe, wieso dich die Briefe so beunruhigt haben. Natürlich sind sie Schwachsinn. Linda ist einfach verrückt und sexsüchtig. Ich meine, hast du gelesen, wie oft sie von Sex geschrieben hat? Einfach nur lächerlich.« Er hätte meine Hand genommen, und ich hätte zurückgelächelt. Alles wäre gut gewesen.

Doch ich lächelte ja auch dann, wenn nichts gut war.

»Ich weiß nicht, wie ich es dir wirklich erklären soll«, flüsterte er. »Linda wollte das große Ganze. Hochzeit, Haus, eine große Familie. Und versteh mich nicht falsch, ich will das auch. Irgendwann. Aber nicht jetzt.«

»Und was willst du dann?« Ich schluckte. »Jetzt?«

»Ich will glücklich sein, Tess. Mit dir. Ernsthaft.«

»Aber ich denke, du bist nicht bereit für etwas Ernsthaftes.«

»Das habe ich nicht gesagt. Ich war für Lindas Vorstellungen nicht bereit.« Leo griff nach meiner Hand. »Aber ich glaube, ich bin für dich bereit.«

NEUNUNDVIERZIG

Was ich eigentlich tun wollte, war, mich in mein Bett zu verkriechen, meine Playlisten mit den deutschen Songs zu öffnen und für immer an meine Decke zu starren, während melancholische Männer mir ihre traurigen Liebesgeschichten vorsangen.

Doch das tat ich nicht.

Konnte ich gar nicht, weil Cora neben mir lag und schlief. Adri hatte sich widerwillig vor eineinhalb Stunden verabschiedet, weil sie am nächsten Morgen ins Büro musste und Cora ihr versichert hatte, dass sie für mich da sei. Jetzt war es drei Uhr morgens, und Cora schlief. Irgendwie war ich stolz auf mich. Ich hatte nämlich keiner meiner Freundinnen verzweifelt ins Ohr geschrien: »ER HAT DIE BRIEFE NICHT MAL ANGEDEUTET, ER HAT KEIN GEWISSEN, UND ER HAT KEIN HERZ. ABER WISST IHR, WOFÜR ER EIN HERZ HATTE? FÜR DIE TIERVIDEOS! DA KONNTE ER AUCH WEINEN. DIESE DÄMLICHEN, NIEDLICHEN TIERVIDEOS MIT UNSCHULDIGEN HUNDEN, DIE UNVERDIENT EIN BESCHISSENES LEBEN HABEN.« Stattdessen hatte ich mich zusammengerissen und lauschte nun dem YouTube-Video, das Cora uns zum Einschlafen gestartet hatte. Die Laufzeit betrug sechs Stunden.

»Alles wird gut«, sagte eine beruhigende Stimme in die Dunkelheit. »Du bist sicher. Du bist liebenswert. Du bist ein Geschenk. Alles wird gut. Du bist sicher. Du bist liebenswert. Du bist ein Geschenk. Alles wird gut. Du bist sicher. Du bist liebenswert. Du bist ein Geschenk. Alles wird gut. Du …«

Als ich gegen fünf Uhr morgens immer noch nicht eingeschlafen war, gab ich es auf. Leise schlich ich mich aus meinem eigenen Schlafzimmer, putzte mir die Zähne und cremte mir das Gesicht mit meinem sechzig Euro teuren Sonnenschutz ein. In meinem Wohnzimmer absolvierte ich mithilfe eines Videos eine kurze Dehnübung, bevor ich mir meine Wasserflasche schnappte und auf mein Walking Pad ging. Ich stellte einen Podcast ein und fing auf der ersten Stufe zu laufen an.

Eigentlich begann mein Morgen wie immer. Und das war gut. Es war wichtig, dass ich mich nun an meine Routinen klammerte. Denn wenn ich aufhörte, Gemüsepulver als Tee wegen der Vitamine zu trinken und mein Leben nicht mehr mit einem weißlichen Filter unterlegte, würde es schlimm werden. Mein Gehirn hätte zu viel Zeit zu denken, meine Spüle würde überfüllt sein und nicht wie jeden Abend von mir mit einem Putzstein gesäubert werden. Getragene Unterwäsche würde sich auf dem Boden sammeln, und meine Nägel würden rissig werden, weil ich meine Nahrungsergänzungsmittel nicht mehr einnehmen würde. Einfach weil es mir egal wäre. Weil es sowieso nichts brachte. Weil ich mich unnötig fühlen würde und die positiven Mantras nichts weiter dagegen bewirken könnten. Womöglich würde ich sogar versuchen, trotzdem zu meditieren, indem ich an nichts denken wollte, doch mich in meinem Kopf nur schreien hören würde.

Ich hatte gerade die Siebentausend-Schritte-Marke geknackt, als Cora verschlafen in mein Wohnzimmer torkelte.

»Tess?«, fragte sie verwirrt und rieb sich über die Lider, während sie mich auf meinem Laufband beobachtete.

»Was machst du da?«

Ich passe auf mich auf, dachte ich.

*

@tessteilt, Vlog, gepostet um 15:15 Uhr

78487 Aufrufe, 10824 Likes, 193 Kommentare

Ich bin ehrlich: Ich hatte heute einen Scheißtag. Aber wisst ihr, was? Ich bin nicht im Bett geblieben und habe mich bemitleidet, obwohl das alles war, was ich wollte (Grüße gehen an dieser Stelle an meine besten Freundinnen raus). Wisst ihr, was ich stattdessen gemacht habe? Ich bin aufgestanden, ich habe Obst und Eier gefrühstückt, ich bin raus und in die Haltung des Kindes gegangen, dann bin ich unter die Dusche gesprungen, habe meine liebsten Gute-Laune-Songs an- und den Laptop für heute einfach ausgemacht. Ich habe mir eine Pause vom Alltag gegönnt, aber nicht von meinem Wohlbefinden. Genau deshalb ist es so wichtig, gesunde Routinen zu etablieren und auf sein eigenes Wohlbefinden zu achten 🙏 #tessteilt #vlog #healthyhabits

*

Das einzige Problem bei meinem Vorhaben bestand darin, dass ich Leo nicht verdrängen konnte, weil er mich nicht ließ.

Leo (Harz): Ich vermisse dich

Leo (Harz): Ich denke an dich

Leo (Harz): Es tut mir so leid

»Du kannst ausrasten«, sagte Cora mir immer wieder. »Mach doch noch so ein Video wie damals. Am besten nennst du es *Tausendfünfhundert Gründe, wieso Dating mich abfuckt*. Wenn du und ich unsere Gründe zusammentun, schaffen wir das locker.«

Aber ich wollte das gar nicht. Zum einen hatte ich gar keine

Lust, viral zu gehen. Je mehr Leute meine Videos sahen, desto mehr von ihnen hassten mich. Zweitens versicherte ich Cora, dass es mir gut gehe. Klar, die Sache mit Leo war nicht optimal ausgegangen. Und es war auch etwas schwierig, ihn zu verdrängen, weil er mir jeden Tag schrieb, dass er mich vermisse, an mich denke und es ihm leidtue. Immer in dieser Reihenfolge, als hätte er wie ich in der Mittelstufe gelernt, dass die wichtigste Botschaft ans Ende gehörte. Nach fünf Tagen archivierte ich die Unterhaltung mit ihm und stellte ihn auf stumm. Er traf sich mit seiner Ex und küsste sie, obwohl er mir versichert hatte, ich müsse mir keine Sorgen machen. Er war ein Lügner und Manipulator und eine Red Flag und sowieso total toxisch. Er hatte keinen Platz in meinem Leben verdient. Ich sagte mir das, was alle Frauen sich gegenseitig im Internet sagten.

Gleichzeitig hielt ich mir die positiven Dinge vor Augen. Immerhin konnte ich mich wieder auf das Wichtige konzentrieren.

Auf mich, auf meine Routinen, auf mein Wohlbefinden und meine innerliche Zufriedenheit.

Ich ging nicht nur jeden Tag zum Yoga, sondern besuchte jeweils einen Kurs morgens und abends. Ich steigerte mein tägliches Ziel auf fünfzehntausend Schritte. Manchmal musste ich dafür um dreiundzwanzig Uhr noch aus dem Haus gehen und im strammen Tempo den Bahnhof umrunden, weil mein Laufband sich überhitzte. Es machte mir nichts. Ich bestellte mir einen Batzen neuer Sachbücher, die laut TikTok mein Leben verändern würden, und diesmal wollte ich daran glauben. Jedes Mal, wenn ich einen Spiegel passierte, sagte ich mir innerlich, wie schön und wunderbar ich sei. Meinen Freundinnen versicherte ich täglich, dass es mir gut gehe. Sie glaubten mir nicht, aber ich glaubte mir. Und das war doch die Hauptsache, oder? Ich antwortete im Sekundentakt auf Mails von Marlies und Gesa. An meinem Buch schrieb ich bis in die Nacht, was dazu führte, dass ich nur noch vier Stunden am Tag schlief, weil ich weiterhin um Punkt 6:30 Uhr aus dem Bett sprang.

Ich passte auf mich auf.

Ich war so gut zu mir selbst.

Ich war ein That Girl. Ein Vorbild.

Ich machte alles richtig, selbst in vollkommen schlimmen Situationen.

Genau deshalb sagte ich Henny wegen der Interviewanfrage auch trotz Marlies' Bedenken schließlich zu. Mein Leben war nicht perfekt, aber ich machte das Beste daraus. Selbst aus solch einer Situation. Die Leute mussten sehen, dass sie nicht verloren waren. Dass sie auf sich aufpassten müssten, so wie ich mit meinen ausreichenden Vitaminen, Yogaeinheiten und Dankbarkeitstagebüchern.

Und dass dann alles gut werden könnte.

Denn es war alles gut.

Wirklich.

Selbst wenn ich gedacht hätte, diesmal einen guten Typen abbekommen zu haben, der mich im Endeffekt nur verarscht hatte. Weil er seine Ex-Freundin noch liebte, aber sich angeblich noch nie so gefühlt hatte wie mit mir.

Trotzdem.

Es. War. Alles. Gut.

Bis ich um drei Uhr morgens in dieser Mittwochnacht erneut in meinem Bett lag und immer noch nicht eingeschlafen war. Meine Beine zitterten, als wäre mein gesamter Körper noch hellwach. Seufzend griff ich nach meinem Handy und scrollte durch TikTok. Ein Teil von mir fürchtete, dass ich vielleicht doch in dem archivierten Chat mit Leo vorbeischauen könnte, um zu checken, ob er mir immer noch schrieb.

Und das war ganz und gar nicht gut.

Also scrollte ich lieber durch Videos, bis ich an diesem einen hängen blieb. Eine wunderschöne Frau mit silbernen Creolen redete sich in Rage. Das Video hatte über eine Million Aufrufe und über hunderttausend Kommentare.

»Jetzt mal ganz ehrlich«, begann sie und rückte dabei noch ein Stückchen näher an die Kamera. »Habt ihr wirklich jemals eine gute Ausrede oder Entschuldigung von einem Mann bekommen? Es ist doch immer irgendwie *Ich weiß es nicht. Keine Ahnung, wieso ich so bin. Ich habe einen Schwanz, und das ist Entschuldigung genug.*«

Ruckartig blinzelte ich gegen den Bildschirm meines Handys an. Es war nur ein Video. Nur die Aussage einer mir völlig fremden Frau. Sie hatte nichts mit mir zu tun. Doch das Problem an den hyperintelligenten Algorithmen war, dass sie die Videos wirklich auf uns zuschnitten. Es war, als hätte die Frau meine Gedanken ausgesprochen.

Ich weiß nicht, wie ich es dir erklären soll.
Ich weiß nicht, wieso ich so bin.
Ich weiß nicht, was du meinst.

Verfluchte Scheiße. Dieses *Ich weiß nicht*. Es zerstörte mich von innen heraus, jede Zelle meines Körpers. Noch ein *Ich weiß nicht* von einem Mann, den ich lieben, den ich wirklich und wahrhaftig hätte lieben können – und nichts von mir wäre noch da.

Ich wollte das nicht denken. Mich nicht erinnern. Hastig legte ich mein Handy beiseite, versuchte es noch mal mit dem Schlafen. Es klappte nicht. Ich stellte eine Schlafmeditation ein. Ich kramte mein Lavendelspray heraus. Ich schmierte mir irgendein beruhigendes Öl an die Schläfen. Nichts klappte.

Ich weiß nicht, wie ich es dir erklären soll.
Ich weiß nicht, wieso ich so bin.
Ich weiß nicht, was du meinst.
Ich weiß nicht, ich weiß nicht, ich weiß nicht.

Um exakt 04:01 Uhr sprang ich aus dem Bett. Meine Gedankenschleifen machten mir so zu schaffen, dass ich mich an meinen Schreibtisch setzte und den Laptop hochfuhr. Ich griff absichtlich nicht nach meinem Journal, sondern öffnete mein Word-Dokument. Es war die einzige Bewältigungsstrategie, die mir noch einfiel. Wenn ich jetzt wieder auf mein Laufband steigen würde, würde es mich nur ablenken. Meditieren würde mich nur ablenken. Podcasts würden mich nur ablenken.

Eigentlich lenkte mich alles nur ab.

Ich musste das Problem an der Wurzel bekämpfen, nicht die Symptome. Das Schreiben war die einzige Möglichkeit, mein Leben so in den Griff zu bekommen, dass ein dämliches TikTok-Video mich nicht völlig aus der Bahn warf. Dann würde WIRKLICH alles gut werden.

Also begann ich zu schreiben.

***BOYFRIENDS*, Manuskript**

Ich bekam mein erstes Ich weiß nicht von A.
A ist meine erste Liebe. Sie hielt nicht unheimlich lange und war nicht unfassbar groß, nicht besonders und nicht bemerkenswert.
Für mich hat sie damals natürlich trotzdem alles bedeutet.
Er war nämlich ein wirkliches A, ein Startschuss, der Beginn und mein erstes Es war einmal. Ich war fünfzehn und er siebzehn, und ich weiß, dass die meisten Geschichten, die so beginnen, nicht gut ausgehen. Ich glaube, meine tut das auch nicht, aber sicher bin ich mir nicht, weil da eigentlich nur Unsicherheiten waren. A war der Star seines Basketballteams und hatte Grübchen, wenn er lächelte. Jeden Mittwoch durfte er die letzten beiden Stunden Chemie schwänzen, weil er zu einem speziellen Training gefahren wurde, aber eigentlich war A gar nicht so bemerkenswert. Er war ein bisschen so, wie man sich den typischen gut aussehenden Jungen vorstellte. Nicht der klassische Bad Boy, eher der süße Schwiegermutterliebling. Er war nett und zuvorkommend, bekam rote Ohren und selbst von Herrn Adler nie etwas Schlechteres als eine Zwei. Ich weiß bis heute nicht, wieso genau ich mich in ihn verliebt habe. Irgendwie war das damals so, in diesem Alter. Es ging nur um das Äußerliche, fast nie ums Innerliche. A war süß, und ich himmelte ihn an, ohne etwas Persönliches von ihm zu wissen. Ich kann es drehen und wenden, jeden winzigen meiner jugendlichen und selbstzerstörerischen Gedanken auseinandernehmen, doch ich komme nie auf dieses Wieso. Er lächelte, und ich liebte ihn. So einfach war das. Dabei weiß

ich nicht mal, wie das Wohnzimmer seiner Eltern bei Tageslicht aussah, weil er mich bloß im Dunkeln in sein Zimmer schleppte. Er schlich sich mit seinen kalten Fingern unter meinen Slip und küsste mich, bis ich meine Lippen nicht mehr spürte, und ich war mir sicher, dass Liebe sich so anfühlen musste. A zu lieben, bedeutete, nie eine Antwort zu bekommen. A zu lieben, bedeutete, nie zu wissen, ob unser Treffen stattfinden würde. A zu lieben, bedeutete, den grünen Punkt hinter seinem Namen bei Facebook anzustarren und jeden Moment damit zu rechnen, angeschrieben zu werden. A zu lieben, bedeutete, nie zu wissen, woran ich war. A zu lieben, bedeutete, einzukalkulieren, dass wir uns in den Schulgängen nicht begrüßten, nur damit er mir mein Shirt am selben Tag in seinem Kinderzimmer auszog. A zu lieben, bedeutete, samstagabends nicht mit meinen Freundinnen ins Kino zu gehen, sondern zu Hause zu bleiben, meine Nägel mit einem Zwei-Euro-Nagellack zu lackieren und darauf zu hoffen, dass er mich gegen neun wieder wie dieses eine andere Mal fragen würde, ob ich zu Hause sei.
Sechs Jahre später war ich einundzwanzig und er dreiundzwanzig. Das mit der Basketballsache hatte nicht funktioniert (irgendwas mit dem Knie, aber kein Kreuzbandriss). Das mit uns auch nicht. Wieso, habe ich nie verstanden, er auch nicht. Wir sahen uns in der Weihnachtszeit in unserer alten Heimat, die sich für uns beide komisch anfühlte. Er winkte mir im REWE zu und schrieb mir später auf Instagram, nicht mehr Facebook. Er fand es schön, mich zu sehen, und mein Herz pochte trotz all der Jahre, die bereits hinter uns lagen, immer noch. Wir schrieben über nichtiges Zeug, bis er irgendwann wegen seines Verhaltens von damals um Entschuldigung bat.
»Das, was ich mit dir gemacht habe, war nicht richtig. Ich weiß, dass ich dich verletzt habe. Das tut mir leid.«
Einen Grund hatte er nicht.

»Ich weiß auch nicht, wieso ich so war.«
Das war alles.
Das ganze Leiden, das Hinhalten, das Meine-Seele-lautlos-aus-meinem-Körper-Schreien. Das fünfzehnjährige Sichersein, dass ich niemals, nienieniemals jemand anderen lieben könnte. Der Glaube daran, ich würde es nie schaffen, auf ein normales Date zu gehen, aus Angst, mir würde wieder abgesagt. Das Problem, nie jemandem von dieser Sache erzählen zu können, ohne absolut naiv und planlos und unnötig zu wirken, denn was ist das schon für eine erzählenswerte Liebesgeschichte – alles für nichts, alles für ein Ich weiß auch nicht, wieso ich so war. Und trotz allem immer noch Herzklopfen zu haben, wenn er mir bloß eine Nachricht schrieb.
A ist meine erste Liebe, aber eigentlich hat er mich nie zurückgeliebt.

FÜNFZIG

Ich hörte auf zu schreiben, als ich merkte, wie mir die erste Träne über die Wange rann. Kurz war ich wütend auf mich selbst. Wieso heulte ich? ICH HATTE ALLES UNTER KONTROLLE. Doch die Tränen wurden mehr und salziger. Bitterer. Ich weinte, weil ich wütend war, aber ich weinte auch, weil ich so unendlich traurig war. Weil es immer gleich endete. Ganz egal ob ich fünfzehn oder fünfundzwanzig war. Es spielte auch keine Rolle, was mein heutiges Mantra besagte oder wie oft ich meinem Dankbarkeitstagebuch versicherte, dass mein Leben fast perfekt sei.

Ich weiß nicht, was du meinst.
Ich weiß nicht, wieso ich so bin.
Ich weiß nicht, wie ich es dir erklären soll.

Die Sätze steckten weiterhin in meinem Kopf fest, ebenfalls ganz egal wie viele Seiten ich geschrieben hätte.

Kurz fiel mein Blick auf mein Laufband. In meine Küche. Auf meine Badezimmertür. Ich könnte wieder laufen, ich könnte mir eine beruhigende Tasse Tee machen oder mir ein Bad mit heilenden Zusätzen einlassen.

Aber mein Weinen wurde ruckartiger und körperlicher. Meine Augen brannten, meine Beine bebten. Alles in mir tat weh, und ich wusste, dass es tief, ganz, ganz, ganz tief in mir drin immer weiter wehtun würde.

Ehrlicherweise hatte ich keine Ahnung, wie viel Uhr es war, als ich mich von meinem Schreibtisch erhob und in Richtung meiner

Wohnungstür torkelte, bevor ich keine Minute später gegen Coras hämmerte. Ich wusste bloß, dass ich minutenlang klopfte, ohne eine Antwort zu erhalten, doch immer weitermachte. Bis Cora mir schließlich doch öffnete. Ihre Miene wirkte verschlafen und angepisst, ehe sie mir ins Gesicht sah.

»Oh, Tess«, flüsterte sie und schloss mich in ihre Arme, während mein Schluchzen laut im Treppenhaus widerhallte.

*

Cora meldete sich für den Tag krank und ließ mich weinen. Adri stieß später dazu und ließ mich ebenfalls weinen. Es war, als könnte ich nie wieder damit aufhören. Weil ich wütend und traurig und verzweifelt war.

Weil nichts funktionierte.

Keine gesunde Ernährung, kein Mantra, kein heilendes Yin-Yoga.

»Ich fühle mich so dämlich«, sagte ich in Dauerschleife. »Wie konnte ich das mit Leo nicht vorher bemerken? Wie konnte ich mir einreden, dass ich mir wirklich keine Sorgen machen müsse?«

Wie konnte ich zulassen, dass irgendein Möchtegernfeminist ein Foto davon macht, wie ich ihm einen blase? Mit verdammten fünfundzwanzig Jahren?

Ich schämte mich immer noch so sehr für die Sache mit Juli, dass ich mich weiterhin nicht traute, es meinen Freundinnen zu sagen. Aber das war schon okay. Dafür weinte ich einfach weiter. Das ging tagelang so. Gesa wartete auf mein Manuskript, doch ich tischte ihr nicht mal irgendeine Ausrede auf. Es war fast fertig, aber ich konnte mich nicht aufraffen. Ich schrieb, dass es mir nicht gut gehe und sagte, dass ich erst mal gesund werden müsse. Ich vernachlässigte meine Routinen und meine Yogakurse. Ich ging nicht mehr online. Ich las keine Selbsthilfebücher. Ich nahm nicht mehr mein tägliches Greens-Pulver zu mir. Stattdessen gab ich zu viel Geld beim Lieferservice aus und stellte Serien bei Streamingdiensten an. Nach der Arbeit gesellten Cora und Adri sich zu mir. Dann aßen und schauten wir meine Serien gemeinsam. Nur welche mit Happy End für Teenies. Irgendwann beschloss ich, *Gossip Girl* noch einmal zu sehen, aber die Serie erinnerte mich zu sehr an Dahlia, weil wir sie zusammen geschaut hatten. Und an sie wollte ich nicht denken. Genauso wenig wie an Arthur oder Juli.

Oder Leo.

Ich verfluchte mich selbst dafür, dass er mir ständig im Kopf umherschwirrte. Dabei erinnerte ich mich vor allem an das Gefühl von Sicherheit. Dass ich anfangs wirklich keine Angst gehabt hatte.

Weil er so verdammt *gut* erschienen war.

Gegen Nachmittag an diesem Montag hielt ich dem Drang nicht mehr stand und rief doch den Chat mit ihm auf. Ich verurteilte mich selbst dafür, dass mich dieses Gefühl von Erleichterung durchströmte, weil ich bemerkte, dass er mir weiterhin täglich Nachrichten geschrieben hatte. Obwohl er mir ebenfalls ständig geschrieben hatte, dass er jetzt damit aufhören wolle.

Leo (Harz): Ich weiß, ich habe gesagt, ich schreibe dir nicht mehr

Leo (Harz): Aber Gott, Tess

Leo (Harz): Das kann doch nicht unser Ernst sein

Leo (Harz): Nach allem

> **Leo (Harz):** Wir sind ineinander verliebt

> **Leo (Harz):** Du kannst mich nicht wie ein langweiliges Tinder-Date ghosten und das weißt du

Später an diesem Tag hielt ich Cora das Handy mit Leos Nachrichten unter die Nase. Wir lagen mit Burritos in meinem Bett, während meine Deckenleuchten den Ring an ihrem Finger zum Schimmern brachten. Die Verlobung mit Carsten war auch so etwas, worüber ich täglich weinen konnte.

»Vielleicht sollte ich mir seine Erklärung anhören«, sagte ich. »Um endlich damit abschließen zu können, verstehst du? Ich will einfach ein einziges Mal mehr als ein verficktes *Ich weiß nicht*. Und ich will mich auch nicht mehr so fühlen. Ich will einen klaren Abschluss. Das sagen, was ich wirklich denke und nicht einfach nur ja und amen von mir geben. Ich will *einmal* wirklich für mich einstehen.«

Über meine Gefühle zu schreiben, hatte mir nichts gebracht. Vielleicht war ein abschließendes Treffen tatsächlich die Lösung. Vielleicht musste ich einfach wirklich erwachsen werden und ernsthafte Gespräche führen. Danach könnte es mir besser gehen.

Wäre Adri hier, hätte sie wahrscheinlich protestiert. Sie hätte mir erklärt, dass ein Treffen mit Leo noch zu früh sei, dass meine Narben noch gar nicht verheilt seien und Leo sie nur wieder aufreißen werde. Doch Adri war gerade nicht da, als Cora mir zunickte.

»Das verstehe ich«, erwiderte sie. »Mir würde es genauso gehen. Das ist eine gute Idee. Willst du ihm auf WhatsApp schreiben?«

*

Ich wollte nicht mit ihm darüber auf WhatsApp reden.

Ein Gespräch, Leo und ich. Ich würde ihn auf die Briefe ansprechen und hätte mein klares Ende. Meine Wunde könnte narbenlos verheilen, und es würde keine hässliche Stelle bleiben, für die ich mich in schwachen Momenten hassen würde.

Also bat ich Leo um ein Treffen, und er antwortete innerhalb von zehn Sekunden. Wir trafen uns auf neutralem Boden, nicht mal abends, sondern in seiner Mittagspause. Wir wollten einen Spaziergang machen, wie erwachsene Menschen. Ja, das war ein guter Vorschlag vor mir. Ich könnte keinen emotionalen Ausbruch erleiden, schließlich waren wir in der Öffentlichkeit. Ich schaffte es endlich aus meinem Bett, verzichtete auf Make-up, aber benutzte wieder meinen Sonnenschutz.

Alles würde gut werden.

Aber als ich die Straße zu seinem Restaurant überquerte, sah ich schon von Weitem, wie er dort stand und auf seinen Fußballen wippte, als wäre er nervös.

Meinetwegen.

Ein Teil von mir hoffte wider Erwarten doch auf ein Missverständnis. Denn als wir uns begrüßten, nahm er mich wieder automatisch in den Arm, und es war diese so intime, aber so gar nicht sexuelle Geste. Es schnürte mir die Kehle zu. Es spannte alles in mir an. Ich war wie ein Elektrozaun.

Alles in mir vibrierte.

»Gehen wir?«, fragte er, aber nickte dabei in die falsche Richtung. In meinem Kopf hatte ich mir schon eine Route zurechtgelegt, und wir mussten diesen Weg gehen, damit ich wenigstens den Hauch von Kontrolle verspürte.

Leo war das egal.

Er führte mich zu seinem Auto, in dem es schrecklich roch. Nach fettigen Fast-Food-Burgern und labbrigen Pommes, als würde er sich nur noch von Müll ernähren, wenn niemand mehr zu Hause war, für den er kochen konnte. Leo wollte gerade den

Motor starten, da räusperte ich mich. Ich sprang einfach, diesmal ohne den Zeh vorher ins Wasser zu halten. Volles Risiko. Sogar das Radio hatte keinen Empfang mehr. Alles konzentrierte sich bloß auf meine Worte.

»Ich weiß von den Briefen, Leo.«

EINUNDFÜNFZIG

Die Zeit stand nicht still, aber fast alles an Leo schien wie eingefroren. Er hörte sogar auf zu atmen. Nur sein ruckartiges Blinzeln ließ mich darauf schließen, dass er noch lebte.

»Sie waren in einer Kiste«, flüsterte ich. »Die ist mir runtergefallen, als ich nach meinem Buch gegriffen habe. Ich wollte die Briefe nicht lesen, aber die Poststempel waren so aktuell.«

Eigentlich war es unnötig, dass ich ihm das erzählte. Es war ein Stück weit wie kapitulieren, denn ich füllte die Stille, damit sie nicht unangenehm wurde. Meine Stimme klang dabei fast entschuldigend, als wäre ich tatsächlich schuld. Als wäre es meine tollpatschige Ader, die uns in diese gesamte Situation gebracht hatte.

»Ich …«

»Du *was*?«, drängte ich.

Ich klang grimmig, aber ich war nicht nur wütend auf Leo, sondern auch auf mich. Wieso war ich immer noch so nett? So freundlich, cool und unkompliziert? Wie bei Juli. Alles in mir bebte und arbeitete auf Hochdruck. Ich spürte meinen Herzschlag schwer in den Ohren rauschen, weil ich dieses Verhalten doch hatte vermeiden wollen.

»Ich weiß nicht, was ich sagen soll«, erwiderte er schließlich.

»Etwa nicht, dass es nicht so ist, wie es aussieht?«

»Ich habe ihr nie auf die Briefe geantwortet, weißt du?«

»Aber du hast sie geküsst, verdammt noch mal!«

Keine Antwort. Kein Abstreiten. Keine Entschuldigungen. Der

letzte Funke Hoffnung in mir, dass ich mich vielleicht doch geirrt oder in etwas verrannt hatte, erlosch.

»Wieso sagst du darauf nichts?«

»Weil ich dich nicht verletzen will.«

»WEIL DU MICH NICHT VERLETZEN WILLST?«

Ich schrie so laut, dass meine Stimme sicherlich das Auto verließ. Es war mir egal. Plötzlich war mir so vieles egal. Mir reichte es. Was tat ich hier? Ich verschwendete meine Zeit, nicht auf die romantische und melancholische Weise, die Edwin Rosen in seinem gleichnamigen Lied besang.

Wenn ich es genau nahm, hatte ich meine Zeit die ganzen letzten Monate verschwendet. Mit einem fünf Jahre älteren Mann, mit all dieser Verwirrung und jetzigen Verzweiflung, die sich überall in meinem Körper ausbreitete.

»Das ergibt keinen Sinn«, murmelte ich.

Ich hasste es, dass meine Stimme brach, dass ich nicht weiterschreien konnte, weil alles in mir gebrochen war.

Liebe brach nie mein Herz. Liebe brach nur mich im Gesamten. Es war immer ein Kollateralschaden, einer auf den anderen folgend.

»Wie? Wie kannst du denken, du würdest mich nicht verletzen, wenn du mir weismachst, dass du in mich verliebt bist, dass wir etwas Echtes haben, dass das mit uns wirklich, wirklich etwas werden könnte – und hinter meinem Rücken deine Ex-Verlobte küsst? Das ergibt keinen Sinn. Leo, tut mir leid, aber es *kann* keinen Sinn ergeben.«

»Ich weiß nicht, was ich sagen soll.«

»Das ist unbefriedigend«, flüsterte ich.

»Und auch das weiß ich. Aber was willst du von mir hören, Tess? Ich mag dich. Gott, du hast keine Ahnung, wie sehr.«

»Und wie sind wir dann in dieser Situation gelandet? Du magst mich, aber du liebst deine Ex-Verlobte jeden zweiten Tag in der Woche und dann wieder doch nicht? Bin ich dein Notnagel? Bin ich deine Ablenkung? Bin ich so neu und aufregend, dass du mir deshalb nicht widerstehen konntest? Und was meintest du überhaupt damit, dass du nicht bereit für das mit Linda, aber bereit für mich seist? Wolltest du mir damit etwa sagen, dass es mit mir einfacher ist, dass ich jünger bin und nicht dieselben Ansprüche habe wie die Frauen in deinem Alter? Dass ich keine Hochzeit, keine Kinder oder sonst irgendeine Art Versicherung dafür will, dass du für immer bei mir bleibst?«

»Tess ...«

Leo hatte meinen Namen noch nie so leise, noch nie so langsam ausgesprochen. Ich hörte die unendlich vielen Gefühle darin. Sein Herzpochen, das Zittern in seinem gesamten Körper. Als ich ihm in die glasigen Augen blickte, sah ich darin die Ratlosigkeit, irgendetwas tun zu müssen, aber nicht zu wissen, was.

Ich wünschte, ich könnte behaupten, dass mein Herz nicht schneller geschlagen hätte, als er genau jetzt nach meiner Hand griff. Sein Daumen strich über meinen Handrücken. So zärtlich und normal, als wäre alles okay. Als könnte alles gut werden. Als hätten Coras Einschlafmeditationen tatsächlich mein Unterbewusstsein erreicht.

Einen Moment lang sagten wir nichts, doch Leos Blick sagte alles. Er verhakte sich mit meinem. So wie damals, so wie noch vor letzter Woche, so wie eigentlich immer.

»Tess«, wiederholte er, und diesmal klang seine Stimme kratziger.

Wir blinzelten im Gleichtakt, und die Luft knisterte. Trotz allem. Ich dachte daran, wie die Luft zum ersten Mal geknistert hatte, kurz bevor er mich in seinem Auto gevögelt hatte.

Ich fragte mich, wieso ich mir vorstellte, wie es sich anfühlen würde, wenn Leo mich jetzt vögeln würde. Hier, in seinem Auto, so wie bei unserem allerersten Mal. Das wäre doch ein guter Abschluss, nicht wahr? Das, was die Filme zeigten, wenn das Paar traurig und eigentlich getrennt war, sich aber nicht loslassen konnte und sich deshalb letzte Narben in den Rücken krallte.

Kein Schimmer, woher diese Gedanken kamen. Doch ich wusste, ich wusste einfach, dass Leo dasselbe spüren musste. Und dann sprach er es aus.

»Ich will dich so sehr, du hast keine Ahnung.«

Er behauptete nicht, dass er mich mochte oder dass er in mich verliebt war. Er wollte mich einfach. Das war alles.

Ich war die Idiotin, dich sich sogar noch entschuldigte, als sie kopfschüttelnd das Auto verließ. Nicht mal ein »Sorry«, die viel weniger bedeutende Sache. Ich sagte stattdessen die Worte, die ich wohl nie wieder von ihm hören würde.

»Es tut mir leid.«

ZWEIUNDFÜNFZIG

Dank Leo entwickelte ich neue Routinen. Ich hatte meine Morgenroutine immer noch nicht wieder aufgenommen, dafür checkte ich im Stundentakt, ob er mir noch eine Nachricht geschrieben hatte. Was er natürlich nicht hatte. Abends vorm Schlafengehen klebte ich an meinem Handy und stalkte Linda auf Instagram. Mein Kopf spielte mir derweil weiterhin schöne Momente mit Leo vor, als wäre unsere Liebesgeschichte ein Film und das der Trailer. Unser erstes Aufeinandertreffen, der Teich, sein Haus, die Dusche, seine Augen, seine Blicke. Gott, seine Blicke. Ich sah das alles vor mir, selbst wenn ich mein Hirn weiterhin dazu zwingen wollte, sich an die schlechten Momente zu erinnern. Es brachte nichts. Die Wunde war noch frisch, dieser Liebeskummerschmerz und ich, wir brauchten noch ein wenig Zeit, um uns aneinander zu gewöhnen.

Meine Freundinnen hatten Verständnis, erkundigten sich nach mir in Nachrichten und bei Überraschungsbesuchen.

Ich hatte ganze drei Tage, um im Selbstmitleid zu versinken, bevor Cora plötzlich entschlossen vor meiner Tür stand.

»Heute wird der beste Tag deines Lebens«, sagte sie, während ich mit rot verweinten Augen beobachtete, wie sie eintrat. »Los«, sagte sie. »Zieh dich um. Wir müssen los.«

»Cora«, erwiderte ich. »Ich gehe in diesem Zustand garantiert nirgendwohin. Ich …«

»Stopp«, unterbrach sie mich. »Du hast deine Ich-verkriechemich-nur-in-meinem-Bett-Phase bereits hinter dir. Sorry, aber ich kann dich nicht noch mal so lange in deinem Loch lassen. Es reicht. Wir müssen jetzt dagegen ankämpfen. Und ich habe die perfekte Möglichkeit gefunden: Wir machen eine Yogastunde! Und zwar nicht nur irgendeine. Es ist ein ganz spezielles Yoga mit avantgardistischen Einflüssen. Die Lehrerin heißt Ida und hat vier Komma acht Sterne auf Google. Ich hab die Tickets schon online gekauft, und sie haben achtundachtzig Euro pro Person gekostet. Das Ganze soll echt heilend sein. Du kannst also nicht Nein sagen.«

»Ich glaube nicht, dass *Yoga* und *avantgardistisch* in einem Satz zusammen genannt werden sollten«, flüsterte ich. »Und ich glaube auch nicht, dass eine Yogastunde neunzig Euro kosten sollte.«

»Tja, wenn du schon so etwas anmerken kannst, kannst du dich auch endlich umziehen, damit wir loskönnen. Wir wollen doch nicht zu spät kommen.«

Ich protestierte noch drei-, viermal, bis ich schließlich nachgab, weil Cora mir wie eine Mutter Kleidung heraussuchte und auf mein Bett legte.

»Ich will das wirklich nicht«, sagte ich eine Stunde später, als wir in einem recht unspektakulären Studio in Linden standen. Unverputzte Wände, bodentiefe Fenster. Es gab keine Möbelstücke, nur Yogamatten und eine mitgebrachte Bluetooth-Anlage in Neongelb. Wasserplätschern schallte daraus hervor, während sich eine Frau mit einem kurzen grauen Bob als Ida vorstellte und die Session mit Light-Yoga begann und auch fortführte. Wir machten wenige Übungen, die wir mindestens fünf Minuten beibehielten. Fast fünfundvierzig Minuten lang ging das so. Ehrlicherweise verstand ich nicht, was an diesem Yoga so spektakulär war, dass es neunzig Euro kostete. Bis Ida uns nicht in eine Schlussentspannung leitete, sondern dazu aufforderte, einen Sitzkreis zu bilden.

»Kommen wir jetzt zu meinem liebsten Teil. Er nennt sich *Was für eine Frau wärst du, wenn du nicht wüsstest, was für eine Frau du sein solltest?* Ihr sagt das Erste, was euch einfällt.« Ida reckte sich in ihrem Schneidersitz, bevor sie durch die Runde sah. Dann zählte sie runter. »EINS, ZWEI – UND LOS!«

Ich zuckte zusammen, als Ida plötzlich zu schreien begann. Energisch richtete sie sich auf und zeigte mit dem Finger auf die Frau ganz links mit den weißblonden Haaren, die urplötzlich zu wissen schien, was zu tun war. Ich war froh, dass ich aus Schock nicht gleich mitschrie.

»ICH WÄRE EINE FRAU, DIE IHREN ENKELKINDERN NICHT SAGEN WÜRDE, DASS SIE SICH DAS MIT DER BUTTER AUF BROTEN SCHON VOR DREISSIG JAHREN ABGEWÖHNT HAT, WEIL DAS DICK MACHT!«

Nachdem sie verstummt war, zeigte sie willkürlich auf eine andere Frau, die ebenfalls zu schreien begann.

»ICH HÄTTE NIEMALS EINE KOHLSUPPENDIÄT PROBIERT!«

Sie deutete auf die Frau ihr gegenüber.

»ICH HÄTTE KURZE HAARE!«

Eine andere Frau.

»ICH WÄRE JETZT GESCHIEDEN!«

Noch eine, noch eine und noch eine, die alle aufstanden und mich überragten und dabei ihr Geständnis ablegten. Ich war verwirrt und fasziniert zugleich.

»ICH WÄRE NICHT SO NEIDISCH!«

»ICH WÜRDE MICH NICHT DAUERND WIE EINE ENTTÄUSCHUNG FÜHLEN!«

»ICH WÜRDE LERNEN, WIE MAN DAS WORT PATRIARCHART SCHREIBT UND NICHT DIE AUGEN DARÜBER ROLLEN, NUR WEIL ICH WEISS, DASS MEIN MANN ES LÄCHERLICH FINDET!«

»ICH WÜRDE NICHT HINTER DEM RÜCKEN ÜBER MEINE FREUNDINNEN LÄSTERN, WENN SIE ZU KURZE RÖCKE TRAGEN!«

»ICH KÖNNTE AUSGEHEN, OHNE IM HINTERKOPF ZU HABEN, DASS ICH VIELLEICHT HEUTE ABEND JA DIE LIEBE MEINES LEBENS KENNENLERNEN KÖNNTE!«

»ICH WÜRDE MICH NICHT AN DEN ARMEN RASIEREN!«

»ICH HÄTTE KEINE KINDER!«

»ICH HÄTTE LAUTER NEIN GESAGT. ICH WÜRDE IMMER LAUTER NEIN SAGEN!«

Plötzlich landete der Finger auf Cora.

»ICH ...« Sie schrie, bevor sie abbrach. Dann schüttelte sie den Kopf. »ICH WÜRDE NICHT ZWEI EURO FÜNFUNDZWANZIG FÜR EINEN PROTEINRIEGEL AUSGEBEN, DER ANGEBLICH WIE RAFAELLO SCHMECKT!«

Meine Freundin atmete so erleichtert aus, als wäre es das größte Geständnis ihres Lebens. Dann zeigte sie mit einem Lächeln auf mich.

Verräterin, dachte ich, bevor ich mich mit zitternden Beinen erhob. Dabei spürte ich die Blicke der anderen Anwesenden auf mir und erinnerte mich an Idas Worte.

Das Erste, was euch einfällt.

Ich schloss die Augen.

»Ich würde noch mit meiner Freundin reden.«

Es war wirklich das Erste, was mir einfiel, obwohl mein Kopf so voll von Leo und Juli und all meinen Liebeskummergefühlen war. Irgendwie fand ich es seltsam, dass ich zuerst an Dahlia gedacht hatte. Noch seltsamer war nur, wie Ida plötzlich nickte, als hätte ich das Richtige gesagt. Dabei hatte ich nicht einmal geschrien.

Unbeantwortete E-Mail, erhalten vor 702 Tagen

Von: dahlia-derer@gmail.com
An: tessraabe@outlook.de
Betreff: (kein Betreff)

Hey, Tess, ich weiß, wir haben so lange nichts mehr voneinander gehört, und wahrscheinlich willst du auch, dass es so bleibt. Aber es ist über ein Jahr her, dass wir uns das letzte Mal gesehen haben, und ich halte das nicht mehr aus. Spotify hat mir irgendeine Throwback-Thursday-Playlist erstellt, es lief *I almost do* von Taylor Swift, und ich musste an dich denken, weil ich oft an dich denke, aber immer bei Taylor Swift. Das Lied war dein verhasstes Lieblingslied. Natürlich weißt du das selbst, aber wahrscheinlich ist alles, woran du gerade trotzdem nur denken kannst: *Wieso, zum Teufel, schreibst du mir überhaupt?* Tess, ich bin ehrlich. Wenn ich könnte, würde ich es rückgängig machen. Ich würde zu Hause bleiben, ich würde nicht Ja und damit Nein zu dir sagen, ich würde dich nicht verletzen. Ich wäre heute immer noch diejenige, die mit dir zu *I almost do* weint, obwohl ich überhaupt keine Bindung dazu habe. Ich sitze irgendwo in Hongkong, und es ist nach zwei Uhr morgens. Ich weiß, dass die anderen Backpacker sich in dem 7-Eleven Bier holen und weiter feiern wollen, aber ich bloß in meinem kleinen Hotelzimmer liege und nicht schlafen kann. Ich schwöre, Tess. Wenn ich gekonnt hätte, hätte ich es anders gemacht.

DREIUNDFÜNFZIG

»Und?«, fragte Cora eine Stunde später auf dem Weg nach Hause. »Es hat gutgetan, nicht wahr?«

»Irgendwie …« Ich blies die Wangen auf. »Schon?«

»Siehst du! Ich habe doch gesagt, dass es eine super Idee ist.«

Irgendwie ging es mir tatsächlich besser. Ich war nicht geheilt oder so, aber ja, Cora hatte recht. In einem Raum mit schreienden Frauen zu stehen, hatte seltsamerweise gutgetan. Das dachte ich, während Cora und ich das Ernst-August-Denkmal am Bahnhofsplatz passierten. Ringsum bissen Schulmädchen in dicken Jacken von weihnachtlichen Donuts ab, obwohl es erst Mitte November war. Einige Augenblicke später erreichten wir unser Haus, und Cora war traurig, weil sie dachte, Carsten würde bereits in der Wohnung auf sie warten.

»Wieso hast du gedacht, Carsten würde dich in deiner Wohnung überraschen?«, fragte ich verwundert.

»Ach, nichts.«

»Komm schon.«

»Ich will dir meine glückliche und gesunde Beziehung nicht unter die Nase reiben.«

»Tust du nicht«, sagte ich sofort. »Du bist meine beste Freundin. Du kannst mir alles erzählen. Auch wenn es mir gerade nicht besonders … gut geht.«

»Sicher?«

Ich nickte, während Cora mich musterte. Schließlich knickte sie ein.

»Bitte finde es nicht lächerlich, okay? Heute ist einfach eigentlich der Tag, an dem wir offiziell einen Monat verlobt sind und ... keine Ahnung. Er hat ja jetzt auch meinen Schlüssel, und ich dachte einfach, er würde mich mit etwas Kleinem überraschen.«

Ich schluckte. »Vielleicht wusste er nicht, dass du mit einer Überraschung gerechnet hast?«

»Hast du Carsten gerade etwa in Schutz genommen?« Cora lachte. »Na, das ist ja fast ein Wunder.«

»Hab ich nicht«, widersprach ich sofort. »Es ist nur ...«

Während ich abbrach, sah sie mich abwartend an.

Scheiße.

Ich war niemand, der Pflaster schnell abzog, sondern jemand, der es Zentimeter für Zentimeter von der Haut löste und nach der Hälfte wieder abbrach, weil es zu sehr wehtat. Eigentlich war ich alles, was unsere Eltern an unserer Generation hassten: zu weich, zu faul, viel zu empfindlich und ein bisschen zu depressiv, ohne depressiv zu sein.

Aber in erster Linie versuchte ich eine gute Freundin zu sein.

»Eigentlich weißt du doch, wie Carsten ist, oder? Wenn du tief in dich hineinhorchst, weißt du doch, dass er nicht der Typ für Überraschungen ist.«

»Hä?« Cora klang ehrlich verwundert. »Wieso sollte er das nicht sein? Carsten gibt sich total Mühe für mich, Tess.«

»Aber ...« Es kratzte in meiner Kehle. »Tut er das wirklich?«

Plötzlich verengte sie die Augen. »Natürlich.«

»Okay«, erwiderte ich langsam.

»Nein, es ist garantiert nicht okay, wenn du so okay sagst. Was willst du mir wirklich sagen?«

Ich schloss die Lider und wusste, dass ich es eigentlich dabei hätte belassen sollen. Doch gleichzeitig dachte ich auch an Carsten und seine Art, an alles, was er zu Cora gesagt und wie sie sich dabei gefühlt hatte.

»Weißt du tief in deinem Innern nicht, dass Carsten dich eigentlich scheiße behandelt?«

»Scheiße behandelt?«, wiederholte sie schrill. »Was meinst du damit?«

»Na ja«, sagte ich leise. »Zum Beispiel die Tatsache, dass er hinter deinem Rücken gemeine Kommentare ablässt.«

»Was für Kommentare?«

Ich schwieg.

»Tess.« Cora kniff sich in die Nasenwurzel. »Ich bin wirklich müde, und ich brauche eine Dusche. Hör einfach auf, Carsten dauernd schlechtreden zu wollen. Und das nur, weil es mit Leo so beschissen gelaufen ist. Das tut mir wirklich leid für dich, aber das bedeutet nicht, dass dasselbe mit Carsten und mir …«

»An dem Abend, an dem wir uns mit Leo getroffen haben«, unterbrach ich sie, »als du auf Toilette warst. Da hat er Kommentare über deine Figur gemacht. Er hat gesagt, dir würden ein paar Kilo weniger besser stehen.«

Meine Worte klangen genauso trivial wie die der Frauen, mit denen wir uns bis vor einer halben Stunde in einem Raum befunden hatten. Leicht unspektakulär, kindisch und lächerlich. Trotzdem erkannte ich an Coras ruckartigem Blinzeln, dass dieser Satz sie störte. Weil ich keine Frau kannte, die er nicht gestört hätte. Doch meine Freundin schüttelte den Kopf und spielte dabei an ihrem Ring, als wäre er Carstens Freifahrtschein für alles. Immerhin hatte er sich für sie entschieden, und Cora war jetzt sicher. Es war wie auf dem Stuhl bei Günther Jauch zu sitzen und sich für die sichere Variante mit nur drei anstatt vier Jokern zu entscheiden. Egal wie tief Cora fallen würde, sie würde niemals wieder bei null landen. Sie hatte einen Freund, der ihr Mann sein wollte. Das war besser als eine Million Euro.

»Okay«, sagte sie. »Danke für die Info.«

An ihrem Lächeln erkannte ich, dass sie es nicht ernst nahm.

@tessteilt, Instagram-Post, gepostet vor 56 Minuten

Gefällt 6970 Leuten, 294 Kommentare

Ich weiß, dass ich ganz plötzlich untergetaucht bin, aber heute will ich euch ein kurzes Lebenszeichen geben und euch erzählen, dass ich vor einigen Tagen eine Art Meditation mit ganz vielen Frauen zusammen gemacht habe. Wir sollten dabei darüber nachdenken, was wir für eine Frau wären, hätte uns niemand gesagt, was wir für eine Frau sein sollten. Die Hälfte aller Gedanken haben sich auf Lightprodukte und Kalorien bezogen. Ich weiß nicht, was ich davon halten soll (ich halte eine Cola Zero in der Hand) #tessteilt #dietculture

Kommentare:

@zaravnw: Ehrlich gesagt finde ich diesen Post etwas problematisch. Es wäre schön, wenn wir Frauenvorbilder zeigen könnten, die nicht so besessen von Diet Culture sind 😊

♡ 92

@ohohosuuuuny @zaravnw: Vielleicht weil es alle Frauen sind :')

♡ 54

@zaravnw @ohohosuuuuny: Ich zum Beispiel denke nicht so 😊

♡ 18

@dortmundermädchen0405 @zaranvw: Sei froh lol

♡ 27

@desyyyy: 😟 😟 😟

♡ 3

@hallihallowilma: Es macht mich so traurig, so etwas zu lesen. Stellt euch nur mal vor, was wir alles erreichen könnten, wenn wir nicht so mit unserem Aussehen beschäftigt wären

♡ 234

VIERUNDFÜNFZIG

Wenn ich es genau nehme, war diesmal Facebook schuld. Es war der Dienstag nach der Yogasession. Ich saß barfuß an meinem Frühstückstisch, wobei mein gesamter Körper wehtat. Im Grunde wusste ich, was ich tun musste, damit es mir gut ginge. Yoga, Mediation, Obst, Gemüse, Protein, blabla, #thatgirlshit. *Oder?*

Nach den letzten Wochen war ich mir allerdings gar nicht mehr so sicher, ob mir das alles wirklich weiterhalf. Wahrscheinlich hätte ich es trotzdem versucht, vorausgesetzt, die Deadline hätte mir nicht so im Nacken gesessen. Gesa hatte mir noch zwei Wochen zum Beenden des Buches gegeben, aber ich konnte nicht mehr schreiben. Mein Flow war weg. Wieder war jedes Wort ein Kampf, weil ich nicht wusste, was ich da eigentlich schrieb.

Nichts war von Bedeutung.

Ich wollte nicht über Männer schreiben, dabei hieß das Buch *BOYFRIENDS*.

Trotzdem musste ich da durch. Immerhin war das Bücherschreiben ein großer Teil meines Einkommens. Und genau deshalb hatte ich keine Zeit dafür, mich wieder an meiner Morgenroutine zu versuchen. Stattdessen torkelte ich mit Schlafkörnern in den Augen zu meinem Laptop und vollzog, so wie ich es nannte, meine Deadline-Girl-Routine. Sie bestand daraus: panisch aufwachen, mir panisch einreden, ich hätte keine Zeit zum Essen, panisch versuchen zu schreiben, panisch prokrastinieren, panisch doch etwas Essbares in der Küche suchen, panisch in einen Schokoriegel beißen und mich dabei schlecht fühlen, weil es meine erste Mahlzeit am Tag war. Und dann panisch weiterarbeiten. Ich hatte panische Panik, die ganze Zeit. Dementsprechend rollte ich meine Yogamatte nicht aus, sondern kuschelte mich bloß in einen übergroßen Pullover und fuhr den Laptop hoch. Dann öffnete ich mein Dokument, starrte blinzelnd auf die Datei und hasste mich einfach selbst.

Wie einfach es gewesen wäre, über Leo zu schreiben. Leo, von dem ich nichts weiter gehört hatte. Keine Ahnung, ob er wieder mit seiner Ex zusammen war. Keine Ahnung, wie sehr mich dieser Gedanke wirklich schmerzte. Ich hätte all meinen Frust und meine Enttäuschung in dieses Dokument bluten können, so wie es mir die amerikanischen Schreibratgeber auf TikTok empfahlen. Aber ich war auch zu kraftlos für meinen Schmerz, selbst wenn er meinem Buch endlich Authentizität verliehen hätte.

Also loggte ich mich aus Prokrastinationsgründen auf Facebook ein, um einer alten Bekannten zu gratulieren. Ich wollte gerade *Selina* in die Suchleiste eingeben, da verharrten meine Finger über der Tastatur. Facebook war kaum noch nötig, nur gut als Geburtstagskalender und das Beste in Sachen Erinnerungen. Alles hier war nostalgisch, nicht wahr? Da waren die vielen, vielen Bilder, von denen ich mir immer erhofft hatte, sie würden mehr als hundert Likes kassieren.

Das, was mir angezeigt wurde, hatte nicht mal fünfzig.

Darauf war ich gerade dreizehn, neben mir stand noch eine weitere Person. Schluckend starrte ich in diese zwei Kindergesichter, denn das waren Dahlia und ich dort: Kinder. Ganz egal, dass wir Hotpants trugen und ich mich genau daran erinnerte, wie wir uns in den Fünf-Euro-Tops verrenkt hatten, um so prall aussehende Brüste wie möglich zu suggerieren. Dreizehn. Ich sah es in unseren Gesichtern, an dem unschuldigen Lächeln und den strahlenden Augen, die noch nichts gesehen hatten, aber so viel sehen würden. Wir wirkten glücklich nebeneinander. So gut.

Als könnte uns rein gar nichts auf der Welt passieren.

Ich hielt mich nicht wirklich davon ab, Dahlia auf Instagram zu suchen. Ich wollte nur wissen, wie es ihr so ging. Und bingo! Sie hatte sogar erst gestern etwas Neues gepostet. Das Motiv war nicht besonders spektakulär, sondern zeigte bloß eine teuer wirkende Vase inklusive frischer Blumen. Im Hintergrund war ein offenes Regal mit einigen Büchern zu erkennen. Als ich ranzoomte, erstarrte ich. Ich war mir sicher, dass ich mich täuschte.

Doch ich kannte diesen Buchrücken zu gut.

Mein Buch.

Einige Momente lang starrte ich wie besessen auf *DATE ME* in ihrer Wohnung, in ihrem Regal.

Was ist, wenn Dahlia noch genauso oft an mich denkt wie ich an sie? Bei ganz banalen Dingen? In völlig unpassenden Momenten?

Diese Gedanken gaben mir den Rest. Ich kopierte den Link unseres Facebook-Bildes und schickte ihn ihr. Einfach so.

Als wäre nicht alles passiert, was zwischen uns passiert war. Seltsam war nur, dass sie mir innerhalb von Minuten antwortete.

*

Noch komischer war bloß, dass wir uns nicht in einem Badezimmer wiedersahen.

Bevorzugt in einer schäbigen Toilettenkabine, weil das doch immer der Ort gewesen war, an dem wir die wichtigsten Gespräche geführt hatten.

Doch das hier würde gar kein Krisengespräch werden.

Das hier war erwachsen, weniger dramatisch, geplant und nüchtern, in einem Café und auf neutralem Boden. Ich war mir sicher, dass hier keine Bomben aus der Vergangenheit hochgehen könnten.

»Hey«, sagte sie, sobald sie mich bemerkte, und winkte mich zu sich heran.

Dahlia war früh dran, obwohl sie das damals nie gewesen war. Als ich den Tisch erreichte, erhob sie sich, als wollte sie mich in den Arm nehmen, doch ich zögerte, und es wurde unangenehm. Räuspernd setzte sie sich wieder hin.

»Hi.«

»Ich ... wow.« Sie lachte schüchtern. »Ich kann nicht glauben, dass du wirklich gekommen bist.«

Ich auch nicht.

Ehrlicherweise hatte ich nicht damit gerechnet, dass dieses Bild uns hierher führen würde. Ich hatte es ihr geschickt, ein »Weißt du noch?« drangehängt und mir selbst geschworen, ich würde den Chat nicht alle dreißig Sekunden aktualisieren.

Dahlia hatte mir trotzdem innerhalb von drei Minuten geantwortet. Sie hatte sich nicht mit lästigen Small-Talk-Fragen aufgehalten, sondern mit »Ja« reagiert und mich gefragt, ob wir uns treffen könnten.

Ich hatte eingewilligt und vorgeschlagen, dass ich sie in Frankfurt – ihrem aktuellen Wohnort – besuchte, weil ... ja. Wieso hatte ich eigentlich eingewilligt? Eigentlich hätte ich es bevorzugt, einen langen Text auf Instagram zu erhalten, statt mir räuspernd einen Matcha Latte zu bestellen und zu beobachten, wie der Blick des Kellners eine Spur zu lange an Dahlia hängen blieb. So wie immer. Es war wohl einfach ihre Aura. Sie war sehr, sehr schön, aber sie war nicht die Schönste. In Dahlias Makellosigkeit steckte noch etwas Nahbarkeit. Das machte sie vielleicht nicht schöner, sondern netter, und alle Männer mochten das. Nett und hübsch, cool und freundlich. Dahlia hatte alles.

»Es ist komisch, oder?« Ungläubig schüttelte sie den Kopf. »Ich kann gar nicht glauben, dass das alles schon so lange her ist. Du siehst übrigens großartig aus, Tess.«

»Du auch.«

Ich klang so unsicher wie mit sechzehn, allerdings kommentierte sie es nicht. Stattdessen folgten jetzt die Small-Talk-Fragen, mit denen sie mich in unserem Chat verschont hatte. Sie fragte mich nach meinem Leben, erzählte, wie intensiv sie mich auf Social Media und in der Presse verfolgt habe. Am liebsten hätte ich nichts gesagt, sie weiterreden lassen und sie dann irgendwann geschüttelt, um herauszufinden, was der wahre Grund für dieses Treffen war. Aber ich war ja nett, so wie sie, nur weniger blond und attraktiv. Also fragte ich sie auch nach ihrem Leben, und sie amtete fast erleichtert auf, zückte ihr Handy und zeigte mir Fotos, als müsste sie mir ihr Leben beweisen.

Dahlia war seit zweieinhalb Jahren mit Luka zusammen. Er war Pilot auf Kurzstrecke, und nein, die Klischees stimmten (hoffentlich) nicht. Sie hatten eine Katze adoptiert, und die war der größte Macho, das behauptete nicht nur Dahlia, sondern auch der Erste Offizier Luka. Im Gegensatz zu Cora verzichtete Dahlia darauf, mir ihren Verlobungsring förmlich ins Gesicht zu klatschen, damit ich ihn bemerkte. Alles an ihr war subtil, die Kleidung, das Make-up, ihr Lebensstil. Ich wusste, dass es ihr gut ging, finanziell und privat, dass sie sicherlich wöchentlich mit ihren Freundinnen, die ich nie kennenlernen würde, etwas Spannendes unternahm. Vielleicht schmissen sie Dinnerpartys mit leckeren Gerichten von TikTok. Vielleicht bemalten sie jeden Freitag Kerzen mit niedlichen Herzchen, wie Adri, Cora und ich es einmal getan hatten. Vielleicht gaben sie sich einfach die Kante und führten die Gespräche in Toilettenkabinen, die wir früher geführt hatten.

Doch während sie erzählte und erzählte, fragte ich mich die gesamte Zeit über, wann der Riss käme. Das war nur eine Hülle, nicht die Wahrheit. Wo war die Dunkelheit, die Hässlichkeit, die sich nicht in ihren offenen Regalen verstecken ließ?

»'tschuldigung«, sagte der Kellner und sah nur sie an. »Wir haben nur bis fünf auf und möchten jetzt schließen.«

Also verlagerten wir unser Gespräch nach draußen, während der Wind uns das Haar stark nach hinten blies.

»Das Wetter ist so ekelhaft«, sagte sie. »Komm, schnell, lass uns noch bei mir etwas trinken.«

Erst fürchtete ich, ihr Verlobter könnte ebenfalls da sein. Doch Dahlia erklärte mir schnell, dass er gerade in Madrid sei.

»Schau«, sagte sie und hielt das Handy mit einem Selfie von ihm in die Höhe.

Luka sah schlechter aus, als ich erwartet hatte. Nicht normschön, eher interessant. Mein Typ, nicht ihrer. Doch das behielt ich natürlich für mich.

Ihre Wohnung sah so aus wie auf den Bildern. Alles hell und beige. Das Pampasgras, die Trockenblumen, die Decken und Kissen. Alles hier schrie nach ihr, und ein Teil in mir tat es auch, als wir uns mit zwei dampfenden Tassen an ihren Esstisch aus Glas setzten. Luxustee für vier Euro, der mit den edel wirkenden Verpackungen. Dahlia öffnete den Mund, als könnte sie es kaum erwarten, mir weiteres unnützes Zeug zu erzählen. Doch als sie meinen Blick wahrnahm, hielt sie inne. Ich bemerkte sogar, wie ihre Lippen zitterten, als sie an ihrem Rosentee nippte.

»Meine Freundinnen und ich hatten letztens dieses Gespräch.« Heiser räusperte sie sich. »Es ging darum, dass uns nie jemand so kennen wird wie die Freundinnen, mit denen wir aufgewachsen sind. Dass uns nie jemand wirklich verstehen könnte, weil er nicht das erlebt hat, was wir gelebt haben. Tut mir leid, wenn ich einen Schritt zu weit gegangen bin, als ich dich um dieses Treffen gebeten habe, aber ich konnte nicht anders. Ich habe noch nie an irgendjemanden so gedacht wie an dich.«

»Ich auch an dich.«

Ich sagte es anders als sie. Dahlia gab das mit glasigen Augen und einem gedrückten Stimmton zu.

Ich war einfach nur wütend.

So, so, so, so wütend.

»Es tut mir so leid, Tess«, flüsterte sie.

Sechs Worte, und meine Wut verpuffte, bloß um zu entblößen, was darunter lag. Wut war nämlich tatsächlich nur eine heuchlerische Ersatzemotion. Sie übertünchte immer nur ein anderes Gefühl. In meinem Fall waren es Abertausende. Trauer, Enttäuschung, Verzweiflung, das Gefühl von Verrat und all meine Minderwertigkeitskomplexe, obwohl ich nicht mal wusste, ob sie ein wirkliches Gefühl waren.

»Weißt du«, begann ich, und meine Stimme bebte, doch ich hielt mich nicht damit auf. »Ich habe so viel meiner Lebenszeit damit verschwendet, nach dem Wieso zu fragen. Wieso? Wiesowiesowiesowiesowieso, wieso, verdammt noch mal?«

»Ganz ehrlich?«

Ich weiß es nicht.

Ich rechnete mit einer Variation dieses Satzes, weil es die unverbindliche Art von Antwort war, die anscheinend für alle wichtigen Fragen existierte.

Aber Dahlia war kein dahergelaufener Typ, der sich Wunschnamen für einen Hund ausdachte, den wir nie gemeinsam adoptieren würden, weil wir nie zusammenbleiben würden. Der unsere Zukunft plante, ohne darin leben zu wollen.

Dahlia war meine beste Freundin gewesen.

Sie hatte mit mir gelebt. Sie war nie in meinen Schuhen, aber manchmal in meinen Kleidern gelaufen. Meistens freitagabends, wenn wir den letzten Bus in Richtung Stadt bekommen mussten. Wenn ich es mir genauer überlegte, waren Dahlia und ich ständig gerannt. Irgendwelchen Bussen und Jungs hinterher, mit Gruppenfotos als Profilbilder, auf denen man sie nie erkannt hatte. Wir waren immer außer Atem gewesen, aber wir hatten die beste Zeit gehabt.

»Ja«, erwiderte ich jetzt. »Ja, ganz ehrlich.«

»Ich war neidisch.« Pause. »Damals lief es gar nicht gut bei mir, erinnerst du dich? Du hattest deinen Bachelor gerade in der Tasche und direkt die Zusage für diese krasse Werbeagentur, aber ich hatte mein Studium abgebrochen. BAföG kam nicht mehr infrage, und Theo hatte sich mal wieder von mir getrennt. Ich war ein paar Tage bei meinen Eltern. Und Arthur war einfach ... da. Ich hasse mich dafür, dass männliche Bestätigung mir so wichtig war. Ich war so abhängig davon, obwohl ich es insgeheim gehasst und dann wieder geliebt habe. Es ist so krank. Ich schäme mich. Aber ja«, schloss sie nun. »Es war meine Schuld. Ich habe mich wie eine Versagerin gefühlt und war noch dazu neidisch, dass es bei allen besser zu laufen schien als bei mir.«

Ich wollte schreien und lachen, sie aufgebracht fragen, auf was sie denn bitte neidisch gewesen sein wollte, weil sie doch immer diejenige gewesen war, die schön, begehrenswert, die Dahlia von uns gewesen war.

»Du hast mich so verletzt«, flüsterte ich stattdessen.

»Ich weiß. Es tut mir leid. Ich bereue es jeden Tag. Mir ist wichtig, dass du das weißt.«

Sie senkte den Blick nicht, sondern fixierte mich. Wie eine Frau, die ständig Fehler machte, aber besser sein wollte.

So wie ich.

Ich lächelte traurig, und sie lächelte traurig, und alles, was danach kam, war nicht mehr wichtig. Das vergaß ich.

Dahlias trauriges Lächeln, mein trauriges Lächeln.

Das war alles, was ich jetzt noch weiß.

BOYFRIENDS, **Manuskript**

Ich kann meine Beziehungen zu Männern nicht sezieren, ohne die mit meinen Freundinnen zu erwähnen. Die Männer sind schließlich immer nur eine Seite der Medaille, nicht wahr? Da sind die Dates, die Küsse und das erste Mal, wenn seine Hand diesen Streifen nackter Haut zwischen deiner Jeans und deinem Shirt berührt. Davon erzählen wir uns immer, denn es ist so schön und aufregend zu erfahren, wie man ihn kennengelernt hat. Ob man das mit ihm direkt gespürt hatte. Ob es zumindest ein bisschen so wie in unseren idealisierten Vorstellungen war. Niemand von uns sprach von der Aufregung und der Nervosität, die man nur mit seinen Freundinnen teilte. Von den Nachrichten, mit denen wir sie wissen ließen, dass unser Date wahrscheinlich kein Serienmörder sei, kurz nachdem er sich auf die Bartoilette entschuldigt hatte. Ich wünschte, die heimlichen Gespräche und tiefen Verbindungen, die Männer sowieso nie verstanden, wären alles. Doch da waren auch andere Seiten. Wie wir unseren Bekannten nur das Beste, wirklich, wirklich nur das Weltbeste wünschten, doch immer auch ein Teil in uns war, der von ihren Erfolgen eingeschüchtert wurde. Tief in uns drin wollten wir doch ein Stück weit immer hübscher, dünner und besser als alle anderen sein. Auch besser als unsere Freundinnen. Eigentlich will ich den letzten Satz löschen. Ich fühle mich selbst schlecht, während ich das hier schreibe. Weil ich nicht dazu beitragen will, den Konkurrenzkampf zwischen Frauen noch mehr aufzubauschen. Aber ich bekomme täglich Nachrichten von Frauen, die mir versichern, ich würde einen Unterschied machen. Weil ich ehrlich in meinem Buch war. Also bin ich weiterhin ehrlich, selbst wenn es hässlich wird. Und viele meiner Geschichten sind hässlich. So wie auch diese: Ich kenne meine beste Freundin D seit dem Kindergarten. Ich war immer ein bisschen neidisch auf sie, aber das machte nichts, weil alle neidisch auf sie waren. Sie bekam alle Blicke und Komplimente, die Freundschaftsanfrage von dem Typen in der Oberstufe, den niemand nicht heiß fand. Das Lustigste? Ds Schönheit war wirklich das Langweiligste an ihr. Sie war klug und lustig und tiefgründig. D war alles für mich, und ich war alles für D, aber ich weiß, ich schweife ab. Es ist so: D war meine beste Freundin. A war nur ein Junge, den ich immer geliebt habe, aber er mich wahrscheinlich nie.

Es vergehen drei Jahre nach Ds und meinem Schulabschluss. Ich habe meinen Bachelor gerade in der Tasche, aber wenn ich betrunken bin, rede ich immer noch von A, und es ist mir nicht mal peinlich, so schlecht steht es um mich. D ist zurück in der Heimat, ihr geht es nicht gut, sie denkt, ihr Leben liegt in Scherben, weil sie ihr Studium abbricht und kein Geld hat. Dann begegnen sich A und D zufällig. A fand D schon immer heiß. Sie betrinken sich. D ist traurig und braucht einfach jemanden, damit sie sich nicht allein fühlt. A ist da. D fickt mit A, für ein bisschen Nähe, für ein bisschen Bestätigung. Ich verzeihe es ihr nicht, und es bricht mir auch nicht das Herz. Es zerstört mich nur im Ganzen, und ich glaube, ich war danach nie wieder so richtig ganz.

FÜNFUNDFÜNFZIG

Ja. Ja, natürlich hatten Dahlia und ich wegen eines Mannes nicht mehr miteinander geredet. Wegen eines Jungen, um genau zu sein. Ich will lachen, weil es so lächerlich ist, aber meistens muss ich dann doch nur weinen.

SECHSUNDFÜNFZIG

»Vielleicht ist es wirklich eine gute Idee«, hatte Marlies mir am Telefon gesagt, nachdem ich ihr verkündet hatte, dass ich die Interviewanfrage doch angenommen hatte. »Du könntest dadurch eine neue Zielgruppe erreichen.«

Schade, dass ich genau diese Zusage nun bereute.

Ich hatte mich seit zwei Wochen an keine meiner Routinen gehalten. Cora mied mich. Mein Buch war immer noch nicht fertig. Ich fühlte mich weiterhin wie paralysiert. Außerdem hatte sich das Bild von Dahlias traurigem Lächeln in mir festgesetzt. Und natürlich war mein Herz weiterhin gebrochen.

Trotzdem hatte Henny mir geschrieben, sie würden gerne in meiner Wohnung filmen, »in deinem That-Girl-Tempel quasi«. Ein Teil von mir war versucht, das Ganze einfach abzublasen. Aber vielleicht musste ich wirklich aus meinem Loch kommen.

Also sagte ich nicht ab. Stattdessen bereitete ich mein Zuhause auf ihre Ankunft vor. Ich putzte, schrubbte und hielt sogar alles mit der Kamera für spätere Videos fest. Beim Einkaufen bemerkte ich diese Frau mit Bommelmütze, die sich durch die Avocadokiste wühlte. Aus dem Augenwinkel beobachtete ich, wie sie die Stiele betastete. Dabei schaute ich sie so intensiv an, dass sie meinen Blick auf sich spürte.

»Das ist ein Geheimtrick«, lächelte sie. »Ich hatte nie ein Händchen für gute Avocados, bis ich herausgefunden habe, dass man die Stiele herausziehen muss. Ist der Punkt darunter grün, ist sie gut. Ist er braun, eher nicht ... Ah, hier! Die sieht super aus.«

Später googelte ich ihren Trick. Tatsächlich. Er schien zu funktionieren. Das war also Leos Geheimnis, doch es blieb nicht ohne Konsequenzen. Sobald man den Stiel abzog, verrotte die Avocado. Ich dachte an Leo, wie er im Supermarkt heimlich die Stiele entfernte, bloß um das Beste für sich zu haben, keine Rücksicht auf Verluste.

Er war gar kein Avocadomagnet.

Er war bloß ein Typ mit einem hässlichen Trick.

Ich fragte mich, wie oft ich das denken musste, um davon wirklich überzeugt zu sein. Vierhundertmal, fünfhundertmal, eintausendmal? Würde es dann aufhören wehzutun? Wäre ich dann frei von diesem Schmerz und diesen unsichtbaren Narben, die ich mit keinen ätherischen Ölen heilen konnte?

Es war gut, dass Henny und das Team bald bei mir anklopften. Innerlich spürte ich, dass es sonst ausgeartet wäre und ich mich wieder weinend in mein Bett verkrochen und Pizza vom Lieferdienst bestellt hätte, die ihre acht von zehn Sternen nicht verdiente.

»Tess!« Henny umarmte mich zur Begrüßung. »Vielen Dank, dass wir hier sein dürfen.«

Anfangs war alles harmlos. Ich gab ihnen eine kleine Tour durch meine Wohnung und zeigte ihnen meine üblichen Hintergrundspots für meine Videos.

»Was glaubst du, zeichnet ein waschechtes That Girl am meisten aus?«, fragte Henny, während ich uns einen grünen Smoothie zubereitete (ihre Idee).

»Routinen. Disziplin.« Ich nickte scherzend zum Mixer. »Und grüne Smoothies natürlich.«

»Und welche Routinen sind da für dich ausschlaggebend?«

»Eigentlich gibt es Tausende Routinen«, sagte ich nüchtern. »Morgenroutine, Gesichtspflegeroutine, Wochenendroutine. Die Sonntagsroutine mit dem Clean-Reset. Die Freitagabendroutine fürs Ausgehen. Als That Girl hat man Hunderte Routinen.«

Sie nickte interessiert, bevor sie sich für den Smoothie bedankte, den ich ihr mit einem goldenen Metallstrohhalm reichte. Anschließend fragte sie mich nach meinem persönlichen Alltag, und ich erzählte ihr von meinen Büchern (Marlies und Gesa würden von der Promo begeistert sein). Ich zeigte dem Team mein Videoequipment, berichtete von meinen Pilatesstunden und meinem Stapel verschiedener Notizbücher.

»Ich weiß, dass das fürchterlich klischeehaft klingt«, sagte ich. »Aber mir hilft es.«

»Wobei genau?«

»Nicht durchzudrehen«, lachte ich, was ich natürlich gleich wieder zurücknahm. Stattdessen gab ich eine vorbildliche Antwort, in der ich die Kraft meiner Gewohnheiten erklärte. Wie gesund und gestärkt ich mich durch mein tägliches Programm fühlte. Gefühlt hatte. Den letzten Teil behielt ich für mich.

»Du wirst lachen, aber für meinen Beitrag habe ich mich auch am That-Girl-Leben ausprobiert.«

»Und?«

»Ganz ehrlich? Es war schrecklich. Du musst wissen, ich bin eine absolute Langschläferin – und plötzlich hat mein Wecker um sechs Uhr morgens geklingelt. Es war wirklich eine Tortur.«

Ich erklärte ihr höflich, dass sie klein anfangen müsse und nicht direkt eine 180-Grad-Wendung hinlegen solle.

»Man muss mit fünfzehn Minuten früher aufstehen beginnen«, erläuterte ich. »Und sich so immer weiter seinem Ziel nähern.«

Das Kamerateam filmte den Inhalt meines Kühlschranks, mit all den durchsichtigen Boxen voller Gemüse, die so gut auf TikTok ankamen. Schließlich machte ich uns einen Matcha Latte, mit dem wir uns dann auf mein Sofa setzten. Ich stellte mir vor, wie gemütlich und freundschaftlich es später im Video wirken würde.

»Kann ich dich mal etwas Persönliches fragen?«

»Klar«, erwiderte ich und hoffte, sie sah mir meine Unbehaglichkeit nicht an.

»Was sagst du zu den Vorwürfen, dass das Bild eines That Girl toxisch ist?«

Ich weiß nicht, woran es genau lag. Vielleicht war es Hennys freundlicher Gesichtsausdruck. Vielleicht lernte man den als Journalistin, so wie Leo gelernt hatte, die besten Avocados für sich zu bunkern. Ich zögerte. Keine reingewaschene und bis ins kleinste Detail geplante Antwort glitt geschmeidig aus meinem Mund.

Toxisch.

Mein Blick wanderte durch meine Wohnung, die meine Wohnung war, doch das Apartment jeder anderen Frau Mitte zwanzig hätte sein können. Alles war glatt und hell, eingerichtet mit den IKEA-Geheimtipps, die sich Millionen von Menschen auf TikTok speicherten. Ich sah in meine Küche, in Richtung meines Kühlschranks. Ich dachte daran, wie ich fünfundzwanzig Euro für einen Salat bezahlte, wie oft das vorkam. Wie teuer das eigentlich war. Ich dachte daran, dass ich ständig versuchte, im Hier und Jetzt zu sein. Alles ringsherum wahrzunehmen, doch mich selbst dabei vergaß. Dass ich mir die Finger hätte wund schreiben können, mit Mantras wie *Alles wird gut,* aber sich rein gar nichts in mir gut anfühlte und ich es leid war, so zu tun, als wäre es das doch. Daran, wie komisch es überhaupt war, dass Hunderttausende von Menschen mir lieber dabei zusahen, wie ich mein Bad wischte, anstatt ihr eigenes zu wischen. Dass es mir selbst so erging. Dass ich nie eine Pause hatte, weil es wirklich immer andere Routinen gab. Dass dieser Wunsch nach Bestätigung, sei es nur von einem elektronischen Ding wie meiner Apple Watch nach Erreichen der zehntausend Schritte, nie aufhörte. *Herzlichen Glückwunsch, Tess Raabe. Sie haben Ihre Äpfel erfolgreich von Ihren Bananen getrennt, damit sie sich länger halten. Sie sind hiermit offiziell erwachsen.* Am liebsten würde ich Tausend Bestätigungen dieser Art bekommen. Ich wollte jemanden, der mir all meine Fragen beantwortete. Warum ich mich zwischen all den Rabattcodes für Wellnessprodukte und verschiedenen Persönlichkeitsentwicklungen erst verlieren musste, um mich am Ende angeblich selbst zu finden. Wieso ich MeTime zum Beispiel in den Himmel lobte, betonte, wie wichtig sie für uns alle sei, doch mich plötzlich so einsam fühlte, wenn ich alleine war. Als würde ich mir selbst nicht reichen, obwohl ich online das Gegenteil predigte. Ich war nie genug. Es gab immer neue Methoden, die ich für meine innere Heilung ausprobieren konnte. Eine teurere Creme, die meine Gesichtsnarben verblassen lassen würde. Eine noch bessere Version, die ich morgen für mich sein könnte, wenn ich mich nur stark genug bemühte.

Ja, dachte ich. *Ja, das ist toxisch.*

Und dann drehte ich mich um und sagte es in die Kamera.

SIEBENUNDFÜNFZIG

Nach dem Dreh fühlte ich mich seltsam befreit. Es war mir egal, dass ich etwas Falsches gesagt haben könnte. Dass sich diese Wandlung in meiner Karriere niederschlagen würde. Ich stellte die Kaffeetassen und Smoothiegläser in die Spüle, ohne sie gleich abzuwaschen. Ich drehte Musik auf, die ich in diesem Augenblick hören wollte. Nicht die, die mir bessere Laune verpassen würde. Ich atmete ein. Und ich atmete aus. Ein. Und aus. Ich fühlte mich nicht komplett geheilt. Und ich wusste auch, dass diese friedliche Ruhe nicht von Dauer sein würde. Nicht in meinem Kopf, nicht in meinem Zustand. Doch in diesem Moment war ich einfach.

Nicht gut, nicht schlecht, nicht perfekt, nicht erfolgreich, nicht schön, nicht dünn, nicht glücklich, nicht traurig, nicht leer, nicht voll.

Ich war einfach.

ACHTUNDFÜNFZIG

Seine Nachricht erreichte mich kurz nachdem wir Cora vor meiner Wohnungstür sitzend fanden.

Es war nach vier, wobei Adri und ich gerade von einem Kaffeedate kamen. Sie begleitete mich nach Hause, damit ich meine Sportsachen holen und wir danach ins Studio konnten. Nicht weil ich es musste, es auf meiner To-do-Liste stand oder ich davon ausging, dass es mich heilen würde. Ich wollte meinem Körper bloß etwas Gutes tun, ohne mich dabei bis zum Gehtnichtmehr selbst zu optimieren. Ich glaube, diese Balance musste ich noch lernen.

Das Interview mit Henny war nun drei Tage her. Es würde noch einige Wochen dauern, bis sie und ihr Team es online stellten. Das hieß allerdings nicht, dass ich mir keine Gedanken darüber machte, wie es ankommen würde. Was es auslösen würde. Welchen Einfluss es auf meine Karriere haben würde.

Ich hatte keine Ahnung.

Ich meine, ich wusste nicht mal, wie es auf meinem Kanal weitergehen, was ich zeigen oder erzählen sollte. Gerade war es so still. Ich wusste momentan einfach nicht weiter. Doch ich erinnerte mich daran, dass ich das eigentlich sowieso nie getan hatte und trotzdem alles nie wirklich schiefgelaufen war.

Ich würde schon eine Lösung finden.

Auch für mein Buch, das ich Gesa immer noch nicht abgegeben hatte.

»Cora?«

Adris Stimme durchschnitt meine Gedanken.

»Hey Leute.«

Ich wusste sofort, was los war, auch wenn mein Blick nicht an ihrem nackten Ringfinger hängen geblieben wäre.

Kein Ring, kein Carsten. *Das ist Girl Math in ihrer puristischsten Version*, dachte ich, während Cora sich hastig aufrichtete.

»Komm rein.« Ich wedelte mit meinem Schlüssel. »Du siehst mir sehr nach Wein und Schokolade aus.«

Diesmal hatte Cora keinen ihrer Proteinriegel als Snack mitgebracht. Also bediente sie sich so wie Adri und ich an meinem Schokoladenvorrat, den ich nachts mit Heißhunger meistens bereute. Sie griff gerade nach einem Twix, da deutete Adri auf ihre Hand.

»Wo ist dein Verlobungsring?«

Cora zuckte zögerlich die Achseln. »Hab ihn aus meinem Fenster geschmissen.«

»Oh Gott, Cora«, flüsterte Adri.

»Weil Carsten seinen Antrag zurückgezogen hat?«, hakte ich vorsichtig nach.

Sie schüttelte den Kopf, schloss die Augen. Unwillkürlich erinnerte ich mich an unsere allererste Begegnung. Cora hatte damals im Treppenhaus genauso ausgesehen. Irgendwie müde, aber nicht wirklich *müde*. Müde wie in erschöpft und gebrochen und ausgebrannt.

»Ich habe die Verlobung aufgelöst, und ich bin mir unsicher, ob ich mich nicht doch wieder in ein Uber setzen und Carsten anflehen sollte, so zu tun, als wären die letzten sechs Stunden nicht passiert.«

»Aber was *ist* denn passiert?« Adri kräuselte die Stirn.

»Nichts. Das ist es ja. Ich habe einfach keine Lust, mir weiterhin einzureden, nichts sei genug, versteht ihr?« Mit einem Mal fiel Coras Blick auf mich. »Erinnerst du dich, als ich dir von dem Typen erzählt habe, der meinte, ich sei mit meiner Figur die absolute Schmerzgrenze? Dass man ja nicht wirklich dicker als ich sein sollte?« Sie lächelte traurig. »Das hat nicht der Typ gesagt, den ich davor gedatet habe. Der Satz war von Carsten, aber ich habe mich so für ihn geschämt, dass ich es dir nicht sagen konnte.«

»Ich …« Ich schluckte. »Ich verstehe dich.«

Ich würde das immer verstehen.

»Jepp, ich auch.« Unvermittelt hob Adri ihr Weinglas in die Luft. Obwohl es alles so fürchterlich kompliziert und traurig war, stießen wir an. Und Cora erzählte uns von Carsten, dass er wieder irgendeinen Spruch gebracht habe und sie ihm sogar wieder durch die Blume versucht habe zu vermitteln, ihr gefielen die Kommentare über ihren Körper nicht, aber er es einfach ignoriert und sie es einfach nicht mehr ausgehalten habe.

»Ich bin einfach gegangen«, sagte sie. »Mein sechzehnjähriges Ich wäre stolz auf mich, weil ich mich einmal nicht wie Dreck behandeln lasse.«

Adri und ich waren uns natürlich einig, dass Carsten nur Dreck sei. Nach dem zweiten Glas Wein schlug Adri sogar vor, Carsten zu besuchen und ihm das alles an den Kopf zu knallen. Cora allerdings winkte ab.

»Das bringt nichts«, meinte sie. »Der versteht das sowieso nicht.«

Ich war gerade in der Küche und suchte nach Eiswürfeln, als mein Handy vibrierte.

> **Juli (Tinder):** Hey Tess. Habe gerade an dich gedacht. Wie geht's dir? 😊

NEUNUNDFÜNFZIG

Ich krallte meine Finger ums Handy.

Es war nur eine Nachricht. Harmlose Worte. Doch alles, was angeblich nicht harmlos war, traf mich und hinterließ weitere Wunden. An schlechten Tag fühlte ich mich so durchlöchert vom immer selben Problem, dass ich einen Brief an den nächsten Mann schreiben würde, der in mein Leben trat. Fein säuberlich würde ich jede schlechte Erfahrung notieren, sogar mit Nummerierung, um am Ende um Verständnis und Vorsicht zu bitten. Als wäre ich in der Tat derart zerbrechlich. Dabei hatte ich erst letztens gelesen, dass wir lediglich auf einen Teil unserer Muskelkraft zugreifen könnten. Unser Gehirn bremst uns absichtlich aus, denn eigentlich haben wir die körperliche Kraft, uns jede Sekunde selbst zu zerstören.

»Äh, Tess?«

Verwirrt trat Adri an meine Seite und beobachtete mich beim Schuheanziehen.

»Wohin gehst du?«

»Ich muss etwas klären.«

»Mit wem?« Cora erschien im Türrahmen.

»Juli.«

»JETZT?«

Beide riefen mir hinterher, doch ich lief einfach los. Sie mussten sich keine Sorgen um mich machen. Alles würde gut werden. Aber nicht so. Nicht wenn ich manchmal immer noch das Echo von Julis Worten in mir vernahm und nur zuhören, aber nichts dagegen machen konnte.

Ich lief in die entgegengesetzte Richtung von *Hannah loves Fries*. Eigentlich wollte ich nicht an Leo denken, denn was gab es da schon zu erzählen? Es war so gelaufen, wie es immer lief. Wir waren Fremde gewesen, dann hatten wir uns gemocht und (vielleicht) geliebt. Dann liebten wir uns (vielleicht) nicht mehr, schrieben einander keine Nachrichten mehr und waren wieder Fremde. Ich googelte ihn nicht, veranstaltete keine Onlinerecherchen zu seinem Restaurant und verbot mir, Lindas Namen weiterhin in die Suchleiste einzugeben. Das war natürlich alles einfacher gesagt als getan – selbst nach meinem kleinen Moment innerlichen Friedens. Denn der Schmerz, die Hoffnung, die Enttäuschung hallten immer noch in mir nach.

Ich hörte erst auf, daran zu denken, als ich Julis Wohnhaus erkannte. Im Grunde hatte ich keine Ahnung, ob er überhaupt zu Hause war, aber ich musste es versuchen, denn ich war es so leid.

Nichts, was ich sagte, war falsch, weil ich nie etwas sagte.

In der ersten Version meines Buches wurden mir meine Worte weggenommen, weil es doch so wichtig war, freundlich und sympathisch zu sein und niemandem mit seiner gedanklichen Hässlichkeit auf die Füße zu treten. Immerhin sollten sie sich doch mit mir identifizieren. Mit all dem Weiß, mit all der Selbstliebe und Selbstfürsorge. Sie konnten mir alles nachkaufen. Die Yogamatte, die Salzsteinlampe, mein liebstes Duschgel. Aber hoffentlich waren sie nicht so verloren wie ich.

Ich dachte daran, wie ich Carsten am Ende unseres Abendessens bloß angelächelt hatte. Wie ich mich sogar bei Leo entschuldigt hatte.

Gott.

Ich dachte daran, nicht zu weinen. Dann dachte ich daran, dass ich einem Mann erlaubt hatte, mir seinen Schwanz in den Mund zu rammen und dabei wie selbstverständlich nach seinem Handy zu greifen, um ein Foto von mir zu machen. Ich dachte daran, dass ich nichts gesagt hatte, weil ich mich nicht getraut hatte. So wie damals in der neunten Klasse. Weil ich niemanden nerven wollte, nicht kompliziert sein wollte, prüde oder dramatisch. Ich dachte daran, wie oft mir dieses Gefühl in meinem Leben schon begegnet war. Dass selbst wenn ich Nein sagte, es überhört wurde. Ich dachte an die Männer, die mich anmachten und denen ich nicht antwortete. Die nicht nachgaben, weil sie ja immer etwas zu sagen hatten.

Als ich klingelte, zitterten meine Finger, obwohl ich gerne behauptet hätte, sie täten es nicht. Aber so war das. Ich war mutig, obwohl ich ängstlich war. Dann wartete ich. In meinem Kopf zählte ich von zehn runter.

Zehn.
Neun.
Acht.
Sieben.
Sechs.
Fünf.

Da hörte ich den Summer. Meine Füße flogen förmlich über die Treppenstufen, ehe ich ihn sah. Juli, wie er sich trotz seiner sichtbaren Überraschung lässig gegen den Türrahmen lehnte. Gott, sie waren immer so lässig.

»Tess?«, fragte er deutlich verwundert. »Was machst du denn hier?«

Ich antwortete nicht sofort. Die letzten Schritte ging ich langsam auf ihn zu. Diesmal verharrte ich nicht höflich vor der Fußmatte. Ich kam ihm so nah, dass er meinen Atem sicherlich auf seinem Gesicht spürte. Ich ging zu weit, weil es der einzige Weg war. Dann starrte ich ihn so lange an, bis ich das Unbehagen in seinen Augen sehen konnte.

»Du weißt, was ich meinte«, begann ich leise, fast flüsternd, doch meine Stimme hallte so unendlich laut im Treppenhaus wider.

Endlich.

LOVE, **Vorwort, gedruckte Version**

Dieses Buch sollte nicht dieses Buch sein.
Ehrlicherweise muss ich gestehen, dass ich ernsthafte Zweifel hatte, ob es überhaupt ein zweites Buch von mir geben würde. Aber hier ist es. Ein halbes Jahr zu spät, mit einem ganz anderen Titel. Eigentlich wollte ich einen Nachfolger zu meinem vorherigen Buch schreiben, über Männer und Dating und Hoffnungen und Enttäuschungen, dem ganzen Wahnsinn 2.0. Aber ich konnte nicht. Wisst ihr, ich habe in letzter Zeit viel über Liebe nachgedacht. Über Hollywoodliebe, über Netflix-Liebe. Über die dramatischen Wendungen und Küsse im Regen und lange Autofahrten und endlose Nächte, über romantische erste Male und Blumen zum Valentinstag. Wenn wir Liebe sagen, denken wir automatisch an eine Beziehung, an eine Partnerschaft, an den Einen. Ich habe gelernt, dass das Bullshit ist. Klar, diese Liebe existiert, und sie ist schön, und sie lässt dich fliegen, selbst wenn du wieder auf dem harten Boden der Realität aufkommst – und auch das ist okay. Mein Punkt ist einfach, dass es noch andere Formen von Liebe gibt. Wie zum Beispiel die zwischen Freundinnen. Oder die Liebe zu uns selbst, auch wenn ich immer noch nicht ganz herausgefunden habe, wie Selbstliebe wirklich funktioniert.
Wisst ihr, es gibt tausend Bücher über klassische Liebesgeschichten.
Aber das hier ist keins davon.

DANKSAGUNG

Ich danke Micha und Klaus Gröner für ihren Glauben an mich und meine Geschichten – aber insbesondere für ihren Glauben an diese.

Ich danke Ann-Kathrin Path von Herzen für all ihre unfassbar klugen Anmerkungen, ihre großartige Arbeit und die Energie, die sie in dieses Buch gesteckt hat. Ohne sie wäre es nicht mal halb so gut!

Ein riesiges Dankeschön an Pascalina Murrone für ihre Begeisterung und das Vertrauen sowie ans gesamte Team von HarperCollins, vom Marketing bis zur Herstellung. Danke, dass ihr *That Girl* so ein schönes Zuhause gebt.

Ich danke meiner Familie und meinen Freundinnen für alles. Und K, der für mich an diese Geschichte geglaubt hat, als ich es in diesem viel zu warmen August kurz nicht mehr konnte.

Allen voran möchte ich mich bei meinen Leserinnen und Lesern bedanken. Ich kann nicht glauben, dass ich jeden Tag meine Bücher für euch schreiben darf. Ohne euch wäre nichts hiervon möglich. Danke aus tiefstem Herzen dafür. Ehrlich ♡